Esther Knorr-Anders:
Die Falle
Frau Models Haus am Wasser
Das Kakteenhaus
Bericht · Novelle · Psychogramme

Deutscher
Taschenbuch
Verlag

dtv

Ungekürzte Ausgabe
Dezember 1978
Deutscher Taschenbuch Verlag GmbH & Co. KG, München
Lizenzausgabe mit freundlicher Genehmigung des Literarischen Verlages Helmut Braun, Köln
Umschlaggestaltung: Celestino Piatti
Gesamtherstellung: C. H. Beck'sche Buchdruckerei, Nördlingen
Printed in Germany · ISBN 3-423-05459-X

Das Buch

In ihrem Dokumentarbericht ›Die Falle‹ schildert Esther Knorr-Anders die Flucht von vier Halbwüchsigen aus Ostpreußen in den letzten Kriegswochen des Jahres 1945. »Hinter der kargen Sprache, die erschütternde Assoziationen freizusetzen imstande ist, (steckt) eine düstere Poesie mit Hoffnungsschimmer, die nicht nur in der Frauenliteratur der letzten Jahre ihresgleichen sucht. – Die Verkümmerung der Menschen durch Entwurzelung, Gefühlsverlust, Vereinsamung und Gegenwelt-Projektion stellt sich bei Esther Knorr-Anders auch im beruflichen Alltag dar. Im ›Kakteenhaus‹, Psychogrammen aus der Arbeitswelt, degenerieren Büromenschen zu Kakteen, beliebig umtopfbar: eine zeitbezogene, kritisch gewendete, die bestürzende Kontinuität des auf Dauer nerven- und lebentötenden Büroberufslebens projizierende Metapher, die sich hinter einfachen, alltäglichen Sätzen verbirgt. – Selbst in ›Frau Models Haus am Wasser‹, einer Urlaubsgeschichte, bleibt die Unausweichlichkeit des am Leben vorbeigehenden Lebens spürbar. Eine Frau fährt auf Urlaub. Die Hoffnung, sich endlich einmal entspannen zu können, Kraft zu schöpfen aus der Realitätsferne, wird zwar erfüllt, bleibt aber in dieser Ferne hängen. Das schnellebige Leben ist längst weitergegangen, und die Warte-Perspektive ist hoffnungslos. In einer halben Stunde zu lesen ist diese parabelhafte Novelle vom Leben auf dem Abstellgleis, an Kafka erinnernd, wie das Leben so spielt, wenn es klarer wird zum Ende hin: einfach erschreckend. – Ich-Verlust, Leblosigkeit, fremder Wille, der prägt und vergewaltigend beschattet: Wie, so die immer wiederkehrende Frage bei Esther Knorr-Anders, kannst du der Mensch werden, der du sein willst.« (Die Zeit)

Die Autorin

Esther Knorr-Anders wurde am 9. 3. 1931 in Königsberg/Ostpreußen geboren. Außer den in diesem Band gesammelten Texten sind bisher von ihr erschienen: ›Kossmann‹, Roman (1969); ›Die Packesel‹, Roman (1969); ›Blauer Vogel Bar‹, Prosa (1970); ›Der Gesang der Kinder im Feuerofen‹, Prosa (1972); ›Örtel und Aderkind‹, Erzählung (1973); ›Ein Mordsspaß oder wäre es nicht gerade Zeit gewesen‹, Text-Grafik-Mappe (1975); ›Jakob und Darja‹, Roman (1977) und verschiedene Erzählungen in Anthologien.

Die Falle
Bericht

Meiner verstorbenen Mutter

Manchmal gehe ich im Traum durch meine Heimatstadt. Ich gehe allein durch die ausgestorbenen Straßen. Ich möchte mich bei meiner Lehrerin, Fräulein Gutard, bedanken. Wofür ich mich bedanken will, habe ich im Augenblick vergessen, aber wenn ich vor Fräulein Gutard stehe, wird es mir einfallen. Ich weiß nur, daß der Dank ungeheuer wichtig ist, für einen Rat, den sie mir gab.

Ich gehe langsam, denn ich habe Zeit.

Ich erkenne Straße für Straße wieder. Ihre Namen fallen mir ein: Schleiermacherstraße, Beethovenstraße, Luisen-Allee und viele andere Straßen. Ich komme durch die Hufenstraße. Es ist Sommer, und rechts und links der Fahrbahn blühen die Rotdornbäume. Tausende von Blüten liegen auf den Asphalt gestreut und in den Rinnsteinen. Wenn doch nur ein einziger Mensch mir entgegenkäme! Aber es gibt keine Menschen in dieser Stadt.

Von der anderen Straßenseite, vom Obdachlosen-Asyl her, müßte jetzt Kindergekreisch und Stimmengewirr herüberschallen. In dem roten Ziegelbau müßte es von Menschen wimmeln, und es müßte nach Lysol aus den Schlafsälen riechen, in die man hineinsehen konnte, wenn sie beim Putzen offenstanden. Nichts. Weder Gekreisch noch Geruch.

Ich schlendere weiter, und plötzlich zupft mich jemand zaghaft am Jackenärmel. Ich drehe mich erschrocken um. Ein Mädchen steht vor mir, eine Schülerin, vielleicht vierzehn Jahre alt. Lange braune Zöpfe wippen ihr auf den Rücken hinunter, und unter den Arm hält das Mädchen ihre Schultasche geklemmt. Sie lacht spitzbübisch, und da erkenne ich sie.

»Hannelore!«

Sie nickt. »Na, endlich! Ich dachte schon, du weißt nicht mehr, wer ich bin.«

Hannelore Brausewetter muß sie heißen. Schlagartig fällt es mir ein, und sie war eine meiner Schulfreundinnen.

»Aber wieso ... wieso bist du denn noch Schülerin? Du mußt doch längst erwachsen sein!« rufe ich aus. Die Schatten der Rotdornblätter tanzen auf Hannelores Gesicht, und sie sieht aus, als wäre sie weit weg.

»Aber ich kann doch nicht gewachsen sein – ich bin doch tot«, sagt Hannelore leise. »Ich habe es nicht geschafft, heil aus der Stadt zu kommen, damals. Die Russen schleppten mich mit vielen anderen Mädchen nach Litauen. Wir wurden in ein Zuchthaus gesteckt. Es sollte nur vorübergehend sein. Aber dort starb ich an Kopftyphus. Die Läuse, weißt du, es waren soviel Läuse da ...«

»Ja«, sage ich, denn was soll ich weiter sagen.

»Aber *du*, du bist groß geworden«, lacht Hannelore. »Richtig erwachsen. Wir sind riesig stolz auf dich.«

»Wer, *wir?*« frage ich, und es würgt mich im Hals. Ich weiß jetzt, was Hannelore antworten wird, und ich weiß auch, daß ich diese Antwort seit Jahren kenne.

»Na, du bist doch die einzige, die rausgekommen ist, von uns Freundinnen. Wir anderen sind alle tot ...«

»Alle?« frage ich wider besseres Wissen.

»Alle! Aber das hört sich nur für dich so grauslich an.«

Hannelore strahlt über das ganze Gesicht und schiebt sich die Tasche von der linken Hüfte auf die rechte. Dabei wirft sie den Kopf zurück, daß die Zöpfe fliegen. Sie hat Augen wie Tannenharz, mit braunen Punkten darin.

»Komm!« sagt sie. »Du wolltest doch die Schule sehen, ich bring dich hin.«

Es erstaunt mich nicht, daß sie weiß, wohin ich will. Sie schiebt ihren Arm unter meinen, und wir gehen im Gleichschritt, wie früher, zur Schule. Und es macht gar nichts, daß ich durch eine tote Stadt, mit einer toten Freundin gehe.

Pausenlos plappert Hannelore. Sie zeigt auf einen Gully, einen Wasserablauf an der Bordsteinkante, und kichert.

»Weißt du noch? Einmal hast du uns erzählt, daß du in so ein Ding reingefallen und unter der Erde weiterspaziert seist, mitten zwischen lauter Rohren, dünnen und dicken. Aber als du zurückwolltest, sei eine Wasserratte gekommen und habe dich an der großen Zehe festgehalten ...«

Hannelore prustet. Und tatsächlich, das habe ich erzählt. Wir kommen der Schule näher, und jetzt lachen in dieser gestorbenen Stadt Kinder. Und da ist vor uns der Schulhof, und die Akazien stehen am Zaun entlang, und meine Klasse ist zum Turnen angetreten. Alles sieht aus, als wäre ich keine Minute fort gewesen. Die Stimmen meiner Schulfreundinnen schwirren herüber. Ich stehe festgebannt am Zaun, starre zu den Mädchen hinüber und kann sie nicht lange genug ansehen. Sie gruppieren sich, wahrscheinlich werden sie Weitsprung üben wollen ...

Und ich erkenne Edith Naujoks, das Mädchen mit der Nachtigallenstimme. Unsere Klasse gab mächtig an mit ihr, weil sie so schwindelnd hoch singen konnte. Sängerin wollte Edith auch werden, und das hätte sie geschafft.

Und die runde Uschi Schirrer fällt mir auf, die Unmengen von Leberwurststullen verdrückte und trotzdem behauptete, Hungers sterben zu müssen; und sie hat dann auch recht behalten.

Und neben Uschi stelzt Doris Kremarow. Rank ist sie, stinkvornehm und bildschön, und sie weiß, daß sie das alles ist.

Dann fängt Edith als erste zu laufen an und springt. Als sie aus dem Sand hochkrabbelt, entdeckt sie mich am Zaun. »Sie ist da«, schreit sie der Klasse zu, »sie ist da«, und stürzt auf mich und Hannelore am Zaun zu. Da johlen und winken auch die anderen alle und kommen angerannt.

Sonderbar, wir sagen nichts. Wir drängen uns schweigend gegen den Zaun, die Mädchen von der einen Seite, ich von der anderen. Ich sehe sie an, und sie sehen mich an. Und mir ist, als wäre ich nur durch den Zaun von ihnen getrennt, aber nicht durch die Jahre, die ich älter geworden bin.

»Komm doch rüber«, sagt Edith.

»Nein«, sagt Hannelore für mich. »Sie will sich nur bei Fräulein Gutard bedanken, deshalb ist sie gekommen.«

»Ja, dann ...«

Sie strecken mit die Hände zum Abschied über den Zaun.

»Dann eben später«, sagt Edith unbeeindruckt und wischt mit diesen Worten jeden Zeitbegriff fort.

Hannelore führt mich weiter am Zaun entlang. Wir kommen an das Tor, gehen über den Hof. Die Mädchen turnen weiter, aber manche winken heftig.

»Ich gehe jetzt vor«, sagt Hannelore. »Fräulein Gutard wird im Lehrerzimmer sitzen.«

Sie bleibt einen Augenblick im Flur des Schulhauses stehen und sieht an mir vorbei.

»Es ist besser, du wartest im Rektorzimmer auf sie. Ich weiß nicht, ob sie dich sehen will. Vielleicht wird sie nur durch die offene Tür mit dir sprechen wollen ...«, sagt Hannelore und sieht mich noch immer nicht an. »Fräulein Gutard ist nämlich ... ich meine, sie sieht jetzt anders aus, als du sie kanntest ...«

Hannelore reißt die Tür des Rektorzimmers auf und schiebt mich hinein. Wie damals stehen Gummibäume in den Ecken, wuchern Aloen auf der Fensterbank. Um den Schreibtisch herum sitzen zwei mir unbekannte Lehrerinnen und ein Lehrer.

Fremdartige Gesichter haben sie.

Hannelore legt den Finger auf den Mund. »Pst«, macht sie. »Das sind die Neuen. Die leben noch. Aber sie können uns nicht sehen.«

Ich begreife und stelle mich, mit dem Rücken zu ihnen, ans Fenster und blicke auf den Schulhof hinunter, auf die noch immer springenden Freundinnen. Wie winzig sie von hier aus wirken. Sehr oft schauen sie zum Fenster empor, und ich winke zu ihnen hinunter.

Dann klappt eine Tür hinter mir. Ich höre leichte Schritte näherkommen. Das kann nur das spindeldürre Fräulein Gutard sein, der ich den Spitznamen Golddrossel anhängte, weil sie ihr Gesichtchen hin- und herrucken ließ, wenn sie aufgeregt war. Das Imposanteste an ihr aber war ihre Korallenbrosche an der Halskrause.

Ich drehe mich nicht um, ich will warten, bis sie mich dazu auffordert, damit ich ihr sagen kann, daß ...

Ich fühle ihre Hand auf meiner Schulter. Da will ich mich doch umdrehen, ich muß sie sehen. Ihre Hand preßt meine Schulter fester.

»Dreh dich nicht um«, höre ich Hannelore sagen. »Es ist besser, du siehst Fräulein Gutard nicht. Sie ist nämlich von den Russen erschlagen worden – und sie kann dir nur so erscheinen, wie sie in den letzten Minuten aussah ... Aber sie wird dir zuhören, und sie weiß auch, weshalb du gekommen bist ...«

Unten im Hof krakeelen meine Freundinnen, und ich spüre fest Fräulein Gutards Hand auf meiner Schulter.

Ich will mich trotz allem umwenden, denn ihre Augen haben sich bestimmt nicht verändert, und die will ich sehen – da wache ich auf.

Am 13. Februar 1945 beschlossen vier ausgehungerte Jugendliche in einer rauchenden, artilleriebeschossenen Stadt im ostpreußischen Samland, in den verlassenen Häusern nach etwas Eßbarem zu suchen. Es waren die Sekundaner *Kyrill Skopbielsky, Gunter Böhm, Roland Rosch* und das Mädchen *Anna Fleury.*

Anna Fleury vergaß den 13. Februar deshalb nicht, weil Kyrill, Gunter und Roland von diesem Datum ab nur noch siebzehn Tage und neun Stunden zu leben hatten. In dieser Zeit wurden alle vier: Banditen, Helden und Menschen.

Das ging so zu ...

Roland stolperte, schlug der Länge nach in das vom Granateinschlag ausgefetzte Straßenloch. Einen Augenblick blieb er bewegungslos liegen, preßte das Gesicht in den Pulverschnee, schützte den Kopf mit beiden Armen. Rings um ihn rührte sich nichts in der Nacht.

»Verdammte Scheiße«, fluchte Roland und betastete sein zerschundenes Knie. Die Hose war aufgerissen, er spürte Blut an den Fingern kleben. Das Knie schmerzte. Er fummelte nach einem Taschentuch und knotete es um das Knie.

»Das muß gehen«, murmelte er und robbte sich aus dem Loch. Er rappelte sich auf und lauschte. Ein paar Kilometer östlich der Stadt orgelte russische Artillerie. Ihr Dröhnen zermalmte die Luft, ihr Bersten zerbiß den Schnee.

Roland hinkte weiter, schonte sein Knie, so gut er konnte. Er hielt sich dicht an den Hausmauern, immer auf dem Sprung, den Rücken gegen sie zu stemmen, falls sie zusammenkrachten.

Roland war fünfzehn Jahre alt. An seinem Geburtstag hatte ihm sein Vater ein lebenswichtiges Geschenk gemacht. Im Fronturlaub hatte er Roland beigebracht, den Rücken an zusammensackende Wände zu pressen. »Wenn du nachher noch lebst, kannst du Glück haben, ohne Rückgratverletzung davongekommen zu sein«, hatte er gesagt und undeutlich gebrummt: »Laß Mutter nicht allein!« Acht Tage später war er bei Odessa gefallen. Rolands Mutter wurde beim Bombenangriff verschüttet, als er im Schulbunker saß. Der Sohn Roland dachte jetzt beim Wändelanghumpeln an seinen Vater.

»Vater, ich wollte dir noch sagen ...«

Roland schlurrte um die Ecke. Drei Meter vor ihm brannte prasselnd ein Haus. Wie Wunderkerzen am Christbaum stoben Funken auf, wenn ein Sparren glühend knackte und stürzte. An dem Haus mußte Roland vorbei. Er riß sich den Wollschal vom Hals, knautschte ihn in den Schnee, bis er sich naß anfühlte. Er wickelte sich, um vor Funkenflug geschützt zu sein, den Schal um den Kopf, daß nur die Augen heraussahen.

Er duckte sich, biß die Zähne zusammen und rannte los. Ein Stück hinter dem Feuerwerk drehte er sich um. Er schnaufte. Seine Kulleraugen funkelten hellgebeizt vom Flammenschein. Die Himmelfahrtsnase triefte. Er zog hoch. Er zerrte sich den Schal vom Gesicht, stopfte ihn in die Manteltasche. Mit einem aufgeschürften Knie hatte er ein Hindernis bezwungen. Darüber freute er sich wie ein Fünfzehnjähriger oder wie ein Mann. Was macht den Unterschied? Es gibt keinen.

Roland überquerte die Pappeldorfer Allee in Richtung Polizeipräsidium. Einige Häuser bleiben ewig stehen. Dazu gehören Polizeigebäude, Gerichte, Gefängnisse und Schulen.

»Die Schulen könnten ruhig in die Luft fliegen«, dachte Roland, als er die Tür aufdrückte.

In der Halle, die Gangflucht entlang, brannten vereinzelt Notlampen.

»Hallo«, rief Roland laut.

»Hallo«, schwang der Hall zurück. Sonst antwortete nichts.

Roland atmete laut. Er hörte seinen Atem zischend aus der Lunge pfeifen. In diesem Haus hatte er oft seinen Vater besucht. Damals wimmelte es auf den Treppen und in den Zimmern von Menschen. Von seinem achten bis zehnten Lebensjahr hatte Roland Polizeioffizier werden wollen. Wie sein Vater wollte er andern helfen und sie schützen. Zum Beispiel mit der Trillerpfeife und einem Kommandoaufgebot einer von Lümmeln angerempelten Frau die Handtasche zurückgeben und sich dabei ritterlich verbeugen.

Um Hilfe zu bekommen, leider nicht, zu geben, stand er jetzt hier. Er wollte fragen, ob irgendeiner ihn und seinen Freund Skopbielsky aus der Stadt mit herausnehmen könnte, und sei es nur bis zum Flüchtlingsstrom, der ans Frische Haff treckte.

»Hallo«, rief Roland noch einmal, hoffnungslos leise.

»Hallo«, klagte es über die Fliesen.

Roland straffte sich. Er begriff, daß er allein war. Tief drinnen schmerzte es, daß jene Leute sang- und klanglos abgezwitschert waren, die der Bevölkerung eingebleut hatten, die Stadt würde nie an die Russen geraten. Hitlers Wunderwaffe solle eingesetzt werden. Sie garantiere nicht nur erfolgreiche Verteidigung, sondern den Endsieg.

Roland entschloß sich, das Parterre entlang ins erste Stockwerk zu gehen. Er glaubte nicht, daß dort einer saß, der ihn nicht rufen gehört hätte. Dennoch wollte er nachsehen. Sein Vater hatte gesagt: »Du mußt bis dort gehen, wo das Wunder möglich wird, falls du mal eins vermutest.«

Roland machte sich auf den Weg.

Er hielt sich in der Gangmitte und sah sich oft um. Das Eisen unter seinen Absätzen klickte. Er stampfte fester auf, damit es lauter klickte. Von Notlampe zu Notlampe begleitete ihn sein Schatten an der Wand, geisterte einmal vor, einmal hinter ihm.

Roland strich an einem Zimmer nach dem anderen vorbei. Die Türen standen zum Teil angelehnt oder sperrangelweit auf. In einigen Zimmern glommen Talgfunzeln, andere Zimmer waren schwarz wie Höhlen. An den Fenstern schossen rote Lichtgarben der Artillerie vorbei. Die Scheiben klirrten.

In sämtlichen Zimmern waren die Schreibtischschubladen aufgerissen, Papierberge und Aktenwälzer auf den Boden geschmissen. Eine Armlänge vor Roland wirbelte aus der Tür ein Bogen an seine Füße. Er hob ihn auf.

»Betrugsanzeige gegen ...«, las er.

Er linste in das Zimmer hinein. Gesplitterte Glaszacken stachen aus den Fensterrahmen, und der Wind fegte Papierbündel vom Schreibtisch. Roland warf die Anzeige auf den flatternden Schutt.

Er wollte weitergehen.

Da hörte er das leise Tappen von Tritten. Automatisch drückte er sich an die Wand. Tapp, tapp, machte es wieder von der Treppe. Roland konnte die Treppe nicht sehen, weil sie rechts von ihm hochführte.

»Ist da wer? Hallo!« würgte er heraus. Sein Haar sträubte sich, das Blut pochte in den Schläfen. Noch einmal hörte er Schuhe schurren, dann blieb es still.

»Ich bin Roland Rosch, Sekundaner der Herder-Schule. Ich suche Hilfe!« brüllte er lauthals.

Die Stille tuckerte an seine Ohren.

Da stieß sich Roland von der Wand ab und ging auf die Treppe zu. Während der paar Schritte dachte er: »So muß es sein, wenn man zum Tod verurteilt ist, beim Gang zum Henker. Man will nicht, aber man geht. Man hat Angst. Und wenn die Angst aufhört, ist es vorbei.«

Er bog sich um die Mauerkante und sah die Treppe hoch. Über dem Treppenabsatz pendelte an einem Stück Schnur eine Glühbirne.

Unter ihr stand das Mädchen.

Sie lehnte am Treppengeländer und blickte zu Roland herunter. Das Licht fiel auf ihren Kopf. Graublonde Haare hingen auf die Arme herab. Das Gesicht war blutleer, wächsern. Aber vielleicht hatte sie keins, sondern nur Augen, die größer zu werden schienen, riesige trudelnde Kreise. Das Mädchen konnte dreizehn oder vierzehn sein. Roland starrte sie an.

»Hast du mich genug begafft?« rief sie Roland zu.

Er zuckte vor ihrer Stimme zusammen. Sie war hoch, genau und peitschte das »t« in die Luft. Sie sirrte erschütternd illusionslos und verzaubernd durch Härte. Roland antwortete der Stimme nicht.

»Du hast Angst gehabt, als du riefst, ich hab es gespürt.« Das Mädchen sagte es nicht verletzend, sie stellte fest.

»Ist Angsthaben feige?« brachte Roland heraus.

»Es ist lächerlich.«

»Hast du nie Angst?«

»Nein. Nicht einmal, als ich verschüttet war und ausgebuddelt wurde. Das war im Luftschutzgraben. Meine Mutter wollte in das Ding, weil ihr der Keller im Haus zu unsicher war. Den Graben hat es getroffen, unser Haus steht noch.«

»Meine Mutter ist im Keller umgekommen.«

»Und dein Vater?«

»Gefallen.«

»Meiner ist in Gefangenschaft, bei denen da.«

Das Mädchen tippte mit den Fingern hinter sich, wo die russische Artillerie ballerte. Sie rekelte sich über das Geländer: »Wozu brauchst du Hilfe? Du hast gerufen: Ich suche Hilfe!«

»Ich will aus der Stadt raus und glaubte, hier nimmt mich einer mit.« Roland dachte, daß er jede Frage dem sonderbaren Mädchen beantworten würde, damit er ihre Aussprache hörte und ihre seltsam bestechende, rüpelhafte Wahrheit.

»Hilfe, hier? Das ist zum Schießen, darum bin ich auch gekommen. Aber die Klinkenputzer sind verduftet. Die gesamte Stadtverwaltung ist weg. Jedes klappernde Vehikel und verrostete Fahrrad haben sie sich unter den Nagel gerissen. Wer zuerst klaut, klaut am besten. Und wie Kinder und Krüppel rauskommen, kümmert die nicht. Das steht nur auf dem Propagandaplan von Herrn Reichsminister Goebbels. Ich war sogar auf dem Parteibüro. Kein Mensch da. Mitgliedsbücher qualmten in den Öfen. Die Parteibonzen haben sich rechtzeitig im Mercedes rauskutschieren lassen.«

»Sei still! Du weißt nicht, ob uns einer hört.«

Roland sah den Gang hinunter. Was man dachte, aber nicht sagte, hatte er wie eine zweite Haut zu tragen von seinem Vater gelernt.

»Ach was, die sollen mich nicht für dämlich halten, nur weil ich vierzehn Jahre bin. In dem Hetzblatt ›Der Untermensch‹ – kennst du das? – also da waren Tonplastiken als verblödete bolschewistische Kunst abgebildet, aber in unserem Kunstgeschichtsband in der Schule stehen sie als äthiopische Meisterwerke drin. Ich hab's unserem Pauker gezeigt.«

»Und? Was sagte er?« fragte Roland mit Grauen und Freude.

Das Mädchen warf das Haar über die Schulter.

»Den ›Untermensch‹ hat er mir weggenommen, hat mich angesehen und gesagt, daß ich es schwer haben werde. Klar, weil ich mir kein X für ein U vorkauen lasse. Zuerst wird uns eingepaukt, selbständig zu denken, und wenn wir denken, trommeln sie uns ins KZ.«

Straff, wie eine scharf angezogene Drahtfeder schnellte sie vor, sprang zwei Stufen hinunter, stand stramm, stieß den Arm vor und plärrte: »Heil Hitler! Die Scharführerin Anna Fleury meldet: 150 Jungmädel zum Dienst angetreten!«

Von Lachen geschüttelt schlug sie die kleinen Fäuste auf die Schenkel und kam die Treppe heruntergesprungen. »Das ist der Gegenwind. Damit kannst du viel riskieren. Blöken mußt du können.«

Sie stand vor Roland und gab ihm die Hand.

Anna Fleury hieß sie.

Roland ließ ihre Hand fallen. Nie hatte er kleinere und knochigere Finger angefaßt. Aus Nerven und Knorpeln schienen sie gebastelt. Zwei Geräusche hörte Roland, als er Anna Fleury betrachtete. Das MG-Trommelfeuergeknatter und seinen Atem. Mein Gott, wie dürr sie war! Sie steckte von Kopf bis Fuß in schlackernden Männerkleidern. Die Lederjoppe stand offen, und darunter sah Roland die BDM-Jacke. Die Knickerbockerhosen hatte sie in viel zu breite Reitstiefel gestopft. Sie rutschte ihr über den Bauch, und Anna Fleury zerrte sie am Riemen hoch. In der Hand schwenkte sie eine Pelzmütze. Die stülpte sie sich auf, und so glich sie einem Kosakenkadetten des Zaren.

»Es sind Kleider von meinem Vater. Scheußlich, nicht? Aber praktisch, wenn man im Keller haust und sich im Spucknapf waschen muß«, sagte sie mit unbestimmtem Lächeln. Dann beugte sie sich geheimniskrämerisch vor.

»Guck mal, was ich drunter hab!«

Sie knöpfte die BDM-Jacke auf. Pailletten glitzerten um ihren Hals. Straß blitzte auf. »Das ist mein Kostüm aus ›Schwanensee‹. Die kleinen Schwäne tanzen darin. Wenn ich das unter den Lumpen anhab, weiß ich, daß ich schön bin. Auch wenn es keiner sieht.«

Sie spreizte die Arme, wirbelte auf den Gang hinaus, kniete sich schleifend zur Schlußverneigung. Ihre Stirn berührte die Fliesen. Die Hose rutschte bedenklich. Ihr Haar hing zerzaust unter der Mütze hervor. Benommen sah Roland ihr zu. Sie sprang auf, reckte sich, schob Bund und Riemen herauf. Sie kam zu ihm zurück. Roland schluckte.

»Willst du eine Tänzerin werden?«

»Ich will Anna Pawlowa werden.«

Roland lachte unsicher.

»Die kann man doch nicht werden.«

»Schafskopf! Wenn ich sage, ich will Anna Pawlowa werden, dann werde ich es.«

»Das geht nicht«, versteifte sich Roland. Er verstand, was Anna Fleury meinte, aber zugeben wollte er es nicht. Weshalb er sich töricht stellte, wußte er nicht.

»Ich werde Schauspieler«, trumpfte er auf. Er log nicht. Das war sein letzter Berufswunsch.

»Warum?« fragte Anna Fleury ungerührt.

»Warum ...? Weil ich lange Wimpern habe.« Roland wurde puterrot. Wegen seiner idiotischen Antwort hätte er sich ohrfeigen können. Wider Erwarten lachte Anna Fleury nicht.

»Man wird nicht Schauspieler oder Tänzerin, weil man lange Wimpern oder lange Locken hat. Man wird es, weil man muß.«

Auf der Treppe über ihnen hustete es.

Blitzschnell packte Roland Anna Fleury an den Schultern, riß sie mit sich hinter die Mauer. Sie hieb ihm den Ellenbogen in die Rippen.

»Rühr mich nicht an! Ich helf mir allein.«

Sie sprang auf die Treppe.

»Komm her, Gunter!«

Sie drehte sich nach Roland um. »Er ist aus Tilsit geflüchtet und kampiert bei uns im Keller. Sein Vater liegt im Lazarett, weiß der Deubel wo. Seine Mutter hat er auf dem Labiauer Bahnhof verloren. Sie stand nach heißem Wasser an, als der Zug abfuhr. Kein Mensch wußte, wann die Viehwagen abdampften und ob überhaupt. Aber beim Wasserholen ... Gunter schlief im Waggon.«

Die Treppe herunter kam Gunter Böhm. Er drückte sich in den Schatten. Als er ans Licht kam, blinzelte er hinter randloser Brille. Karottenrotes Stoppelhaar flimmerte um seine Ohren. Die Mundwinkel zitterten. Er rieb sich die Hände, und Roland sah, daß sie feucht waren. Er war lang, ausgezehrt, ein Militärmantel hing ihm bis an die Knöchel herab.

»Ich bin auch Sekundaner«, murmelte er und stellte sich neben Anna Fleury. Sie faßte seine Hand.

»Wir werden schon rauskommen, irgendwie! Du wirst deine Mutter wiederfinden. Wir müssen nur was Fahrbares suchen, und wenn es ein Schlitten ist!«

»Kann er nicht laufen?« fragte Roland.

»Meine Mutter kann nicht laufen«, antwortete Anna Fleury.

»Ihr rechtes Bein ist gelähmt. Sie humpelt am Stock. Es ist das schönste Humpelbein, das ich kenne.«

»Dann tragen wir sie«, sagte Roland.

»Willst du mitmachen?« fragte Anna Fleury ihn.

»Wenn ihr mich laßt.«

Sie blickten sich nacheinander an. Sie schlossen Freundschaft für ihr Leben, das heißt für siebzehn Tage. Bei einer großartigen Freundschaft ist die Dauer bedeutungslos.

»Ich bin aber nicht allein«, sagte Roland. »Ich sitz mit meinem Freund im Bunker, den muß ich holen.«

»Paßt er zu uns?« fragte Anna Fleury.

»Er heißt Kyrill Skopbielsky. Er wird Jurist. Sein Vater ist Staatsanwalt, in Afrika vermißt.«

»Und seine Mutter?« warf Anna Fleury ein.

Roland sah zur Wand.

»Die Eltern sind geschieden. Seine Mutter lebt seit Jahren ...«

»... in der Schweiz, in England oder Amerika«, unterbrach Anna Fleury leise. »Leicht angekränkelter arischer Stammbaum, wie? Gott, sind wir schön, weil wir nordisch aussehen! Und wie menschenliebend und ehrenhaft!«

Sie schwiegen alle drei mit blassen Nasen.

»Lauf deinen Freund holen«, sagte Anna Fleury.

Gunter Böhm streckte Roland die Hand hin. »Ich heiße Gunter. Du hast es gehört.«

Roland nahm die feuchte Hand und überwand den Ekel. »Roland Rosch.«

»Mich könnt ihr Fleury rufen! Meine Schulfreunde und Lehrer nannten mich Fleury.«

»Das ist doch dein Nachname«, rief Roland.

»Na und?«

»Zum Rufen ist er komisch.«

»Ich bin stolz auf ihn. Meine Ur-ur-ur-urgroßeltern waren Hugenotten aus der Vendee. Ihren Glauben und ihre Meinung ließen sie sich nicht vorschreiben. Ich auch nicht!«

Fleury stapfte ihnen voraus den Gang entlang.

Draußen schneite es.

Die Pappeldorfer Allee herauf schleppte sich ein Trupp Soldaten. Sie dösten stumpf auf ihre Filzlappen an den Beinen. Der Harsch unter ihnen knirschte. Ihre Wimpern und Augenbrauen waren vom Rauhreif verkrustet. Schnee trieb ihnen in die Augen und verklebte sie. Dann warfen sie die Köpfe hoch wie vor Bremsen scheuende Pferde. Die drei Kinder am Straßenrand sahen sie nicht.

»Das ist wohl unsere Verteidigung«, sagte Fleury.

»Amen«, brummte Gunter.

Roland dachte an seinen Vater. Ob er auch zum Schluß erschöpft gekrochen war wie diese? Ob er an seinen Sohn gedacht hatte, wenn er in sterbenden Städten an Kindern vorbeiwalzte?

Roland schluckte, als hätte er einen Kloß im Hals.

Fleury wartete hinter der Haustür. Der Flur war dunkel, und es zog. Sie bibberte. Mit steifen Fingern schlug sie den Jackenkragen hoch. Ab und zu sah sie auf den Petroleumbrenner neben ihrem Fuß. Der Docht flackerte spärlich. Viel Petroleum war nicht mehr drin und Kerzen wurden knapp.

Vom Keller sickerten Stimmen herauf. Eine lachte überspitzt. Dazwischen schrie ein Säugling.

Fleury hob die Lampe auf, klemmte das Bein in den Türspalt und streckte den Kopf hinaus. Himmel und Straßen waren fahl vom Schnee. Auf der Ruine gegenüber saß die Mondsichel.

Fleury kniff die Augen zusammen, blickte die Straße lang. Unter gespenstisch verschneiten Kastanienbäumen schlitterten zwei Gestalten näher. Sie hatten die Schultern hochgezogen, die

Hände in den Manteltaschen vergraben. Das mußten Roland und sein Freund Skopbielsky sein.

Fleury pfiff leise. Der kleinere schwenkte den Arm, als ließe er eine Fackel kreisen. Sie waren es. Roland hatte das verabredete Zeichen gewinkt. Fleury hielt ihnen die Tür auf und hob die Lampe über den Kopf. So sahen sich Kyrill und Fleury zum ersten Mal.

»Das ist Kyrill Skopbielsky aus Goldap«, sagte Roland. »Und sie heißt Anna Fleury.«

»Freut mich«, sagte Kyrill wie auf Tanzschulparkett und dachte: »Sie ist schön!« Er sagte weiter: »Laß mich die Lampe tragen!«

»Kommt nicht in Frage! Sie hält nicht dicht. Kein Tropfen Petroleum darf verschüttet werden!«

»Ich kenn mich mit den Dingern aus. Aber wenn du nicht willst ...«

»Kommt rein! Ich hab erbärmlich gefroren beim Warten. Der Keller ist stickig und miefig, aber warm, weil er geknüppelt voll ist. Mehr Flüchtlinge gehen nicht rein. Eine Schauspielerin ist dabei. Die schnipselt Sowjetsterne aus der Hakenkreuzfahne zum Anstecken. Sie meint, damit schindet man guten Eindruck, wenn die Russen kommen.«

»Ich werde bei ihrem Nächstenliebewerk helfen«, sagte Kyrill.

Da lachte Fleury ihn an, und er lachte zurück. Beide entdeckten Humor unter ihrer ruppigen Haut. Der war makaber und älter als sie. Solange sie lebten, zitterte er wie ein Lerchenlocklied zwischen ihnen.

»Hast du dich allein von Goldap durchgeschlagen?«

»Es fand sich keiner, der mir eine Schutzeskorte stellte.«

Sie kletterten in den Keller hinunter. Auf Pritschen und Stühlen kauerten Frauen und Kinder. Einen Augenblick stierten trübe Augen die drei an der Tür an. Es wurde still. Dann wisperte, zischelte es weiter. Kinder fingen zu greinen an. An dem Ofen in der Mitte, einem vierschrötigen Zementklotz, machte sich der einzige anwesende Mann zu schaffen, und der war ein Greis. Jüngere Männer gab es in Kellern nicht. Sie waren gefallen oder fielen gerade.

Bankrat Kämmerer winkte Fleury an den Ofen. Er verheizte Hitlerbilder und Bilder anderer Nazigrößen und zerhackte die Rahmen auf fußbreitem Raum. Fleury zog Kyrill und Roland mit sich. Hinter dem Ofen schaute Gunter hervor.

»Sie sind da, Frau Fleury!« rief er.

»Das sind meine Freunde, Mutter«, sagte Fleury, »alles arme Teufel«, und schob Kyrill und Roland vor den Rohrstuhl.

Frau Fleury nestelte ihre Hand unter der Decke hervor. Veilchenblaue Amethyste glänzten, graue Perlen schimmerten. Die Watteau-Hand paßte in den Keller wie Maria-Antoinette aufs Schafott.

»Wollen Sie bei den Russen bleiben oder flüchten?« fragte Frau Fleury.

»Flüchten«, antwortete Kyrill. »Sonst hätte ich in Goldap bleiben können.«

»Es steht doch offen, ob sie einrücken«, nörgelte Bankrat Kämmerer hinter dem Ofen. »Sie geben leichtfertig Ihr Haus auf, Frau Fleury. Schließlich kann ein Wunder geschehen.«

Frau Fleury beugte sich zur Seite. »Leichtfertig nennen Sie es, wenn russische Muschkoten uns auf den Pelz rücken? Keiner verläßt gern das Bett, in dem er alt geworden ist. Aber wo wir auch ankommen, wird man uns fragen, ob wir einen Staubsauger besaßen. Das vereiste Ostpreußen ist unbekannt am Rhein und an der Elbmündung ... und was das Wunder anbelangt? Herr Bankrat, ich warte ungern auf Wunder, die schnell geschehen müssen ...«

»Die Russen kommen sicher wie neue Schneeglöckchen«, fiel Kyrill ein. »Nur fragt es sich, ob sie wie der Frühling säuseln.«

Frau Fleury schaute Kyrill an. »Sie haben einen schillernden Verstand, junger Mann. Für solche Menschen habe ich fürchten gelernt.«

»Wir flüchten«, sagte Kyrill noch einmal.

»Warten wir noch zwei, drei Tage!« meckerte Bankrat Kämmerer. »Auf drei Tage kommt es nicht an.«

»Wir werden einen Schlitten beschaffen, dann ziehen wir los!« schlug Fleury vor.

»Und wenn keiner zu kriegen ist, verschwindet ihr allein«, sagte Frau Fleury, und es gelang ihr zu lächeln.

»Quatsch!« brauste Fleury auf. Abrupt schob sie sich auf ihre Pritsche zu. »Kommt mit!« rief sie Kyrill, Roland und Gunter über die Schulter zu. Zu viert krochen sie auf der Pritsche zusammen. Fleury holte eine Sprudelflasche unter dem Strohsack hervor.

»Pfefferminztee, der letzte. Aber die Wasserleitung tröpfelt noch.«

Sie ließ die Flasche reihum gehen.

Sie starrten durch beißenden Dunst. Auf jedem Zentimeter Zement krabbelte ein Kinderbein, griffen Frauenhände nach schlaffen Proviantbeuteln, leeren Säuglingsflaschen. In der Ecke quäkte ein Junge nach Blutwurst auf Butterbrot. Die Schauspielerin Alja steckte ihm ein Sowjetsternchen an.

»Spiel damit, zu essen kannst du nichts kriegen, es ist nichts da!«

Kreischend warf sich der Junge auf den Bauch seiner auf Rucksäcken schlafenden Mutter. Vor Schmerz keuchend, fuhr sie hoch. Sie zog den Jungen in ihren Mantel und schaukelte ihn. Sie hatte Haar wie sonnenversengtes Korn. Es lockerte sich aus dem Tuch.

»Blutwurst auf Butterbrot«, quengelte der Junge.

»Die Frau ist Hans Baldung Griens wunderbarste Maria«, flüsterte Kyrill. »Aber ich möchte Trüffeln à la Rossini und Pfirsich Melba!«

»Und ich Erbsen mit Eisbein!« träumte Roland.

»Nußschokolade«, seufzte Gunter.

»Wie können wir was ranholen?« sann Fleury laut.

»Trüffeln, meinst du?« fragte Kyrill.

Beide witterten sich an wie Luchse. Fleury murmelte: »Wenn wir flüchten, müssen wir unterwegs essen. Zu Fuß brauchen wir zwei Wochen bis Pillau. Dort sollen Schiffe noch Flüchtlinge aufpacken.«

Kyrills Ellenbogen stieß an Fleury.

»Die meisten Wohnungen stehen leer. Alle Speisekammern können nicht ausgeräumt sein. Alle Vorratskeller auch nicht. Der Mensch denkt zuletzt ans Essen bei Gefahr. Das zeichnet ihn aus.«

Fleury begriff sofort.

»Du meinst ...?«

»Ja ...«

Roland drehte den Kopf herum. »Was tuschelt ihr beiden?«

»Kennst du dich in der Stadt aus?« fragte ihn Kyrill.

»Ich bin hier geboren. Ich finde mich selbst in ihren Ruinen zurecht.«

»Desto besser! Wir brauchen einen Führer durch volle Speisekammern. Wer könnte die 1945 noch haben?«

»Vom Kreisleiter aufwärts und die SS-Häuptlinge.« Rolands Mund blieb offen hängen, jetzt kapierte auch er. »Willst du ...?«

»Genau!«

Gunter hatte zugehört. »Das ist Plünderei!« sagte er schleppend. Sein Wort hing als glühende Zange zwischen ihnen.

»Mundraub«, verbesserte Kyrill. »Außerdem fallen wir unter das Jugendstrafgesetz. Hinzu kommen besondere Umstände und Notstand.«

»Menschenskinder, ich finde das abenteuerlich, als wären wir ... Partisanen!« schnalzte Roland begeistert. Seine Augen funkelten. Er rieb sich die Nase.

»Partisanen können von jeder Soldateneinheit standrechtlich erschossen werden«, hörten sie Gunter. Roland knuffte ihn.

»Spielverderber! Miesmacher! Deutsche Soldaten erschießen uns nicht. Für die sind wir keine Partisanen und keine Plünderer. Die lachen höchstens, weil wir nicht hungern wollten. Selbst wenn uns Russen schnappen, wären wir nicht Partisanen. Das hab ich bloß gesagt, weil es sich toll gefährlich anhört.«

»Wer macht also mit?« fragte Fleury.

»Ich!«

»Ich auch!«

»Und du, Gunter?« Fleury beugte sich vor.

»Selbstverständlich mach ich mit! Meint ihr, ich laß euch allein oder kneife? Aber ich sage, daß ich es ohne euch nicht tun würde. Diebstahl ist ... miserabel!« Gunter hatte »ehrlos« sagen wollen, unterließ es aber. Er wollte nicht ausgelacht werden. Er sagte noch: »Ich werde nicht zufrieden mit mir sein.«

»Wir auch nicht«, sagte Fleury und sah zum Ofen, wo ihre Mutter eingenickt war. Ob in irgendeinem Haus ein Schlitten stand ...?

Kyrill strich sinnlos seine Hose glatt.

»Ich werde nicht vergessen, was du gesagt hast, Gunter. Aber ich klaue ohne Gewissensbisse, wenn ich mehreren helfen kann.«

»Gehen wir?« Roland ließ sich von der Pritsche fallen.

»Auf!« rief Fleury.

Kyrills Finger berührten ihre Jacke. »Bleib da, Fleury!«

»Entweder alle vier oder keiner! Denkst du, weil ich ein Mädchen bin ...«

Kyrill lächelte verlegen. »Daran hab ich nicht gedacht.« Doch von diesem Augenblick an begann er auf sie aufzupassen. *Ihr* sollte nichts passieren.

»Wartet vor der Tür! Ich sag nur meiner Mutter Bescheid.«

Fleury setzte vorsichtig über Kinderköpfe und Frauenleiber

hinweg. Sie tippte an das Knie ihrer Mutter. Frau Fleury zuckte schlaftrunken hoch.

»Was gibt's? Kommen die Russen?«

»Nein. Ich will dir nur sagen, daß wir was zu essen besorgen.«

»Wo wollt ihr was herkriegen? Wo geht ihr hin?«

Fleury zog die Decke höher, wickelte den Rand um Frau Fleurys Füße.

»In Roland Roschs Bunker sollen Konserven stehen.«

»Warum hat er sie nicht gleich mitgebracht?«

»Ich weiß nicht.«

Fleury dachte, daß sie außer ihrer Mutter niemand lieben könnte. Wie der eisgraue Haarknoten knisterte, wenn Fleury hineingriff! Vor Jahren war er herbstrot gewesen. »Die schöne Frau Fleury«, tuschelten die Leute, wenn sie einkaufen ging. Und Fleury stelzte neben ihr, ein stangengerader Leibgardist.

»Wiedersehen«, sagte Fleury.

»Bleib nicht lang!«

»Nein.«

»Wenn du Tiefflieger hörst ...«

»Werf ich mich platt auf den Bauch, ich weiß.«

»Ich möchte meinen Rosenkavalier zurückbekommen!«

»Jetzt kann ich dir nur Eiszapfen bringen.«

»Die nehm ich auch.«

Fleury zwängte sich hinaus.

Polyantha schleppte Fleury an jedem Geburtstag. Es waren die Lieblingsblumen ihrer Mutter.

Sie stiefelten im Gänsemarsch, Roland, Gunter, Fleury, Kyrill, langsam, aber besessen. Der Teufel hätte an ihnen Spaß gehabt ... Auf jeden Fall dürfte das Schicksal stolz auf sie sein. Sie folgten ihm wie Uhrzeiger, präzise Sekunde um Sekunde weglachend, auch wegfürchtend, mit snobistischer Unruh. Der eisig fegende Wind brach sich an ihnen; aber über die Felder trieb er sie wie Spreu vor sich her. Der tiefe Himmel wurde teigighell. Von der Stadt hörten sie eine Turmuhr vier schlagen, hinterher bimmelten Glocken. Das gab es noch, Uhren und Kirchen. Sollten sie mitzählen, bis der Turm brannte, das Uhrwerk auspochte? Sie taten es nicht.

»Vier Schläge«, keuchte Fleury mit dem Wind. »Wir sind auch vier. Das ist ein gutes Omen, find ich. Wir werden volle Keller finden.«

»Kirchenuhren schlagen nicht, um Dieben Glück zu bringen«, japste Gunter. »Wer sich so was vormogelt, ist Heide.«

»Stimmt nicht!« brüllte Fleury. »Aber wenn ich sterbe, möchte ich ein Vogel werden! Eine Dohle! Eine Dohle im Wind!«

»Christen werden selig, nicht Dohlen. Wenn du eine Dohle werden willst, bist du Heidin. Ich habe doch recht gehabt!«

»Eine Dohle«, schnappte Fleury nach Luft. Sekundenlang stieß sie die Finger in den Sturm und steckte sie aufjammernd unter die Jacke. Der Sturm biß schärfer als Dohlen.

»Ich bin keine Heidin!« knurrte Fleury und drehte sich nach Kyrill um. Zäh hielt er sich im Wind und schüttelte den Kopf, als hätte er Fleurys Knurren gehört und müßte ihr antworten. Weder taumelnder Dohlenschwarm noch pfeifende Luft verrieten Fleury, daß Kyrill nicht Christ, auch nicht Heide war, sondern dem antlitzlosen Gott der Stämme Israels glaubte, wie seine Vorväter. Ruckartig blieb sie mitten auf Eiskrusten stehen. Kyrill prallte gegen sie.

»Was ist Fleury? Kannst du nicht weiter?«

»Doch!«

Aber sie lauschte, lauschte dem Wind, der jetzt mächtig das Lied vieler Religionen und ihrer Gläubigen heulte, eins stark wie das andere.

»Doch, ich kann laufen, Kyrill!«

Nebeneinander stakten sie Roland und Gunter nach bis in ein Wäldchen, wo sie schenkeltief im Harsch einbrachen. Hier – und eine halbe Stunde später – mußte sich die Zufallsfreundschaft der vier zum ersten Mal bewähren, erhielt sie die Feuertaufe, stellte sie sich der Kraftprobe. Hier begannen sie zu lernen, daß Freundschaft mehr als ein verschwörerischer Handschlag, mehr als ein gegrölter Treueschwur ist, daß man den anderen aushalten mußte, wie er war, samt den Fehlern. Kein Studienrat, kein Pfarrer lehrte sie, aber Wind, Eis und ihre sengenden Herzen.

Verbissen schoben sie sich durch den Schnee, strauchelten über Wurzeln, verfingen sich im Gestrüpp, das ihnen die Gesichter peitschte. Vorne stürzte Gunter gegen einen Baumstumpf und schlug sich einen klaffenden Riß in die Stirn. Er schrie nicht, als er sich aufrichtete. Er schwankte, stand dann still. Sorgfältig klopfte er den Schnee vom Mantel, hielt inne, weil ihm Blut von der Stirn tropfte, und staubte sich weiter ab.

Außer ihm gab es keinen Menschen in diesem Waldstück, vielleicht nirgends mehr, so sah er aus.

Er hielt die Augen zusammengekniffen, die Brille war ihm beim Sturz von der Nase geflogen. Schweigend standen Kyrill, Roland, Fleury um ihn herum. Hinter ihnen klatschte Schnee von Tannenarmen, merkwürdig dumpf zu hören, drohend aus vereinsamter Welt.

»Gunter«, sagte Roland mit aschgrauer Stimme. »Es tut mir leid.« Kann eine Stimme aschgrau werden? Sie kann es, wenn sie sich schuldig fühlt.

Da ließ Gunter die Schultern fallen, er sah aus, als wolle er noch einmal hinstürzen. Aber er fiel nicht. Er schrie: »Was glotzt ihr mich an? Sucht meine Brille! Sucht sie! Ich habe euch gesagt, ohne euch wäre ich nicht hierher gelatscht! Ich wollte nicht! Ich bin nicht irrsinnig! Ihr seid schuld an dem Schlamassel mit eurer blöden Freßgier!«

Roland suchte die Brille aus dem Schnee. Ungelenk rieb er sie blank.

»Nimm, Gunter! Sie ist nicht kaputt, Gott sei Dank!«

Er hielt Gunter die Brille hin und wirkte dabei wie ein Bettler. Gunter nahm sie Roland aus der Hand, klemmte sie sich auf die Nase. Einen Augenblick starrten sich der Bettler und der zum Plündern Überredete an. Wieder klatschte von Tannen Schnee. Dann holte Gunter aus und hieb die Faust unter Rolands Kinn. Der taumelte rückwärts. Kyrill und Fleury fingen ihn auf, hielten ihn.

»Saukerl!« ächzte Gunter. »Diese Wanze treibt uns sechs Kilometer aus der Stadt, wo keine Häuser, noch nicht einmal Ruinen stehen. Was sollen wir hier, he? Wo sind denn die Fleischpakete? Und zurück müssen wir auch! Durch denselben Mistwald, über die gleichen Dreckfelder, bei 32 Grad Kälte!«

»Sei ruhig, Gunter!« sagte Kyrill. Er war deutlich zu hören. Roland schob Kyrill und Fleurys Arme fort. Seine Augen blinkten wie das Eis an Baumrinden. Er wurde ein unverwüstlicher Freund.

»Hinter dem Wald, Gunter, hinter dem Wald, steht eine Wurstfabrik. Ich hab mir doch bei der Plackerei was gedacht.«

Gunter schob die Brille hoch.

Kyrill stellte sich zwischen Roland und ihn.

»Paß auf, Gunter! Wenn du willst, kehren wir um. Wir bringen dich zurück. Du brauchst nicht mehr mitzukommen. Aber wir haben alle gesagt, daß Roland uns führen soll. Für den Wald und die Kälte kann er nichts. Er hat nicht versprochen, uns durch Augustfelder zu schleppen. Ich friere auch, und Fleury bestimmt. Aber zuschlagen, wenn's schiefgeht, das machen Banausen. Du wolltest kein Dieb sein, gut! Aber ich prügle keinen Kameraden und laß ihn nicht prügeln!«

Wortlos wandte sich Gunter um. »Wo geht's weiter?« fragte er Roland.

Und Roland übernahm die Spitze wie vorhin, iltishaft aufmerksam, sich duckend, schlurrend, springend.

»Aufpassen, Gunter, Wurzelknorren«, rief er manchmal, oder: »Achtung, Schneegruben!«

Eigentlich wurde er jetzt verantwortlich. Er hätte herausschreien mögen vor Stolz, daß er als erster ging, für die anderen.

Plötzlich standen sie an den letzten Bäumen, auf Brachland. Der Wald lief in einer Ausbuchtung um die Fabrik herum.

»Das ist sie«, sagte Roland, als zeige er vom Berggipfel Nebo das gelobte Land Kanaan. Rowdies und Raubritter zugleich, lauerten sie hinüber.

»Wie kommen wir rein?« fragte Fleury.

»Das Tor ist nur angelehnt. Ihr könnt es erkennen. Falls drinnen die Türen verriegelt sind: Ich habe Dietrich und Feile mit.«

»Das heißt, wir müssen die Schlösser aufbrechen«, sagte Kyrill.«

»Schon«, erwiderte Roland. Es klang, als ob er sich entschuldigen wollte für das, was nicht zum Diebstahl gehörte.

»Das macht Krach«, stellte Fleury fest. »Ist denn keiner drin, Roland? Wächter oder Hunde?«

»Niemand. Schon lange nicht. Der Betrieb ist stillgelegt. Meine Mutter war da zum Kriegseinsatz verpflichtet. Deshalb weiß ich es.«

»Dann los!« sagte Gunter. »An die Wursttöpfe!«

»Ins Lager müssen wir, oder in die Verpackung. Nur da kann was sein. Beides liegt im Parterre.«

Seit dem Aufenthalt im Polizeipräsidium war Roland nicht zu bewegen, menschenleere Treppen hinaufzusteigen. Sie zottelten los in der Reihenfolge, die sie auf den Feldern angenommen hatten: erst Roland, dann Gunter, zum Schluß Fleury und Kyrill. Auch jetzt hielten sie ungefähr drei Schritt Abstand voneinander. Mit Ausnahme Kyrills. Er ging hart hinter Fleury. Er mußte aufpassen, daß er nicht auf ihre Stiefel trat. Er hatte gleichzeitig ihre Füße im Auge, ihre tannennadelbespickten Haarspitzen und jede fremde Bewegung vom Wald zum Fabrikgatter. Es bewegte sich nichts, außer den Baumästen im Wind. Tatsächlich war das Gatter nur angelehnt. Sie schoben es spaltbreit auf und drückten sich in den Hof. Das Verwaltungsgebäude, das mit blinden Fensterlöchern blinzelte, ließen sie links liegen und marschierten Roland nach zur Werkhalle. Die Tür war abgesperrt.

»Wie diebesunfreundlich!« murrte Kyrill.

»Sie hätten Willkommensgirlanden aufhängen sollen«, gab Fleury ihren Senf hinzu.

Gunter blinzelte durch das Schüsselloch.

»Paß auf, die Brille!« warnte Roland.

Gunter kam hoch. »Schlüssel steckt nicht«, erklärte er fachmännisch, und genauso fühlte er sich.

»Laß mich ran!« Roland wippte Dietrich und Feile auf der Hand. Er wischte beide mit dem Taschentuch ab. Weiß Gott, welches Türknackeridol er nachahmte, aber Herder-Gymnasium-Lektüre war es nicht gewesen.

Die Tür jedoch gehörte der Türen-Elite an. Sie knarrte nach kurzem Widerstand auf. Was von dem krausköpfigen Amateureinbrecher zu halten war, läßt sich nur denken. Besser, man stellt es sich erst gar nicht vor.

Sie ließen die Tür hinter sich offen. Das Schloß sah verstümmelt aus. Ob man das später ersetzen konnte? Roland zog die Tür noch weiter auf.

»Verrückt!« flüsterte er blaß. »Wenn ich mir vorstelle, daß wir nicht mehr raus könnten ...«

Von jetzt an hatte er Angst vor verriegelten Türen, Zellen, Käfigen und so weiter. »Wir wären lebendig begraben. Stellt euch vor: im Sarg noch leben!«

»Na, na!« beruhigte Kyrill und schauderte wie Roland. »Wir könnten notfalls die Fenster zertrümmern.«

Aber es lachte niemand. Eine rasche Angst ohne Ausweg streifte sie, das Zuschnappen einer Falle.

Roland sprach es aus: »Ich würde wie eine Maus zappeln, und ...« – er holte Luft – »ich würde schnell sterben wollen.«

»Wo meinst du, daß Fleischbüchsen stehen?« fragte Gunter lakonisch, und drei Paar Augen sahen ihn verblüfft an. Aber seine feuchten Hände sahen sie nicht. Er hielt sie in den Mantelärmeln versteckt.

Sie kletterten eine Eisenstiege hinauf. Die Tür an der obersten Stufe war nicht verschlossen.

»Das Lager«, sagte Roland und drückte sich um den Türpfosten. Die anderen drängten ihm nach. Regale zogen sich die Wände hoch. Sie waren allesamt leer. Der Luftzug fegte Staubflocken aus den Winkeln. Roland sah den Flocken zu, bis seine Augen brannten. Kyrill boxte ihn in den Rücken.

»Beiß deine Lippen nicht kaputt! Zeig uns noch die Verpackung, vielleicht haben sie dort was liegen lassen! Der Schlachtraum wäre auch eine Möglichkeit.«

»Ja ... sicher.«

Die Verpackungstische, Fließbandapparatur, staubten wie die Regale. Banderolen mit der Aufschrift »Fleischfabrik Geuser, feine Wurstwaren« türmten sich unter Schneidebrettern.

Roland gab nicht auf. Er drang bis in die Metzgerei vor, gefolgt von den Komplizen. Er hoffte nicht mehr, Konservenschätze zu finden, aber gründlich wollte er sein. Wenigstens das, vor sich und den anderen.

Sie standen zwischen Kacheln, komisch blanken Kacheln, auf Fliesen, die ebenfalls glänzten. Warum sahen sie trotzdem unappetitlich aus? Die Milchglasfensterscheiben waren ausgebrochen. Wenn es hier Staub gegeben hatte, hatte ihn der Wind fortgepustet. War es deshalb so steril, bakterientötend, unbehaglich sauber?

Betreten schauten sie von den Knochensägen zu den Kutterschüsseln, Brühkesseln, vom Fleischwolf zu Hautmesser und Wetzstahl. Schließlich blickten sie die Gullis in den Fliesen an, und da nur auf die rötlichbraun abgesetzten Ränder.

»Was ist das?« fragte Fleury tonlos und dachte: »Jetzt muß ich brechen.«

»Da fließt das Bl...«

»Schnauze!« knirschte Kyrill Gunter an.

Aber Gunter hätte nicht weitersprechen können. Er drehte sich über die nächste Schüssel und spie Galle.

»Hier finden wir also nichts«, würgte Fleury. »Dann können wir gehen.«

Sie sahen Roland an. Der nickte.

»Ich hab geglaubt, hier wären alle Ecken voll! Ich habe die Konserven vor mir gesehen.« Er zuckte hilflos die Achsel.

Fleurys Magen rumorte laut, und sie dachte an ihre Mutter.

Gunter schlich von der Schüssel ans Fenster. Er pumpte sich die Lungen voll Luft.

»Mach dir nichts draus, Roland! Wir haben Pech gehabt. Versuchen wir es woanders! Ich muß dir sagen, ich wäre auch hierher marschiert, wenn ich die Fabrik gekannt hätte.«

Es sollte hingeworfen, nebensächlich klingen, und das gelang Gunter bis zur letzten Satzhälfte. Beim Reden hatte er aus dem Fenster gesehen. Seine Augen wurden froschig, quollen über die Lider. Mit einem Ruck duckte er sich an die Wand zwischen den Fenstern.

»Karpfen hinter Glas, seine Augen. Zum Quieken blöde«, dachte Kyrill sekundenschnell und dachte weiter: »Jetzt erwischt uns wer! Aus, vorbei! Aber wir haben nur das Schloß aufgebrochen.«

Er war schon bei Gunter, packte ihn an den Schultern. »Was ist? Kommt wer?«

»Ruhe!« zischte Gunter und drückte Kyrills Kopf herunter. Kraft hatte er nie gehabt. Jetzt spannten seine Muskeln unerträglich hart.

Roland und Fleury hatten sich hingekauert. Mit käsigen Gesichtern krochen sie zu Gunter und Kyrill an die Wand. Alle vier schoben ihre Nasen im Fensterwinkel an die gesplitterten Scheiben hoch ...

Am Waldrand standen zwei Uniformierte, die Maschinenpistolen im Anschlag. Sie sicherten nach allen Seiten, tuschelten. Des einen Kinn deutete nach der Fabrik, der andere schüttelte den Kopf, schwenkte den Maschinenpistolenlauf nach einer Grube rechts von ihnen bei den Tannen. Sie mußten jung sein. Sie trugen keinen Stahlhelm, und der Wind zauste ihr helles Haar. Sie sahen hübsch aus und, dachte man das Maschinengewehr weg, gegen Wald und Himmel unschuldig. Selbst bei dieser Entfernung, im diesigen Morgenbrodem erkannte Fleury das Runensymbol für »Sieg« an ihren Uniformen.

»Helf uns Gott!« lispelte Roland, der die Runen in gleicher Minute sah. »Die sind nicht von der Wehrmacht.« Er brach ab, als er Kyrills Augen sah.

»SS ...« Kyrill knickte ein, ließ sich langsam auf die Fliesen rutschen.

Mit glasigen Augen starrten die drei über ihn aus der Scheibenecke.

»Was machen sie? Was passiert?« flüsterte Kyrill an ihren Beinen hinauf.

Da übersetzte Fleury wie aus einer fremden Sprache, so hörte es sich an. Es war eine Sprache des Grauens, und Fleury begriff sie in vier Minuten ... Und währenddessen stürzte ihr Kindheitsgott aus dem Himmel. Jahrelang suchte sie ihn. Und eines Morgens, in einem Schwertlilienstrauß, an einer brenzligen Lebensecke, fand sie ihn wieder. Gott und Fleury hatten sich gewandelt, beide waren strenger geworden. Fleury war kein Kind mehr, und Gott nicht nur verpflichtet, Wünsche zu erfüllen. Aber das kommt noch nicht, das geschah später.

Jetzt sagte Fleury: »Aus dem Wald kriecht ein Zug Menschen, von der SS flankiert. Es sind Mütter, Männer, Kinder. Ich kann ihre Stimmen hören, denn manchmal winseln sie. Der Wind treibt Sprachfetzen ans Fenster hoch. Es sind kunterbunte Sprachen, manche wie singend, manche rauh. Und ich glaube, ich glaube – zwischen den Müttern, den Männern, den Kindern geht der Tod, und sie wissen es. Aber sie haben keine Angst vor ihm, nein. Ich meine, sie haben gewartet, daß er endlich kommt ...«

Fleury verstummte.

»Weiter! Was jetzt?« keuchte Kyrill.

»Sie werden an die Schneegrube getrieben, die hast du gesehen, Kyrill. Ihre Kleider werden abgetastet. Einige ziehen Ringe vom Finger und geben sie hin ...«

Fleury glitt neben Kyrill nieder. Sie zog die Beine an, preßte das Gesicht auf die Knie und hielt sich die Ohren zu. Ihr Körper zuckte. Roland und Gunter warfen sich zu ihnen. Ihre hechelnden Atemzüge setzten aus.

Deutlich war jetzt das Gewimmer zu hören.

»Anlegen!« brüllte das Kommando.

Das Wimmern schwoll zum Schrei.

»Eins ...«, peitschte das Kommando.

Da sprang Fleury auf.

»Ich lauf hin, ich sag's ihnen, den Mördern, Spitzeln, Halunken ...« Sie stürzte los.

Mit einem Ruck warf sich Kyrill ihr nach, bekam ihren Fuß zu packen und riß sie zurück. Fleury knallte auf die Fliesen. Kyrill lag über ihr, preßte ihr den Handballen in den Mund. Sie biß zu, schlug um sich. Im gleichen Augenblick warfen sich Roland und Gunter auf Fleurys Arme und Beine.

»... Feuer!« zischte es draußen.

Während Kyrills Tränen auf Fleurys Gesicht tropften, brach der gellende Stimmenaufschrei mitten im Maschinengewehrknattern ab.

Sie ließen Fleury los. Kyrill wischte ihr mit der Faust die Augen ab.

Heiser flüsterte Roland: »Wenn du runtergelaufen wärst, sie hätten uns mitumgelegt, Fleury.«

Da erst verstand Fleurys Gesicht, und stückweise begriffen ihre Nerven. Sie hieb die Zähne in den Lederärmel, um sich zu fühlen. Sie lebte, sie durfte weiterleben! Herrlich war es, inmitten des Fegefeuers.

»Einer muß nachsehen, ob sie weg sind«, sagte Kyrill erschöpft.

Gunter nickte, kroch hoch, schleppte sich ans Fenster. Er wußte jetzt schon, wie er hinsehen mußte, um nur zu sehen, was er aushalten konnte – den Schnee und die abziehenden Henker. Dabei stieß er an die Fensterscheibensplitter. Die Scherben klirrten laut in den Hof aufs Pflaster. Die Uniformierten fuhren herum. Sie steckten die Köpfe zusammen, starrten zum Fenster herauf.

»Durchpatrouillieren!« hörte Gunter. »Kossmann, Sie gehen rauf! Augenzeugen können wir nicht brauchen!«

Den sie Kossmann nannten, riß sich das Gewehr von der Schulter und kam über den Hof. Er würde die aufgebrochene Tür finden und vielleicht nasse Schuhspuren im Staub. Nein, gestohlen hatten sie nicht, aber Augenzeugen waren sie eines nie entschuldbaren Verbrechens, gleichviel, von wem und unter welchem Motto verübt. Und Terrorstaaten können Augenzeugen nicht verkraften ...

Die vier konnten nicht einmal sprechen, geschweige sich rühren. Das Grauen preßte ihnen das Herz zusammen. Dann hörten sie Stiefel auf der Eisenstiege hochknarren.

»Verstecken«, brachte Fleury heraus. »Los in die Kessel!«

Fleury wuchtete die Deckel der Wurstbrühkessel hoch. Ihre Hände arbeiteten fremd und geräuschlos. »Er kann erst im Lager sein«, rechnete sie und half Roland und Gunter sich in die Kessel zwängen. Sie drückte die Knöpfe der beiden tiefer und schob die Deckel zu.

»Rasch, Fleury, ich hör ihn kommen!«

Kyrill hielt die Tür zur Räucherkammer auf. Aber auch jetzt zogen Fleurys selbständige Hände erst den Schlüssel ab, steckten ihn innen ins Schloß. Sie preßte sich mit Kyrill in die Kammer, zog die Tür zu. Die Tür zu verschließen, schaffte sie nicht mehr, weil Stiefel auf den Fliesen krachten. So hielt Fleury mit steifen Fingern die Tür, die einen winzigen Spalt offenstand, am Schlüssel fest. Sie fühlte Finger und Schlüssel zu Klumpen werden, während in ihr der Gedanke hämmerte, daß die Tür sich nicht bewegen durfte.

Durch den Ritz sah sie den Uniformierten näherkommen. Er war jung, unwahrscheinlich jung für das Gemetzel, zu dem er ja sagte. Seine Stirn war platt, breit, und sah töricht aus. Aber das bedeutet nichts. Auch schöne Stirnen können grausam denken. Er ging zaudernd, das Gewehr im Anschlag haltend. Er sah sich um, bückte sich unter die Kuttermulden.

»Ist hier jemand?« rief er. Er stellte sich an die Wurstkessel, trommelte mit den Fingern am Rand entlang.

Sekundenlang spürte Fleury ihre Finger am Schlüssel schlaff werden. Das durfte nicht sein, sie mußten steif bleiben.

An den Kessel gelehnt, klaubte der Uniformierte Zigaretten und Streichhölzer aus der Jackentasche. Er zündete sich eine an, dann tastete er sich weiter, auf die Räucherkammer zu. Vor dem Spalt blieb er stehen und paffte. Die Zigarette hüpfte zwischen seinen bebenden Fingern. Er stand so dicht, daß Fleury Bläschen auf seiner sommersprossigen Nase schwitzen sehen konnte. Und plötzlich wußte Fleury, daß ihm graute wie ihr.

Noch ein paar Züge, dann trat er die Zigarette aus, spuckte über die Achsel und ging pfeifend weg. Er ging wirklich. Je schneller er ging, desto lauter pfiff er. Er knallte die Tür hinter sich zu, und auch die zweite. Fleurys flirrende Nerven hörten ihn sogar im Hof poltern. Sie stieß die Tür auf.

»Raus, Kyrill! Spionier am Fenster nach, in welche Richtung er verschwindet! Und ob die anderen dabei sind! Acht Mann waren es. Den Weg dürfen wir auf keinen Fall nehmen. Ich helf Roland und Gunter aus den Kesseln, sie ersticken sonst.«

Aber Kyrill antwortete nicht. Er lehnte merkwürdig gekrümmt in der Kammer. Er mußte schon lange ohnmächtig sein. Als Fleury ihn anrührte, sackte er zusammen und rutschte ihr entgegen. Fleury fing ihn auf, stemmte sich gegen ihn und ließ ihn auf die Fliesen gleiten. Ihr Haar klebte, ihr Herz jagte. Verzweiflungstränen schossen ihr über die Backen. Wie im Kino sah sie ihre Mutter vor sich flimmern, und der fünfjährige Knirps Fleury kuschelte sich in den Schoß und bekam das Sterntaler-Märchen erzählt: Da öffnete sich der Himmel und herab fielen tausend goldene Sterne ... Was für eine irre Vorstellung!

Fleury stürzte an die Kessel, schob mit klammen Fingern die Deckel weg. Zum Heulen schwer, die Dinger. Sie hatten sich doch leicht zuschieben lassen.

Roland und Gunter hoben ihre gelben Gesichter aus der Hölle.

»Ist er weg?«

»Natürlich, ja! Helft mir, Kyrill ist ohnmächtig!«

Mein Gott, wie langsam sie aus den Kesseln torkelten. Sie fielen mehr, als sie gingen. Sie knieten neben Kyrill. Mechanisch knöpften sie ihm das Hemd auf, massierten mit kraftlosen Fingern die Brust. Sie wollten ihm helfen, über ihren guten Willen dachten sie gar nicht nach. Aber sie konnten nicht mehr.

»Es geht schon wieder«, sagte Kyrill endlich. »Die Pumpe arbeitet!«

»Wozu?« fragte Gunter verwundert und meinte, was er sagte. Er ließ die Hand aus Kyrills Hemd fallen.

Kyrill grinste schwach. »Wozu? Lieber Himmel, wie soll ich das wissen?« Er bog den Kopf und sah Fleurys Gesicht an seinem Hals und fühlte ihre Hand über seinem Herzen auf der nackten Haut. Da wußte er, wozu. Aber er sagte es nicht. Und Fleurys Glückshand machte ihn auch dann noch selig, als an der Tür der Uniformierte grölte: »Aufstehen, Hände hoch!Reckspack, rührt euch nicht!«

Keiner der vier fuhr entsetzt herum. Sie schauten auf, eher langsam. Man hätte sie gelangweilt vom Entsetzen nennen können. Sie kamen vom Boden hoch, schwankten etwas und lehnten sich leicht aneinander.

Nur Fleury stand allein, seltsam straff.

Sie hoben die Hände über den Kopf. Lange konnte das keiner von ihnen verlangen, denn sie kribbelten.

Nur Fleurys Arme stachen als Florette empor.

Sie blickten den Uniformierten an, der die Knarre schußbereit hielt. Sein Zeigefingerknöchel sprang weiß am Abzug vor. Sie sahen es, ziemlich gleichgültig. Der Lauf zielte auf sie.

Da sagte Fleury mit einer Diktion, die sie später gottlob nie mehr nötig hatte: »Sie werden nicht hochwertiges Blut niederknallen wollen, Leutnant! Sie haben Söhne und Töchter besten rassischen Materials vor sich! Unsere Familien werden uns nachforschen. Sie sollten sich genau überlegen, was Sie tun!«

Der Uniformierte senkte irritiert den Gewehrlauf um Zentimeter.

»Ich bin Untersturmführer!« sagte er.

»Ich kenn mich da nicht sicher aus! Aber Untersturmführer ist auch fein! Sie können nicht viel älter sein als wir.«

»Nein ... viel nicht. Ich bin zweiundzwanzig.«

Der Uniformierte senkte verdattert das Gewehr noch tiefer.

»Ich bin siebzehn«, log Fleury. Sie behielt Kossmann im Auge.

Er kam schrittweise näher. Er peilte von einem zum anderen. Auf Schußweite blieb er vor ihnen stehen. Und wie vorher hinter der Kammerritze spürte Fleury, daß er Angst hatte.

»Nehmt die Arme runter!« sagte Kossmann unsicher.

»Wir danken Ihnen, Untersturmführer! Wir versichern, daß wir keine Waffen bei uns haben! Wir sind hergekommen, um ein paar Wurstbüchsen zu finden. Unsere Mägen knurren.«

»So, Wurstbüchsen!« Kossmann überlegte, was er dazu sagen sollte. Dann schob er das Kinn vor. »Habt ihr ... das draußen gesehen?«

»Gewiß«, antwortete Fleury und beschwor lautlos Roland, Gunter und Kyrill, den Mund zu halten. *Sie* mußte reden, nur sie, weil sie im Augenblick Kraft hatte. Spulriemen und Treibrad war sie – schneller, immer schneller. Das Höllentempo hielt sie, ihr pausenloser Einsatz. Griff einer in die Speichen, dann würde sie zusammenbrechen.

Ihr schwindelte. Aber die drei schwiegen. Fleurys geheimer Befehl hatte sie erreicht. Er strahlte von ihr aus, sie hätte sich keine Sorge zu machen brauchen. Ihre Stirn, ihre Wangen, selbst ihre Lumpen schienen zu brennen. Nein, von den dreien würde sie nicht gestört. Betäubt starrten sie Fleury an, die gespenstisch und tollkühn um ihrer aller Leben feilschte.

Verschwommen hörte Fleury Kossmann sagen: »Ihr seid Augenzeugen gewesen!«

»Selbstverständlich«, antwortete Fleury. »Aber bedenken Sie, Untersturmführer, konnten wir wissen, daß ein Führerauftrag Sie ausgerechnet an eine Wurstfabrik führt!«

»Es war unwertes Leben«, leierte Kossmann ein grausiges Schlagwort nach. Dem Sinn nach hätte er es nicht einmal erklären können. Der Menschenwürde und den Menschenrechten nach schon gar nicht. »Unwertes Leben«, trumpfte er auf, sich dunkel rechtfertigend. »Muß man doch ausmerzen, nicht? Sagt mal! Außerdem ist es Befehl! Jawohl, Befehl! Mir haben die Juden, Polen, Asiaten ja nichts getan. Mir ist egal, wieviel es gibt! Aber sie verseuchen die Rasse! Das kann man doch nicht zulassen, oder? Was meint ihr?«

»Natürlich nicht«, sagte Fleury und hörte den Hahn krähen. An einem frühen Morgen hatte Petrus gesagt: »Ich kenne den Menschen nicht!« und Christus verleugnet. Das hat sich zum Übelwerden oft wiederholt. Deshalb wußte Fleury im geheimen, daß sie ihr »Natürlich nicht« nie von sich würde abwaschen können.

Kossmann ging rückwärts zur Tür: »Ich gehe jetzt. Ich sag, daß keiner hier war. Aber ihr müßt noch dableiben! Der Obersturmbannführer spaßt nicht. Und wenn es mir an den Kragen geht, also dann laß ich euch sausen. Dann helf ich nicht!«

Das konnte man auch nicht verlangen, weil jeder gern lebte, wie sie jetzt wußten. Dennoch, es gab solche Sternmenschen, die ihren Kopf unters Beil klemmten, um ein paar Nächste zu retten.

Kossmann drehte sich nach den Kesseln um und nahm Zigaretten und Streichhölzer fort. Er schwenkte sie in der Hand. »Die hatte ich vergessen. Deshalb bin ich zurückgekommen. Sonst hätt' ich euch nicht entdeckt. Und ich wollte mich nicht lächerlich machen, in diesem Schlachthaus grauste mir nämlich. Wo habt ihr eigentlich gesteckt?«

»In den Kesseln«, sagte Fleury, biß sich die Zunge wund und unterdrückte ein schrilles Lachen. Das Leben hatte an Zigaretten gehangen, das war grotesker als ein Seidenfaden.

»Donnerwetter! Alle Achtung!« sagte Kossmann. Er hielt Kyrill Schachtel und Zündhölzer hin. »Die können Sie behalten! Wenn ihr geraucht habt, könnt ihr abtigern! Dann ist die Luft rein.« Kyrill brachte es fertig, ruhig die Hand auszustrekken. »Wie heißen Sie?« fragte Kossmann ihn.

»Giselher Volker Hagen Schmitt«, antwortete Fleury für Kyrill. Sie wollte Kyrills undeutschen Namen vermeiden. Kossmann brauchte zu guter Letzt nicht mißtrauisch zu werden.

»Also dann ...« Er drehte sich um, maß die Entfernung von den vieren zur Tür. Fleury begriff: Er scheute sich, mit dem Rücken zu ihnen, allein über die Fliesen zu gehen.

»Ich begleite Sie zur Tür«, sagte Fleury. Man hätte meinen können, sie verabschiede den Reichsjugendführer. Sie ging neben Kossmann her. An der Tür sagte sie: »Vielen Dank, Untersturmführer ...« Sie zögerte und setzte hinzu: »Ich wünsche Ihnen Glück!«

»Danke, Fräulein! Kann man immer brauchen.« Er hatte recht. Später konnte er es brauchen.

Fleury drückte die Tür zu. Ohne ein Wort ließ sie sich auf die Fliesen fallen. Undeutlich sah sie Kyrill auf sich zukommen. Er steckte ihr eine brennende Zigarette zwischen die Lippen. »Zieh!«

Die Schülerin Fleury wurde Kettenraucherin; sie ist es heute noch. Nach langer Zeit sagte Roland: »Das war'ne Wucht, Fleury! Mensch, bist du ein Pfundskerl!«

»Du bist großartig!« sagte Gunter. Kyrill beugte sich zu Fleury. »Meinst du, daß du schon laufen kannst?«

Sie halfen ihr hoch. Sie wackelte. Kyrill bückte sich, zog ihren Arm um seinen Rücken. »Stütz dich! Du kannst dich schleppen lassen. Dann geht's leichter.«

Fleury sah Kyrills Nase vor sich und seine greisenhaft gewordenen Augen. In die lächelte sie den langen Weg vom Sterntaler-Märchen bis zu Untersturmführer Kossmann.

»Es ist gar nicht schlecht, sich von einem Mann helfen zu lassen.«

Der Mann war sechzehn Jahre.

Sie kamen über den Hof zum Tor hinaus.

Sie wollten nicht hinsehen, aber ihre Augen suchten gebannt die eine Stelle. Sie war mit Schnee zugeschaufelt. Dieses große Laken würde die Schlafenden bis zum Frühling einhüllen. Die Tannen schaukelten ihre Arme darüber, streuten erst Schnee, später Nadeln und Zapfen. Sie hielten eine grandiose Totenwache und würden sie lange halten, denn Tannen werden alt.

Es verging viel Zeit, bis die vier im Schnee die Augen abwandten. Und während Fleury Kyrill anstieß, sah sie den Schlitten. Er hing zwischen Tannengestrüpp von einem Ast herunter, hinter dem Schneelaken. Kinder mochten ihn bei einer Schneeballschlacht aufgehängt haben, als hier noch Kinder tollten. Er war ein Paradestück, mit rotem Samt bespannt und mit runder Rükkenlehne. Die Kufen sprühten von blauem Stahl.

Fleury blickte starr hinüber, und die drei folgten ihren Augen. Um den Schlitten zu holen, mußte einer von ihnen über die Grube. Gunter sah als erster weg und scharrte Eisstücke mit dem Fuß zusammen. Roland kaute die Fingernägel. Kyrills Schläfen wurden weißer als vorher. Er schob Fleurys Arm von seinem Hals.

»Ich hol ihn dir, Fleury.«

»Nein!«

»Doch! Du willst ihn für deine Mutter haben, und so wahr mir Gott helfe, das ist ein Grund.«

»Wenn einer ihn holt, gehe ich! Das kann keiner für einen anderen machen!«

»Es ist meine Sache, Fleury! Und ich sage dir, warum. Ich stehe diesen Toten näher als ihr. Ist das nicht zu begreifen, daß nur ich gehen kann? Und ich glaube ...«

Da ging er schon los. Was er glaubte, war nicht zu verstehen.

Er hielt sich gerade, etwas steif. Ein Mann, der etwas hinter sich bringen mußte, je schneller desto besser. Kurz vor der Grube begann er zu rennen. Er war sehnig und hatte Kraft. Das sahen sie jetzt. Er lief schneller ...

Dann duckte er sich, federte und schnellte im Sprung über das Schneebett. Drüben schlug er ins Gestrüpp, klammerte sich in die Äste und fing sich knapp am Rande auf. Einen Augenblick war er schneebepudert. Aber die Grube hatte er nicht berührt.

Mit einem Arm sich an Astwerk haltend, packte er mit dem anderen den Schlitten und riß ihn aus dem Gezweig. Dann schleuderte er ihn mit einem Stoß über den Schnee hinweg.

Jetzt mußte er selbst zurück. Er hatte hinüberspringen können, weil er Anlauf genommen hatte. Zurück ging das nicht. Er stand auf schmalem Rand am Wald. Er formte die Hände zum Trichter.

»Dreht euch weg!« rief er Fleury, Gunter, Roland zu. Sie taten es. Sie erfuhren nie, wie Kyrill vom Wald zu ihnen gekommen war, über den Ruheacker von Menschen, denen er sich verbrüdert fühlte.

Erst als sie seinen Tritt und scharrende Schlittenkufen hörten, kehrten sie sich um. Sie stolperten ihm entgegen.

»Mensch, das ist eine Staatskarosse!« johlte Roland, ohne Kyrill anzusehen.

»Setz dich drauf, Fleury! Wir ziehen dich«, sagte Kyrill. Er drückte Fleury in die Lehne zurück. Dabei kreuzten sich ihre Augen. Fleurys Augen fragten: »Wirst du es mir einmal erzählen?«, und Kyrills Augen antworteten: »Wenn überhaupt, dann nur dir!«

»Hü«, machte Fleury, und Kyrill griff nach der Schnur. Gunter baute sich hinter dem Schlitten auf. »Ich schiebe!«

»Moment noch!« quiekte Roland den dreien nach. »Seht mal, was hier liegt! Kommt mal her!«

Seine Stimme zwang sie, an ihn heranzuschlittern. Zwischen Rolands Füßen wehte ein zerknautschtes Taschentuch, dessen Zipfel der Wind zu- und aufplusterte. Ein Halsband von byzantinischer Pracht beschwor aufgereckte Schultern geliebter Frauen herauf. Die Meisterarbeit war aus Saphiren, Rubinen und Smaragden komponiert. Das schmuddlige Taschentuch und der Schnee verdoppelten beklemmend Zauber und Vergangenheit.

Fleury kippte beinahe aus der Schlittenlehne.

»600000 Mark«, schätzte sie.

»Könnte nachgebildete Goldschmiedekunst um 550 sein«, meinte der Juwelierssohn Gunter. »Die Damen am Hof Justinians ...«

Roland wischte sich Spucke von den Lippen. Er bückte sich. »Meinst du wirklich, Fleury? 600000 Mark?«

»Mehr«, sagte Gunter.

Roland streckte die Hand aus. Seine Finger griffen nach dem Schmuck. Da schlug ihm Kyrill den Arm weg. Mit offenem Mund starrte Roland ihn an. Wald und Schnee lauschten um sie, als Kyrill sagte: »Vom Lebensmitteldieb zum Leichenfledderer trennt uns nur die Übung!«

Er packte Halsband und Taschentuch, knotete die Zipfel zusammen und warf das Bündel dem unbekannten Besitzer unter dem Schnee hinüber.

»Dussel! Kyrill? Da findet es ein anderer und verkloppt es«, maulte Roland und lief bei Kyrills Blick rot an.

»Bestimmt«, antwortete Gunter für Kyrill. »Aber der Finder muß mit dem Fund fertig werden. Das meinst du doch, Kyrill? Hab ich dich richtig verstanden?«

Es gab nichts mehr zu reden. Also zogen sie ab – ein Häufchen soweit als möglich Gerechter, unter einem leergewordenen Himmel, ohne Mond und Gott.

Jeder Weg nimmt ein Ende, auch der Rückweg über Felder. Im Keller hatten sich weder Menschen noch Luft verändert. Kyrill, Gunter und Roland hauten sich jeder in den ersten freien Winkel und schliefen ein. Fleury kauerte sich zu ihrer Mutter.

»Wir haben einen Schlitten, mit Lehne. Wir können dich ziehen.«

Dann riß es auch sie ohne Übergang in den Schlaf ... Im Traum schleifte ihr noch einmal der graue Zug aus dem Wald entgegen, von Kossmann angetrieben. Als erste wankte ihre Mutter. Kossmann hieb ihr den Gewehrkolben in den Rücken. Er stieß sie an die Grube. Frau Fleury zog das Amethyst-Armband von ihrer Hand, hielt es Kossmann hin. Da fiel es in den Schnee ...

Fleury kreischte auf. Sie warf sich über Frau Fleurys Beine, betastete die Schenkel, den Leib, die Brust, das Gesicht.

»Du lebst noch!« schluchzte sie. »Du lebst!«

Dann sah sie das Armband an Frau Fleurys Handgelenk. »Nimm das ab, Mutter! Nimm es ab! Auch die Ringe!«

»Aber warum, Fleury? Es sind Vaters Geschenke.«

»Nimm das Zeug ab! Ich verwahr es dir. Du kriegst den Plunder wieder, wenn alles vorbei ist.«

Frau Fleury streifte Armband und Ringe ab und drückte die Andenken in Fleurys Hand. Fleury steckte sie zitternd in die Innentasche der BDM-Jacke. Dann bohrte sie den Kopf in Frau Fleurys Schoß.

»Wo warst du, Fleury? Mein Kind, wo warst du? Ihr wolltet Konserven suchen ... Habt ihr welche finden können?«

»Wir haben einen Schlitten gefunden!«

Fleury stieß den Kopf tiefer in Decke und Schoß. Augen und Nase wurden ihr naß. Es schüttelte sie.

Verschlafen blinzelte Kyrill aus der Ecke hoch. Er wischte sich einen Haarringel aus der Stirn.

»Fleury ... weinst du?«

»Nein.«

Frau Fleury flüsterte auf Kyrill ein: »Herr Skopbielsky, sagen Sie mir bitte, wo Sie und Ihre Freunde und Fleury herkommen!«

»Woher? Aus der Hölle. Ich glaube, das war sie.« Kyrill schlief wieder ein. Eine Sekunde überlegte er noch, ob er ›Hölle‹ gesagt, gedacht oder nur geträumt hatte.

Sie schliefen bis zum späten Nachmittag. Als sie endlich aus ihren Winkeln krochen, schüttelten sie die Kleider wie junge Hunde das Fell, gähnten, reckten sich und rieben sich die Augen mit Spucke aus. Sie gaben ihren Lebensmittelbeschaffungsplan nicht auf. Ihre rumpelnden Mägen, die mäkelnden Kinder und die schlimmer zu ertragenden hungernden Mütter, die nichts mehr über Hunger sagten, trieben sie an.

»Wollt ihr meine Aktentasche mitnehmen?« fragte Bankrat Kämmerer und zog die Mappe unter der Pritsche vor. »Ich habe nur persönliche Papiere drin. Die kann ich rauslegen.«

»Nein, danke schön!« sagte Fleury. Ihr war nicht wohl dabei, daß Bankrat Kämmerer herumerzählt hatte, sie würden was zu essen bringen. »Wenn wir zurückkommen«, dachte Fleury, »werden sie uns ansehen wie den Weihnachtsmann. Und dann leere Hände haben ... Ach was, irgendwo wird schon ein Marmeladenglas aufzutreiben sein.«

»Ihr solltet doch die Tasche nehmen«, meinte Bankrat Kämmerer, aber Fleury schüttelte den Kopf.

»Mit einer Tasche kann man schlecht spingen, und falls sie voll ist, überhaupt nicht.«

»Wie du meinst, Fleury.« Bankrat Kämmerers zittrige Finger schoben die Tasche unter die Pritsche zurück. »Ich laß dich zum letzten Mal gehen«, sagte Frau Fleury am Ofen. »Es wird mir zu gefährlich. Die Artillerie ist nähergekommen. Wenn dir was passiert, Fleury ... Was soll ich später Vater sagen!«

»Wir rücken ab, Mutter. Bestimmt morgen.«

Fleury tappte an den Ofen. Wenn sie nur nicht so zitternde Knie gehabt hätte! Ekelhaft, wie die Ohren sausten und schwarze Kreise sich in den Augenwinkeln drehten.

»Ich versuch nur noch einmal, was zum Futtern ranzuschleppen, und wenn es Puddingpulver ist. Mir hängt der Hunger zum Hals raus.« Sie freute sich über den Doppelsinn.

Frau Fleury blickte über die Kinderköpfe. »Jede Minute kann es brenzlig werden. Man sieht es den Minuten nicht an ...«

»Das hab ich in der letzten Nacht mitgekriegt ...« Fleury stockte. Die letzte Nacht würde sie ihrer Mutter nie erzählen.

»Denk an mich, Fleury!«

»Und ob ich an dich denke! Wenn es dick kommt, hör ich dich rufen: Paß auf, Fleury! Wie damals, als ich auf dem Sprungbrett rumstrampelte und ins Wasser plumpste – ich konnte nicht schwimmen.«

Fleury sah reichlich schnell weg. »Wiedersehen«, sagte sie und fuhr über Frau Fleurys Hände. Sie waren abgefroren, klamm. Fleury faßte an den Ofen. Das Feuer war heruntergebrannt, und Kälte fraß sich in den Zement. Weitere Hitlerbilder zu Heizzwecken hatte das Haus nicht vorrätig. Schließlich besaß niemand einen Bilderspeicher. In den Wohnzimmern hing nur eins, und das genügte für hinterhältige Besucher.

»Wir müssen raus«, dachte Fleury. »Hungern und frieren, das wird selbst Kellerasseln zuviel!« Aber Hitler und Konsorten hatten posaunt: *Keiner* soll hungern und frieren. Fleury begann ein für alle Mal an Regierungserklärungen zu zweifeln. Was nicht heißen soll, daß sie alle Hoffnung aufgab. Aber sie sah immer Wundertüten vor sich, man wußte nie, was drin steckte.

Sie schob sich an Kyrill, Gunter und Roland heran, und zusammen drängten sie aus dem Keller. An der Tür drehte sich Fleury um. Das soll man machen, wenn man die wiedersehen will, die man verläßt.

»Bringt was mit!« rief die Schauspielerin Alja laut, und die anderen dachten es. Man sah es ihren gelben Nasenspitzen an. Und Fleury dachte: »Hoffentlich! Hoffentlich war einer so blöde, die Butter zu vergessen!« Plötzlich ärgerte sie sich ernstlich, daß Bankrat Kämmerer geklatscht hatte. In diese Hungeraugen zurückzukommen ohne volle Arme, das war eine elende Vorstellung.

Fleury stieß die Tür zu. Die vier schlurften die stockdunkle Treppe hinauf, jeder in Gedanken verrannt, die beim besten Willen nicht mehr jung zu nennen waren.

Draußen vor der Haustür meckerte Roland: »Wenn sie alle Hunger haben, hätte sich einer aufraffen können und mitkommen zum Klauen! Glauben die vielleicht, wir können sie mit Kandis und Brezeln füttern!«

»In der Not frißt der Teufel Fliegen«, bemerkte Gunter dazu, der nach und nach eine eigene skurrile Schnoddrigkeit kultivierte. Diese Ölhaut schützte ihn noch in seinen letzten Augenblick hinein.

Kyrill horchte zum Himmel nach Flugzeuggeräuschen. Er meinte: »In der Not frißt der Mensch selbst vom Teufel.«

»Zumindest von Dieben«, bockte Fleury bitter. »Roland hat recht, einer hätte mitkommen können!«

»Nanu, Fleury, was ist los?« Kyrill griff nach Fleurys Schulter, wo sich ihr Haar kringelte. Da kam bei Fleury die Krise.

»Ich mag nicht mehr, Kyrill! Roland, Gunter, ich will nicht mehr! Mir ist egal, wer hungert! Mir ist auch wurscht, daß ich Hunger hab! Ich kann ihre Augen nicht ausstehen. Die Hungerleider ekeln mich an! Sollen sie selbst sehen, wo sie Semmeln aus den Mauern kratzen!«

Fleurys Gesicht fieberte. In der brüchigen Nachmittagsdämmerung wirkte es jämmerlich dreieckig, ein hingekleckster Flecken Tünche auf schmutzig verwaschener Hausfront.

Roland knetete entgeistert sein Ohrläppchen. Kyrill und Gunter begutachteten ihre durchweichten Schuhspitzen und warteten. Sie beide kannten schon das niederträchtige Gefühl, vor einer Lawine wegzurennen und zu wissen, die holt dich ein.

»Na, sagt doch was!« keifte Fleury. »Haltet nicht Maulaffen feil!«

»Ich meine«, fing Kyrill an, »ich meine, wenn du alt wie die Leute im Keller bist, dann wirst du auch zu müde sein, um nach Fressalien loszuzuckeln. Das bringen nur Junge hin!« Kyrill behielt für sich, was er weiter sagen wollte: Weil sie von Panik keine Ahnung haben! »Aber Kinder und Säufer werden von Schutzengeln geführt«, sagte er laut.

»Von wem?« fragte Fleury und zog den Mund schief. Das Grinsen machte sie älter, Augenblicke lang häßlich.

»Von Schutzengeln«, wiederholte Kyrill.

»Hör mit dem Quatsch auf! Oder veranlasse deine Hilfsgeister, Karren und Gäule herzuschaffen, wenn es bei ihnen an Speck und Schmalz hapert!«

»Karren und Gäule bitte«, bat Kyrill und verneigte sich unter den breiig schwimmenden Wolken. Er lachte nicht. Er stand da, abgerissen und dreckig, und trug seinem Gott eine Bitte vor. Mit mehr Würde hätte er auch in einer Synagoge, in Frack und Zylinder, nicht bitten können.

Befangen schauten ihn die drei an. Kyrill bohrte die Hände in die Taschen. »Das war kein Witz, ich glaube dran!«

Fleury schob sich vor. Vielleicht wollte sie antworten, unterließ es aber. Sie hatte Kyrill lächerlich gefunden und bewundert. Was mehr von beidem, blieb ihr rätselhaft.

»Hauen wir ab!« sagte sie. »Roland, du führst uns wieder!«

Die Nacht fiel rasch ein, hakte sich um die Baumgerippe, schleifte von den Hauswänden über die Straßen. Der Schnee und die aufzuckenden Artillerieblitze zeigten ihnen geisterhaft den Weg. Der Flammenschein tobte näher, beleckte Häuser, Höhlen und Löcher. Einschlag auf Einschlag barst heulend.

Sie marschierten nicht mehr hintereinander. Wie es gerade kam, duckten sie sich einzeln, zu zweit oder zu dritt von Mauervorsprung zu Mauervorsprung, krochen ein Stück über Glatteis, warfen sich zu den nächsten Wänden. Einmal rückten sie zusammen und starrten hinter sich, wo brennende Garben aus Schnee und Erde hochspritzten, ein Feuerwerk, nicht für einen Sommergartentraum in die Luft geballert.

»Wir müssen machen, daß wir was finden«, zischelte Roland. »Das wird kodderig. Jetzt macht es keinen Spaß mehr.«

»Ach, nee! Mir schon lange nicht«, grunzte Gunter hinter vorgehaltener Faust.

»Wir müssen in irgendein Haus rein, hinter Ziegeln sind wir sicherer«, sagte Kyrill. »Eine Wand hält so gut wie die andere.«

»Oder fliegt in die Luft, so gut wie jede andere«, warf Gunter dazwischen.

»Roland, wie weit noch? Wo willst du hin?« fragte Fleury aus der Mauernische.

»Um die Ecke. Hinter der ersten Ruine steht die Prunkvilla von einem Wissenschaftler. Jedenfalls stand sie noch vor drei

Wochen. Wenn wirklich Leute drin sind, sagen wir, wir suchen Schutz.«

»Ich denke, du wolltest uns zum Kreisleiter aufwärts bringen?«

»Zu weit, das trau ich mir nicht mehr zu.«

»Auf denn!« Gunter drückte sich weg.

»Und du meinst, Wissenschaftler speichern Fressalien?« rief Kyrill Roland nach. »Ich kann dir nur sagen, die essen wenig. Die werden von den trigonometrischen Winkelfunktionen und Homers Hexametern satt.«

»Quasselt nicht, kommt!« Fleury stürmte vor, überholte Roland und wetzte um die Ecke. Sie sprang an den ersten Baum einer langen Reihe schwarz angekohlter Rotbuchen und preßte sich hinter den Stamm. Roland, Gunter, Kyrill setzten ihr nach. Sie blickten zur Villa hinüber. Sie stand in den Garten zurückgebaut, zwischen Akazien, die, versenkt wie die Rotbuchen, auf keinen Frühling mehr hofften.

Die Villa war dunkel und still. Das waren alle Häuser dieser in ihren letzten Stunden röchelnden Stadt, aber die Villa machte einen Unterschied, und die drei vor ihr lungernden Freunde und Fleury spürten ihn.

Die Villa war nicht nur still und düster, sie war abweisend. In ihren Kellern saßen keine Menschen und warteten auf den Untergang oder ein Wunder. Die Villa würde und wollte niemand aufnehmen. Sie starb allein, mit einem Schuß Hochmut aller Barbarei gegenüber. Später fragte sich Fleury, warum sie das Haus nicht gleich erkannt hatte. Das mußte von den Trümmern ringsum kommen, von den Bombentrichtern, den scheppernden Fensterläden und von der Nacht.

»Hinein!« sagte Roland, und seiner Stimme war anzumerken, daß er jedes weniger schweigende Haus bevorzugt hätte.

Sie schlichen bis an die Pforte. Kyrill ließ ein Streichholz aufflammen und hielt es über das Namensschild auf dem Steinsockel.

»Dr. Dr. Philipp Melzer«, lasen sie. Dann verglühte das Streichholz. Fleury reckte sich, ihr Kinn stach spitz aus dem Lederkragen.

»In dem Haus klau ich nicht! Ihr müßt allein gehen! Ich warte auf euch.«

Roland schoß herum. Sein Stupsnasengesicht verzerrte sich vor Wut. Er packte Fleury bei den Schultern und schüttelte sie. Es ging so schnell, daß keiner ihn zurückriß. Er wollte heraus

aus dem Dreck, weg von dem Haus, dessen Dunkelheit er haßte, fort aus allen brütenden Winkeln, um die er einen Bogen schlagen würde, wenn er durfte.

Er ließ Fleury los. Sich verhaspelnd, krakeelte er: »Das gibt es nicht! Du kommst mit, Fleury! Es kann nicht einer alle Augenblicke eine Sonderwurst gebraten bekommen. Mitgegangen, mitgehangen! Auch wenn die Kiste deinen Verwandten gehört, das ist mir schnuppe. Hochtrabende Gefühle kannst du dir sparen. Sie sind keinen lausigen Pfifferling wert! Ich klaue auch nicht zum Vergnügen, jedenfalls jetzt nicht mehr. Heut früh, bevor wir loszogen, da fand ich es kolossal, verstehst du! Glotz mich nicht dämlich an, toll mein ich, so was wie seeräuberisch! Aber jetzt finde ich es zum Kotzen. Und deshalb denke ich nicht daran, Rücksicht auf irgendwelche Sippschaft zu nehmen. Ich weiß, das ist nicht fein. Ich kann dir sagen, was es ist, es kommt raus auf ...«

»Bandenmoral«, ergänzte Kyrill mit heikler Betonung, und Gunter warf stoisch ein: »Du hast es schon zum besten gegeben, Roland: Mitgegangen, mitgehangen!«

»Aber.«, fuhr Kyrill fort und blickte nach Fleurys spitzem Kinn, »wir sind nur ein paar Tage Banditen, dann nie wieder!«

»Worauf du dich verlassen kannst!« stieß Roland hervor. »In meinem Leben klau ich kein Hühnerei mehr ...«

»Geht vor«, sagte Fleury, und als die drei sich nicht rührten: »Geht schon! Ich komme nach.«

Fleury zottelte hinter den dreien her. Die Haustür war lose eingeklinkt, nicht verschlossen. Sie drängten sich im Flur zusammen. Augenblicke lang sahen sie nichts. Dann gewöhnten sie sich an die Dunkelheit, und der Flur dehnte sich zum Achteck. Mit abgewürgtem Aufschrei zuckten Gunter, Kyrill und Roland vor den Phosphoraugen, dem glimmenden Rachen eines Pumas zurück.

»Von dem Zeug steht viel hier rum«, sagte Fleury im Rücken der drei. »Es sind Kostbarkeiten aus allen möglichen Erdwinkeln. Aus Tarquinia zum Beispiel, wo die Etrusker hinzogen, aber niemand weiß, woher sie kamen.«

Fleury schmeckte ›Tarquinia‹ und ›Etrusker‹ wie aparte Gewürze auf den Lippen, Lorbeer und Nelke. Sie träumte. Das passierte ihr jedesmal in diesem Haus, auch jetzt. Gleich würden die Wände duften nach Traurigkeit und Fremde und sie mit roter Sehnsucht überfallen.

»Das hättest du uns draußen sagen können, Fleury!« Kyrill tastete sich ein paar Schritt über den Teppich. »Hallo«, rief er gedämpft. »Herr Dr. Melzer?« Von der Treppe herunter hörten sie eine Uhr ticken, das war alles.

»Der Vogel ist ausgeflogen«, lispelte Roland erleichtert.

Kyrill kam zurück. »Hast du die Taschenlampen, Fleury?«

Fleury zog sie aus der Jacke, zwei Taschenlampen der Schauspielerin Alja, unbezahlbare Raritäten, den vieren zum Diebstahl ausgeborgt. Fleury und Kyrill ließen die Lichtbalken kreisen über Karatsu-Vasen, Azteken-Federn, über ein Isis-Motiv, wo die Schwestergöttin den toten Brudergatten über das Weltmeer segelt, von Mondwechsel zu Mondwechsel.

»Püüü ...« Gunter fuhr sich durch die Borsten. »Hier hätte ich am Tag sein wollen. Mein Lateingeschmiere wäre nie fertig geworden.«

»Ist doch Blech«, brummte Roland. Er wurde ungeduldig. Er hatte Hunger, und außerdem war ihm unheimlich zumute. »Was nützt der Ramsch jetzt? Federn kann man nicht fressen.« Wäre Rolands Lebenslinie länger gezogen gewesen, hätte er für volle Speisekammern gesorgt.

»Rechts geht es in die Küche und zum Keller«, tuschelte Fleury an Rolands Ohr.

»Kommst du nicht mit?«

»Doch.« Fleury zögerte. Sie wartete auf etwas, das die Wände ihr zuzuraunen angefangen hatten. Vorhin war sie abgelenkt worden. Jetzt aber horchte sie die Winkel der Treppe hoch, und ein grünes Zimmer zog sie an ... Am ersten Tag hatte ihre Mutter sie hinaufgebracht. Fleury sah die mit Büchern vollgepackten Truhen vor sich; eine Fliege hatte am Fenster gebrummt, im Aschenbecher ein Zigarettenstummel süßlichen Rauch gequalmt – am Schreibtisch hatte der Philosoph Melzer gelehnt ... »Ich geh mal die Treppe rauf. Ich bin gleich zurück. Dann such ich euch im Keller.«

»Soll ich mitkommen, Fleury?«

Aber Kyrill spürte, daß Fleury allein sein wollte, mit einem Geheimnis, das für andere unbegreiflich war und deshalb ihr gehörte.

Es wunderte ihn nicht, daß sie sagte: »Warum? Ich find mich zurecht.«

Fleury wartete, bis die drei in der Küche verschwunden waren. Sie hielt die Taschenlampe gesenkt, damit der Lichtkegel sie nicht blendete. In dem weißen Kreis um ihre Füße ging sie nach oben, an den in Kopfhöhe grinsenden Fetischen entlang. Sie liebte dieses Haus und sein schleichendes, prickelndes Grausen. Von Anfang an hatten Haus und Grausen zusammengehört, zärtlich war beides. Von Anfang an hatte sie nur heimlich hierherkommen dürfen; und nie gewußt, warum. Aber die Treppe, die gruslige Treppe, war Fleury im letzten Sommer hinuntergestiegen, und keiner hatte ihr gesagt, daß es der Abschied war. Auf dieser Treppe hatte sie sich vorgestellt, gespielt, in einem wunderbaren Land zu sein, in Indien oder China. Ein Spiel von vielen lief so ab: Die Palastwache des Königs Fu-Tschai rasselt mit den Säbeln, reißt die Hacken zusammen und schnarrt: »Ehrwürdige Dame Prinzessin Schlafmohn.« Auf der letzten Stufe wird Fleury von Räubern in der Provinz Wu erdrosselt. Das war die Geschichte um Prinzessin Schlafmohn. Fleury hatte sie erfunden. Sie spielte sonderbar in diesem Haus ...

Fleury schob die Tür mit dem Fuß auf. Durch die Fenster fiel Schneelicht herein und ließ Konturen erkennen, Schränke, Bücher, Sessel, den Schreibtisch – auch den Mann am Schreibtisch. Dessen Kopf war auf die Platte gesunken. Seine Arme hingen schlaff herunter, entspannt im langen Traum. Fleury blendete den Mann mit der Lampe an und zählte ihre Herzschläge mit. Sie stampften, sprangen, rauschten weiter. Irgendwo schlug eine Tür zu.

»Onkel Philipp«, rief Fleury leise.

Aber Dr. Melzer rührte sich nicht. Sein tiefer Traum war endlos, ewig. Das hatten die Wände geflüstert, hatten gerufen zu kommen. Fleury hatte keine Furcht bei dem Toten. Einsam war ihr zumute, es bohrte und zog im Magen, und das Zimmer wehte leer trotz Polstern und Portieren.

»Einem durchlöcherten Kübel kann nicht elender sein«, dachte Fleury und sah tatsächlich eine Sekunde einen umgestülpten Eimer, auf den Regentropfen kleckerten, über den Teppich schwimmen. Sie starrte dem Lampenstrahl nach, und da war ihr, als stieße sich Dr. Melzer vom Schreibtisch ab und käme ihr entgegen, wie damals ...

Er nahm sie von Frau Fleurys Hand fort und hob sie an seine schiefe Schulter. Die sechsjährige Fleury sah die Hasenscharte. »Du bist häßlich, Onkel«, krähte sie. Dr. Melzer setzte Fleury auf den Bücherstapel. Er sprach mit ihr lange, im ganzen acht Jahre. Seine Stimme lullte sie ein. Er lehrte Fleury hören.

»Wenn du hören kannst, Fleury, lebt jeder Splitter in deiner Faust. Befühle, taste ihn ab und lausche. Du bist nie allein, selbst wenn Scherben zu dir reden! Jeder Kiesel hat sein Schicksal und will es erzählen. Er will es loswerden! Nun, wie wir alle.«

»Das ist zuviel für sie«, hatte Frau Fleury an der Tür gesagt und sie hinter sich zugezogen.

An einem klatschnassen Tag, Jahre später, drückte Dr. Melzer Fleury eine verblichene Porzellankassette in die Hand. Sie spielte über die Schnörkel, beklopfte die Rückwand und sah die Vertiefung, die sich aufklappen ließ. Eine emaillierte Trianon-Blondine lächelte dreist, und Fleury glaubte sie girren zu hören: »Ich bin Mademoiselle Ric! Wie gefall ich dir? Bin ich nicht delikat? Soll ich dir sagen, was ich mir in den Kopf gesetzt habe? Ich will Jacques Rouval heiraten!«

Von da ab war Fleury, wie Dr. Melzer versprochen hatte, nicht allein. Zu ihren Erzählern gesellten sich der zerschlissene Regenschirm, die zerrissene Postkarte in der Regenpfütze, der zerquetschte Sperling im Rinnstein, die blauwelkende Hibiskusblüte – und Schlacke und Schutt der Mülltonen ...

»Onkel Philipp.« Fleury hob die Lampe, ließ den Lichtkegel nach Dr. Melzer stechen. Sie ging dem Licht nach. Er verringerte sich, nahm ab, je näher sie dem Toten kam, und zitterte zuletzt als bleiche Sonne um seinen Kopf. Fleury beugte sich über Dr. Melzers Gesicht. Es lag seitlich und sah aus, als ob es bestürzt schlief. Die Lider waren geschlossen, Schläfe und Wange eingesunkene Löcher, die schwärzlich anzulaufen begannen. In den Mundwinkeln trocknete Speichel, um die Lippen gerann ein Faden Blut, auf dem glitzernde Glassplitter klebten. Fleury ließ die Lampe kreisen und erhaschte das zerbissene Röllchen.

»Warum, Onkel Philipp, warum?«

Dr. Melzers Augenlider schienen zu flimmern. Beklommen faßte Fleury nach dem Arm des Toten, als würde er leben, aufspringen und ihr helfen. Bei der Berührung sackte der Körper um Zentimeter ab. Fleury wich hinter den Sessel zurück. Zwei, drei Schritte hatte sie bis zur Tür; sie schaffte es nicht. Etwas Vages lähmte sie. Es war stärker als Kossmann, Artillerie und Hunger. Es schob sich aus den Ecken, fiel von der Wand, ein weicher, wattiger Vogel: Angst.

Der Lampenstrahl tanzte über den Teppich nach dem Rhythmus von Fleurys Hand. »Ich muß das Ding ruhig halten, sonst kann ich nichts sehen! Aber wenn die Batterie ausbrennt ...« An den letzten Satz klammerte sich Fleury, kaute auf ihm herum: »Wenn die Batterie ausbrennt, wenn die ...«

Dann konnte sie die Lampe fester halten. Der weiche Vogel kauerte sich in die Ecke zurück. Dort blieb er sitzen, und Fleury ahnte, daß man nur so lange keine Angst hatte, als man ihn nicht kannte. Unerwartet wird er wieder über sie herfallen, das wird sich der Vogel nicht nehmen lassen.

»... Heb doch endlich den kleinen, dreckigen Fetzen auf«, dachte Fleury. Sie hatte ihn die ganze Zeit gesehen. Er lag beim Stuhlbein, unter der Hand des Toten. Es dauerte ihr ewig, bis sie sich bückte und ihn aufhob. Währenddessen überlegte sie, woher sie die gelbe Farbe kannte. Es war eine empörende Erinnerung – und ein penetrantes Gelb. Sie zupfte den Stoffetzen glatt, seine Zacken, die einen Stern darstellten, aus dessen Mitte das Wort *Jude* hervorstach.

Fleury krampfte die Faust um den Fetzen. Ihre Gedanken rasten um das Geheimnis dieses Hauses, seines Toten. Deshalb hatte sie es niemand sagen dürfen, wenn sie herging. Deshalb hatte der Philosoph ihr beim Weggehen hinter Ritzen herabgelassener Jalousien nachgesehen. Jude sein, das bedeutete, früher oder später in Gaskammern abgemeuchelt zu werden, wenn es herauskam, oder in ein Glasröllchen zu beißen, durch das man den Tod überreden konnte, schnell und still zu sein.

Fleury wollte ein Wort herausbringen, etwas ausdrücken, was sie nie gesagt hatte, was aber den Toten gefreut hätte, hätte er es hören können. Irgendwas mit Liebe; aber das erschien ihr sentimental und verlogen, wie muffige Grabreden, bei denen jeder Verstorbene charakterfest und familienliebend war.

Darum brummte sie nur: »Onkel Philipp, Mensch, war das schön bei dir«, und stopfte den Stern in die BDM-Jacke zum Schmuck ihrer Mutter. Sie knipste die Taschenlampe aus, weil sie wußte, daß Dr. Melzer scharfes Licht nicht vertragen hatte.

Unten im Haus hörte sie ihren Namen brüllen. »Fleury, Fleury ...«

Gunter, Kyrill und Roland polterten die Treppe hoch. Fleury stelzte ihnen entgegen. Kyrills Taschenlampe blendete ihr ins Gesicht, so daß sie nichts sah. Mit einem Satz stand Kyrill neben ihr.

»Warum bist du im Dunkeln? Wer sitzt hinter dir? Wer ist das?«

Fleury sagte: »Mein Patenonkel! Er ist tot! Er war Jude!«

Sie schwiegen alle vier. Selbstverständlich hatten Roland, Gunter und Kyrill gelernt, »mein tiefes Beileid« zu murmeln. Aber paßte das hin, wenn einer freiwillig gestorben und doch umgebracht worden war? Einer, der gerne noch Bücher gelesen hätte?

Rolands Stimme kratzte, als er sagte: »Wir haben saure Gurken in Gläsern, Fleury. Drei Stück!«

»Quatschkopf! Die lassen wir hier«, schnarrte Gunter. Er wischte mit dem Mantelärmel einen Tropfen von der Nase.

»Wir nehmen sie mit!« sagte Fleury und gab sich einen Ruck, obenauf zu sein. »Glaubt ihr, Herr Dr. Melzer will sie essen?«

»Riskieren wir es noch ein paar Straßen weiter«, ahmte Kyrill haarscharf Fleurys Ton nach. »Die Gurken reichen nicht«, erklärte er lässig.

Die Gläser an sich gepreßt, trampelten sie den dritten Hausflur hinaus. Auch hier standen die Türen offen und steckten Schlüssel. Sie stolperten über herausgezerrtes Bettzeug, stießen sich an aufgesperrten Schränken. Kleider und Puppen lagen herausgerissen durcheinander, dazwischen vergessene Sparkontobücher, Ausweise, Urkunden. In neun Worten: Den vieren wurde eine Stadt auf der Flucht eingetrichtert. Aber zu essen fanden sie keine Krume. Kristall und Nippes hätten sie aufpacken können, Lippenstifte, Haarwasser Besteckkästen.

»Mist«, fluchte Roland. »Elender Mist.« Er ließ sich auf den nächsten Stuhl fallen und stellte das Gurkenglas zwischen die Füße.

»Aber einer muß doch einen Brotknust liegengelassen haben«, wagte Fleury zu flüstern. Sie merkte, daß es kläglich klang.

Statt einer Antwort tippte Roland den Finger an die Stirn.

»Ich suche jedenfalls weiter«, beharrte Fleury.

»Nein«, sagte Kyrill. »Es ist sinnlos, Fleury!«

»Abstimmen«, schlug Gunter vor. Er hockte auf einem Kleiderbündel und schaukelte sich. Er stieß sich mit den Hacken ab. Seine Mantelenden schleiften über die Dielen mit. Es hörte sich wie Vögel zwischen Blättern an.

Gunter versuchte seine Lieblingsidee plausibel zu machen: »In demokratisch regierten Ländern wird über wichtige Entschlüsse abgestimmt. Jedes Parlamentsmitglied kann ja oder nein sagen. Die Mehrheit entscheidet. Denkt euch mal, ja oder nein sagen können und nicht abgemurkst werden. Für einen solchen Staat laß ich mich zerhacken!«

»Ich würde lieber für ihn Brötchen backen«, brummte Roland verdrossen. Von Minute zu Minute schrumpften Heldentum und Strapazen dem Ansehen nach rapide für ihn zusammen. Sein neuer Wunsch war, Bäcker zu werden. Runde, blanke, knusprige Brötchen wollte er in die Öfen schieben, reihenweise, meterweise, und alle röchen warm nach Salz. Dazu mußte er nur ein paar Fuß Erde ohne Trommelfeuer haben. Das war sein Wunsch, wie gesagt. Daß es ein Traum blieb, wußte er nicht. »Bäcker«, wiederholte er. »Ich werde Bäcker!«

»... Vielleicht werden wir gar nichts«, sagte Kyrill mit einer Stimme wie die Dunkelheit rundum. Er fühlte Rolands und Gunters Köpfe zu ihm herumfahren und knipste die Lampe an. Er murmelte: »Weil wir nicht so lange leben ...«

Er hatte das nicht sagen wollen, aber es war heraus. Eine dumpfe Traurigkeit lang hatte er ihren Tod gewußt. Woher, darüber hätte er nachsinnen wollen, und über das Wie. *Wie* sie umkamen, das war wichtig zu wissen. »Warum?« dachte Kyrill. »Wir erfahren es haargenau!« Er machte die Lampe aus. »Du spinnst!« Gunter hatte aufgehört zu schaukeln.

Auch Roland rekelte sich vom Stuhl hoch. Einige Herzschläge lang lauschten sie in die Nacht. Das Schweigen schwamm um sie, ein mulmiges Schweigen. Es drang von draußen ins Haus. Kein Artilleriegrollen gab es, kein Zischen von Flammenwerfern. Ohne ein Wort schoben sie sich ans Fenster. Sie waren gewitzigt genug, um von der Seite durch die Scheiben zu blinzeln.

Außer Ruinen und Trichtern sahen sie nichts. Das kannten sie. Aber etwas fehlte dem Bild. Ein Reflex, eine Farbe auf den Eiskrusten.

»Da stimmt was nicht«, knurrte Roland. Alle drei wußten zu gleicher Zeit, was fehlte – nämlich Feuer, Flammen, Lichtbündel, die roten Streifen fehlten dem Schnee. Zusammengekoppelt war das Zerstrümmerung gewesen, und daran waren sie gewöhnt. Aber die Ruhe gärte Vernichtung, sie wirkte aschig. Wahrscheinlich gab es keine Menschen mehr; die letzten sammelten sich am Stadtwall, um loszuziehen, egal wie weit.

»Menschenskinder, mir ist zum Flennen ...«

»Still, Roland! Hört mal ...« Gunter hatte das Fenster einen

Spalt aufgeklinkt. Sie horchten hinaus. Durch den Himmel rollte ein Brummen, schwoll an, stotterte, blieb weg und setzte wieder ein.

»Fast gemütlich, die Biester«, knirschte Gunter.

»Meinst du, sie bombardieren?« Rolands Augen weiteten sich, entsetzt fühlte er seine Mutter im Keller ersticken.

»Möglich«, meinte Kyrill. Die beiden anderen sahen sein entstelltes Lächeln nicht. »Das ist doch üblich, daß ein paar Bomben gesetzt werden, bevor eine Stadt überrannt wird. Dadurch ist die Zivilbevölkerung fertiggemacht. Sie jubelt den Siegern entgegen, besoffen vor Glück, aus den Rattenlöchern krabbeln zu können! Um des lieben Friedens willen, im wahrsten Sinne des Wortes!«

Roland stand hart vor Kyrill. Er rückte ihm noch näher. »Du weißt, daß meine Mutter beim Bombenangriff starb. Sie muß allein im Keller gewesen sein. Aber sie hätte niemand zugejubelt, außer meinem Vater. Wenn du nicht mein Freund wärst, Kyrill, ich würde dir einen Kinnhaken unters Maul knallen.«

»Entschuldige ... entschuldige«, erwiderte Kyrill leise. Er drückte Rolands Schulter. »Allmächtiger Gott, wie ich die drei ... liebe«, dachte er. »Ich würde gerne lange mit ihnen leben!«

Da merkte er, daß Fleury nicht im Zimmer war. Vorhin hatte sie auf der Türschwelle gelegen. Sie war nicht mit ans Fenster gekommen. Kyrill hatte gedacht, daß sie müde war. Er ließ die Lampe aufblenden, stürzte auf den Korridor hinaus. Gunter und Roland ihm nach.

»Mach die Lampe aus«, zischte Gunter. »Das Haus ist nicht abgedunkelt. Sollen uns die Eier auf den Kopf fallen?«

Das Gebrumm senkte sich tiefer auf die Dächer, kreiste über sie hinweg. Die drei hörten ein feines Sirren, Sausen den Himmel herunterpfeifen. Sie zogen die Köpfe ein, hörten auf zu atmen. Die Bombe schlug zwei Straßen weiter ein. Die Detonationswelle brandete bis an das Haus, der Verputz bröckelte von den Wänden, und die Scheiben klirrten aus den Rahmen.

»Fleury!« schrie Kyrill. »Fleury, antworte! Wo bist du?«

Er beugte sich über das Treppengeländer, brüllte nach oben, nach unten.

»Fleury, antworte doch!«

»Raus hier!« hustete Roland, Kalk- und Mörtelwolken schluckend. »Sie muß auf der Straße sein.«

Aber Fleury war in der Wohnung über ihnen ...

Sie preßte sich über ein Bündel, ein zusammengeknotetes Bettlaken mit Kognak- und Likörflaschen. Die Flaschen waren das einzige, was sie gefunden hatte, bevor ihr die Splitter der Fensterscheiben auf den Rücken prasselten. Fleury rieb sich die von Kalk brennenden Augen.

»Dann müssen wir eben saufen. Kognak soll satt machen«, flüsterte sie.

Sie hörte Kyrill auf der Treppe rufen, sie wollte vorlaufen, wollte hinunterschreien, daß sie ihr Abenteuer satt habe, daß es ohne ihn zum Angstkriegen sei – weil der irrsinnige Vogel in der schwarzen Ecke saß. Das wollte sie Kyrill sagen. Er würde es verstehen. Aber sie kam nicht dazu. Wieder sirrte, pfiff es durch die Luft.

Diesmal barst die Bombe an der Flanke des Hauses, fraß sich in den Asphalt und sprengte ihn auf. Das Haus bebte, schwankte. Fleury wurde an die Wand geschleudert. Sie wußte nicht, wie lange sie lag. Schmerzen hatte sie nicht, und Arme und Beine ließen sich bewegen. Darüber wunderte sie sich und auch über ihren drolligen Wunsch, liegenzubleiben.

Der Wunsch wurde stärker, zäher. Sie sah den Kachelofen in der Zimmernische an. Er hatte Humor, denn er schmunzelte ihr im Feuerschein zu.

Fleury registrierte, daß das Holzlager neben dem Haus brennen mußte, weil das Zimmer hellgelb leuchtete. Aber der Kachelofen, was für ein merkwürdiger Ofen! Jetzt kippte er nach vorn, schien zu schaukeln und knackte aus den Fugen. Die oberen Kacheln schlugen in die Ehebetten und blinkten dort wie knallig grüne Wärmflaschen.

»Ich muß auf die Straße! Jawohl, auf die Straße ...«, dachte Fleury. »Ob Mutter an mich denkt? ... Denk an mich, ja?«

Sie kroch auf allen vieren in die Zimmermitte. Ihr fiel ein, daß ein tolpatschiger Schulfreund mal behauptet hatte: »Wenn du kriechst, kannst du besser fühlen und bist leichter.« Hoffentlich stimmte das. Der Fettwanst sollte dafür mit seinen heißbegehrten Rosinenkringeln überschüttet werden.

Fleury stieß an das Bettlaken mit den Flaschen. Einen Augenblick kämpfte sie mit sich. Sollte sie den Packen stehenlassen? Kognak war keine Schlackwurst; aber einen heißen Magen machte er.

Fleury stellte sich aufrecht. Sie schob einen Fuß vor, dann den anderen. Der eine stand schräg und etwas höher. Fleurys Herzschlag hämmerte härter. Sie begriff, daß Wände und Pfosten sich gesenkt hatten.

»Kyrill ... Roland, Gunter, helft mir!«

Fleury schrie nicht. Sie tuschelte die Namen ihrer Freunde als Zauberformel, die ihr helfen sollte, aus dem Haus zu kommen. Hilfe erwartete sie nicht, weil sie sich auf Unmögliches nicht versteifte. Ohne zu wissen, daß sie es tat, packte sie das Bündel Flaschen und wuchtete es über die Schulter. Schritt für Schritt spürte sie den Boden ab.

Sie kam in den Hausflur. Das Holzlager brannte jetzt lichterloh. Die Flammen huschten an den Fensterrahmen hoch und gluteten den Flur kupfrig an. Aber standen die Schuppen überhaupt so dicht, daß Feuer in die Fenster lecken konnte? Ein widerlich brenzliger Gestank zog den Treppenschacht herauf, wie kohlende Lumpen, Müll und aufweichender Teer. Mit dem Gestank ballte sich Rauch hoch, schwelte in Fahnen gegen die Wände.

Instinktiv preßte Fleury die Lippen aufeinander und atmete flach durch die Nase. Sie torkelte, eng an der Wand, die ersten Stufen hinunter. Dann glaubte, nein, hörte sie es in den Wänden rieseln, knirschen. Die Treppen unter ihr knackten. Vor ihren aufgerissenen Augen senkte sich ein Teil des Geländers, drehte sich aus den Verwinkelungen und brach krachend ins Haus hinunter.

Fleury zögerte keine Sekunde. Sie überlegte nicht mehr, wie und ob sie durchkam. Man mischt keine Karten beim Spiel mit dem Tod, man zieht nur noch. Fleury krümmte sich, preschte vorwärts, bremste und hetzte weiter. Nicht einen Augenblick sah sie den geländerlosen Schacht hinunter. Der Rauch wurde dicker, heiß und beizte ihr Tränen aus den Augen. Sie hielt sich die Hand vor, schielte aus den Fingerspalten. Die Treppe mußte ein Ende nehmen.

Fleury wurde schlapp. Sie fühlte, daß es ihr egal wurde, ob sie hinauskam oder nicht. Es war dasselbe Gefühl, das sie sekundenlang vor Kossmanns Gewehr und oben an der Wand vor dem Ofen gelähmt hatte. Es war süß und lauernd. Man schwebte auf ihm, kein Lebender weiß wohin. Aber vielleicht weiß es der geheimnisvolle Graue, der über die Trümmer des Treppengeländers geklettert kommt. Rauch und Dunst nebeln um ihn. Er streckt die kalkigen Finger aus und ruft.

»Fleury ...!«

Kyrill war es! Fleury holte tief Luft. Sie konnte nicht genug bekommen, und der Pestgestank und Rauch ließen sie kalt. Kyrill lebte! Er war heil herausgekommen und kraxelte zurück, um sie zu holen. Fleury blinzelte seinen verschmierten Hals, seine angesengten Haare und Wimpern an. Kyrill, da bist du ja ...«

Kyrill riß sich das Taschentuch vom Kinn und stopfte es Fleury in den Mund; naß und kalt von Schneewasser schmeckte es. Er schleppte sie über die Trümmer, schob sie aus der zersplitterten Tür, weiter, weiter über die feuriggrelle Straße.

Von der Ecke kamen Roland und Gunter ihnen entgegengerannt; winkten, johlten. Dann knickten sie ruckartig ein. Ihre Gesichter verblödeten. Sie stierten über Fleurys und Kyrills Köpfe hinweg.

»Bin ich das siebente Weltwunder?« lachte Fleury, lachte hell und quirlend, immer lauter, sonst hätte sie schreien müssen vor Jubel, Kraft und was ihr sonst an Worten einfiel.

»Hinschmeißen«, kreischte Roland. Er riß Gunter mit aufs Pflaster.

»Warum?« schmollte Fleury. »Laßt mich doch fertiglachen, ihr hornochsigen Querulanten!«

Mit voller Wucht hieb Kyrill die Fäuste auf Fleurys Schultern. Sie sackte an die Rinnsteinkante. Etwas klirrte neben ihren Rippen. Sie fühlte Kyrill sich auf ihren Rücken werfen, auf ihre Schenkel. Seine Arme schraubten sich um ihren Hals und ihr Gesicht.

»Lieg still, Fleury!«

Dann stürzte das Haus hinter ihnen ein.

Ziegel, Rohrenden, Dachpfannen knallten um ihre Körper. Einmal schrie Gunter schrill; Kyrill zuckte und stöhnte. Sie blieben liegen, bis sie nichts außer den fressenden Flammen hörten. Dann krochen sie hoch, nach Atem ringend, und sahen hinüber. Von dem Haus standen lediglich die Außenmauern. Sie ragten in den Himmel und begannen antike Geschichte des 20. Jahrhunderts zu berichten. Antik wird Geschichte erst später, doch Trümmer fangen als Zeugen an.

Roland leckte sich die Lippen. »Lieber Gott, haben wir Schwein gehabt!«

Gunter antwortete nicht. Er und Kyrill sahen sich an. Ihre Gesichter, vom Feuer angeleckt, wirkten eckig und spröde. Ihrer beider Glaubensbekenntnis war verschieden, aber falls sie dankten, gebrauchten sie dieselben Worte.

»Mich hat's am Fußgelenk erwischt«, sagte Gunter. Kyrill sah auf Gunters rotkleistrigen Schnürstiefelrand. »Mich an der Schulter.«

»Ich stinke«, sagte Fleury. »Merkt ihr nicht, daß ich stinke?« Sie strich über ihre Jacke, streckte die klebrigen Finger vor.

Roland tappte im Kreis um Fleury. Er hielt die Nase an ihre Jacke.

»Das ist Fusel! Fleury, wo bist du an Schnaps geraten?«

Kyrill zeigte auf das Bettlakenbündel am Bordstein; Likör und Kognak sickerten in Rinnsalen heraus.

»Das hast du mitgeschleppt, Fleury, als ich dich holte. Ich habe es dir doch getragen!« Kyrill kniete sich in den Schnee. Er knotete das Bündel auf.

»Ich werd' verrückt!« Fleury klappte den Mund zu. Sie hatte das Bündel über Treppen und Trümmer geschleppt und hatte es nicht gemerkt. Mit spitzen Fingern half sie Kyrill ganz gebliebene Flaschen aus den Scherben klauben.

»Zum Wohle!« sagte Gunter und klemmte sich zwei unter die Achsel.

»Und wo sind die Gurken, bitte?« fragte Kyrill ernsthaft.

»Unter dem Schutt«, antwortete Gunter ebenso ernst. »Willst du sie holen?«

Kyrill putzte sich die Finger ab.

»Ehrlich gesagt, es ist mir zu staubig.«

»Onkel Philipp hat sich vergiftet«, sagte Fleury, am dritten Kognak suckelnd. Das Zeug wütete heiß den Hals hinunter und brannte im Magen. Vom Magen aus wurde die Zunge dirigiert, nahm Fleury an, sonst hätte sie nicht über Onkel Philipp geredet. Er und ein paar andere Sachen stauten sich in Fleurys unsichtbarem Fotoalbum, von dem ihre Mutter nichts erfahren sollte – nie, hatte sich Fleury geschworen.

Wunderbar sah Mutter aus, selbst im abgeschabten Mantel, im Keller; aber früher, zwischen Kerzen, war sie umwerfend gewesen. Ob sie jemals Hammelfett um blutige Gullys gesehen hatte? Oder einen Rost ansetzenden Metzgerkessel aus nächster Nähe? Oder aufgeblähte Kinderbäuche, bevor die MGs knatterten? Sie sollte es auch nicht sehen, sollte nicht einmal ahnen, daß es das gab. Sie sollte schön bleiben, und damit Punktum!

»Aber uns«, murmelte Fleury über dem Becher und sah die Köpfe im Keller doppelt und dachte Jahrzehnte später, »uns wird man mal als mißmutig, nörglerisch und niederknüppelnd verschreien, weil wir die Gullys, die Kossmanns und die gelben Sternchen nicht vergessen können!«

Sie kicherte und brach entsetzt ab, als sie Frau Fleurys Augen spürte. Wie lange hatte Mutter sie schon angesehen?

»Warum lachst du, Fleury? Eben erzählst du, daß Dr. Melzer ...«

»Um Himmels willen, ich lach doch nicht über Onkel Philipp ...«

Frau Fleury setzte die Tasse auf den Boden. Sie legte den Kopf an den Ofen.

»Wie lange ist er tot? Von wem hast du es erfahren?«

»Von keinem! Ich war in Onkel Philipps Haus. Lange kann er nicht tot gewesen sein. Er saß am Schreibtisch, sein Kopf lag auf der Platte. Es platzten noch Gasblasen um seine Lippen ...«

»Du hast eine rohe Ausdrucksweise bekommen, Fleury!«

»Sonst muß ich dauernd heulen!«

»Deshalb also! Ja, dann ... gieß mir noch einen Kognak ein. Aber schütt' die Tasse nicht randvoll!«

»Nein, nein.«

Frau Fleury hielt sich die Tasse an den Mund, trank aber nicht.

»Im Juli, im vergangenen Jahr, habe ich Dr. Melzer zum letzten Mal aufgesucht. Er wollte nicht, daß wir noch einmal kommen. Er rechnete täglich damit, daß sein Stammbaum aufgedeckt wird. Er sprach davon, daß er, wenn es hart auf hart kommt, sich ...«

»Umbringen wird«, vollendete Fleury.

»Er sagte, daß er ein Mittel für alle Fälle habe ... Ich habe ihn verstanden. Er konnte nur leben, wenn er Tageslicht um sich hatte, soviel er wollte.«

»Du hättest mir sagen sollen, daß Onkel Philipp Jude ist! Habt ihr etwa gemeint, ich wäre ein einziges Mal weniger hingegangen?«

»Bestimmt nicht! Gerade deswegen hat Vater verboten, ein Wort darüber bei dir fallenzulassen. Du hättest dich verraten, auf dem Schulhof schon. Du kannst nicht *mitmachen*, würde Vater sagen.«

»Na, Gott sei Dank nicht!«

»Ich weiß nicht, Fleury, ich weiß es nicht ...«

»Du weißt nicht???«

Diesmal sah Fleury ihre Mutter an, und Frau Fleury las in den aufgerissenen Augen: Ihr seid zwar die Erwachsenen, älter und erfahren, aber zerhaut doch unseren Himmel nicht vollständig!

Frau Fleury hielt dem Blick stand.

»Nein, ich weiß es nicht, Fleury. Aber ich bin viel abgenutzter als du. Diese KZ-Berserker ... Ich habe vor der Roheit Angst, ich kann ihr nichts entgegensetzen. Und die Dümmsten sind die Rohsten!«

»Trotzdem ...« Aber dann schwieg Fleury. Kossmann fiel ihr ein, und daß auch sie vor ihm gekuscht hatte. Das war eine bittere Pille, eine von der Art, die im Hals steckenbleibt.

Fleury rutschte um die Beine ihrer Mutter herum. Sie zog sich am Stuhl hoch und preßte die Arme um Schultern, Hals und Kopf, um alles, was sie liebte. »Wenn dich einer anrührt, egal wer, ich kratz ihm die Augen aus!«

»Laß mich los, Fleury! Laß mich los, ich ersticke!«

Fleury lockerte die Armschraube, rutschte auf dem Hosenboden auf dem Zement entlang, an die Flasche zurück. Drüben von der Pritsche feixte Kyrill ihr zu. Auf seinen Knien wippte er einen Säugling. Der Schreihals strapazierte seine Bronchien, wobei er zähen Schleim hustete. Beim Luftjapsen kitzelte ihm Kyrill den Speckhals. Fleury brannte darauf, daß Kyrill wieder herüberblickte. Sie wollte eine Frage an ihn loswerden; aber der Schreihals quäkte.

»Was ist wohl Liebe? Was ist Liebe? Wenn ich mich zerreißen laß für einen? Wenn ich nicht sehen kann, daß ihm mies ist? Mutter liebe ich! Liebt man so einen Mann? Oder mehr? Oder weniger? Oder blöder?«

Fleury goß sich einen Schluck ein. Sieben Flaschen hatten sie gerettet und auf Gruppen verteilt. Es schmeckte und wirkte.

»Hör auf! Du kriegst einen Vollrausch«, sagte Frau Fleury.

Fleury hatte sich der Länge nach auf den Boden hingefläzt. Da lag sie wie ein Sack Strandgut und begeisterte sich am schrulligen Augenblick.

»Vollrausch! Das stimmt!« rutschte es ihr leicht heraus. »Aber die anderen auch!« Sie beäugelte den Becher, zog die Blume in die Nase und mußte niesen.

»Was ist Liebe?«

Der Gedanke ließ sie nicht los.

Die Frauen, auch die Kinder, tranken. Der quenglige Wurstbrotschreier hopste auf einem Bein, zerrte an seinen Ohren und quietschte: »Struwwelpeter!« Dann rülpste er, spuckte seiner Mutter, der Grien'schen Maria, Kognak auf die Brust und wollte mehr haben. Er bekam ihn von geplagter Hand eingeflößt.

»Nun mach sachte, Schlingel! Lorbas, werd doch müde! Schlaf ein!«

Die Schauspielerin Alja kletterte auf den Schemel, schwankte und deklamierte zeitgenössische Gedichte. Da das Repertoire nicht reichte, dichtete sie neue hinzu. Die waren die besten. Sie wichen ungeheuer von der Parteilinie ab, waren dafür aber weniger lahm und muffig. Alja zauste sich an ihrer Pferdemähne. Sie war hinreißend. Jetzt sang sie so sogar nasal und kollernd: »Die Fahne hoch ...«

Fleury rollte sich von der Seite auf den Bauch, stemmte das Kinn auf die Handballen.

»Was ist Liebe ...?«

»Alles oder nichts«, sagte Kyrill über ihr. »Sag mal, hast du die Flasche gepachtet? Das ist doch typisch Fleury!«

Fleury sah Kyrills Schuhe an, ließ dann den Blick von den Schuhen zu den Knien schweifen, und ganz oben lachte Kyrills Gesicht. Es war aufgeschwollen, angesengt, und scheckige Flecke schwärten. Aber Fleury fand: Es ist eine Dotterblume, ein Eigelb, eine Seemummel.

»Wo hast du das Baby, Kyrill?«

»Gunter schaukelt es.«

»Du hast es gekitzelt, das sah enorm aus.«

Kyrill hockte sich neben Fleury.

»Das Kerlchen kommt nicht durch, Fleury. Es ist Keuchhusten. Aber halt den Mund!«

»Ja.«

Fleury sah sich nach der Oma um, die den Säugling mitgebracht hatte. Er gehörte nicht zu ihr. Sie hatte ihn bei einer Dorfkneipe gefunden; vorher hatten dort Partisanen gehaust. Die Alte schlief; ihre Hände griffen über die Rockfalten, als suchten sie was, aber der Schlaf war stärker.

»Gib mir auch einen Schluck, Fleury! Was habt ihr für eine Marke?«

»Armagnac.«

»Dann war der Spender in Frankreich stationiert.«

Fleury schob Kyrill den Becher hin. Er probierte. Seine Brauen zogen sich über der Nase zusammen, die Spitzen waren weggebrannt. Fleury sah, daß er harte Fingerknöchel hatte und früher sicher saubere Nägel.

»Hast du vorhin meine Frage gehört?«

»Welche?«

»Du sagtest: Alles oder nichts. Davor hab ich was gefragt.«

»Nein, habe ich nicht gehört. Was hast du gefragt?«

»Was Liebe ist.«

»Alles oder nichts«, sagte Kyrill. In seinen Augen sah es aus, als ob sie hüpfen wollten. Fleury schnappte ihm den Becher fort, setzte ihn selbst an und bekam den Schluckauf. »Entschuldigung!« Damit hatte sie sich Mut genug angekümmelt. Sie nahm die Schultern zurück.

»Glaubst du, daß wir beide mal heiraten?«

»Natürlich! Das weiß ich seit gestern, neunzehn Uhr sieben.«

»Wieso?«

»Da hast du mit der Petroleumlampe an der Tür gestanden.«

»Verflixt, das haut mich um! Und du weißt sogar die Zeit.«

Kyrill süffelte den Rest aus. Als er über den Becher schaute, waren seine Augen wie Löcher in zerschossenen Wänden.

»Ich habe geträumt, daß wir nicht rauskommen – das heißt, ich glaube, daß es geträumt war – einen Augenblick habe ich es gespürt – ich meine, vor mir gesehen. Flüchtig, verstehst du! Dann war es vorbei. Es überkam mich in dem vertrackten Haus, bevor die Bomben fielen ...«

»Du bist verrückt!«

»Aber du kommst durch. Komisch, jetzt fällt mir auf, daß ich nur Roland, Gunter und mich gesehen hab. Es war viel Schnee da ... vor uns ...überall.«

»Wir sind immer zusammen! Der Traum ist Quatsch! Wir kommen alle raus – oder keiner!«

»Blödes Hirngespinst, mein Gefasel, nicht?«

»Ja. Blödes Hirngespinst, total vertrottelt ...«

Sie sahen sich an und hätten sich lange angesehen, aber da walzte es die Straße entlang, Panzerraupen rasselten, malmten, dazwischen abgehackte Kommandorufe.

Bankrat Kämmerer, der an der Tür schnarchte, reckte sich auf. Er kam in die Mitte.

»Die Russen«, sagte er. Völlig widersinnig zog er sich die Rockärmel glatt und setzte den Hut auf.

Plötzlich schlief keiner mehr. Alle rappelten sich auf, scharten sich um den Bankrat. Sie konnten die berühmte Stecknadel fallen hören. Selbst der Säugling krächzte nicht. Auch Gunter, der ihn auf den Knie gehalten hatte, hantierte leise. Er legte ihn auf den Strohsack und deckte sein Taschentuch über das blaugedunsene Gesichtchen.

Fleury stieß Kyrill an. »Du, der Kleine ...«

»Ich habe gesehen.«

Dann bumsten Tritte die Kellertreppe herunter, Gewehrkolben donnerten gegen die Tür. Bankrat Kämmerer stopfte die schon vor Wochen ausgerauchte Pfeife in die Tasche.

»Ich mache auf, es ist besser.«

Sie sahen ihm zu, wie er zur Tür ging. Er beeilte sich nicht, schlurrte aber auch nicht langsamer, als es seine Art war. Er schob die Riegel zurück. Herein prallten zwei vermummte, bärtige Figuren, die in gurgelndes Gelächter ausbrachen.

»Mensch, ist das möglich? Die sind mucksmäuschenstill wie Kartoffelbollen im Sack und blau wie die Veilchen! Meine Damen, der Kaffeeklatsch ist zu Ende! Sie müssen ihn auf unbestimmte Zeit verschieben! Später können Sie bei Likör und Appeltorte weiterkalfaktern!«

»Mach die Gäule nicht scheu!« sagte der andere. Er wischte sich Schnee aus den Augen. »Ihr müßt raus, Leute! Sofort! Die Stadt ist zur Festung erklärt. Jedes Loch wird verteidigt. Es bleibt kein Ziegel auf dem anderen. Verkriecht euch wenigstens bis in die Wälder! Aber ich würde raten, verschwindet ganz!« Er sah nacheinander die Frauen an. »Was nach uns kommt, das Massaker habt ihr noch nicht mal in Schauerromanen gelesen.«

Er halfterte sich den Karabiner über die Schulter und schob sich zu Fleury. Er faßte sie unters Kinn. »Ich hab 'ne Tochter. Zieh ab, Mädchen!«

Der Bann war gebrochen. Verschwitzte, verlauste, aber deutsche Soldaten waren es. Tumultartig schwirrten die Stimmen hoch. Man drängte sich an die beiden, fragte sie aus. Wohin, wie weit soll man trecken? Bis Pillau? Danzig? Oder noch weiter?

»Noch weiter!«

»Was noch weiter?«

»Am besten bis Berlin!«

»Das soll wohl ein Witz sein?«

»Nee, Witze reißen wir nicht!«

»Ja meinen Sie denn, daß die Russen bis Berlin vorrücken?«

»Aber prombt! Den Iwans gefallen unsere morastfreien Straßen; die meinen, eigens für sie vom Reichsarbeitsdienst blankgewichst.«

»Wann werden wir dann zurück können? Wir wollen schnell zurück sein!«

Als Antwort ein Achselzucken, das einen Monat oder nie bedeuten konnte.

Bankrat Kämmerer bot Kognak an. Die beiden tranken aus der Flasche, schnüffelten und kniffen sich die Bärte.

»Dolle Marke! Habt ihr die gehortet?«

»Nein«, sagte Fleury. »Geklaut.«

Roland stieß sie in den Rücken. Der Jüngere grinste Fleury an.

»Requiriert heißt das, Fräuleinchen, requiriert. Ist ein militärischer Fachausdruck.«

Sie setzten die Flaschen in den Winkel und begannen die Köpfe zu zählen.

»... Sieben, acht, neun ... vierzehn im ganzen! Auf Leute! Wir haben einen Panjewagen draußen und einen alten Klepper. Nicht requiriert; ist uns aufgehängt worden. Wir müssen das Viech loswerden. Auf dem Wagen ist Heu und eine Zeltplane. Zieht euch die über die Köpfe! Kann einer von euch kutschieren?«

»Ich.« Kyrill hob die Hand.

»Dann viel Spaß! Nimm den kürzesten Weg nach Pillau! Fahr über Marres*– die Strecke ist offen, da sitzt der Russe noch nicht!«

»Über Marres«, wiederholte Kyrill. »Da sitzt der Russe noch nicht.« Er drehte sich um und flüsterte Fleury zu. »Karren und Gäule! Wolltest du doch haben!«

»Die Erzengel haben einen Narren an dir gefressen, Kyrill. Deine Wünsche gehen in Erfüllung. Aber ich will erst sehen, was dabei rausspringt.«

»Fleury, Spott fällt mir manchmal auf den Wecker.«

»Sei nicht zimperlich!«

Kyrill blieb ernst; Fleury sagte ziemlich zahm: »Ich werde mir Mühe geben. Du wirst sehen, ich gebe mir Mühe. Das wird was mit mir. Ich werd' schon lernen, amen zu sagen!«

Das Einpacken, Schnüren der Bündel, Aufladen ging schnell. Einer nach dem anderen trottete aus dem Keller. Zum Schluß waren nur die vier, Frau Fleury, Bankrat Kämmerer und die beiden Soldaten drin.

Die Oma kam noch einmal zurückgewackelt, um den Säugling zu holen. »Das Jungchen«, brabbelte sie. »Beinah hätt ich das Jungchen vergessen!«

»Aber, Oma, ich hab doch gesagt, daß er gestorben ist.«

Die Alte stieß Gunters Arm heftig weg; sie sah zum Umfallen mürbe aus, war aber tatkräftig.

»Na und, Rüpel! Soll er deshalb liegenbleiben? Er muß doch begraben werden!«

* geänderter Ortsname.

»Laß man, Oma«, sagte der ältere der Infanteristen.

»Wir haben ein paar ausgeblasene Kumpels auf unserer Fuhre draußen, die müssen wir auch verscharren ... beerdigen«, verbesserte er sich in die Augen der Alten. »Das machen wir schon! Das geht in Ordnung!«

Die Alte blinkerte scheel. »Aber wenn ich wiederkomm, dann find ich das Jungchen nicht mehr! Wie erkenn ich denn die Stelle, hä?«

Der eine zupfte sich am Bart, der andere kratzte die Narbe an der Nase. Das waren sie noch nicht gefragt worden, das Ansinnen stellte keiner bei Millionen Krepierten. Man überlege: Ein Loch wiederfinden wollen in der Hauptkampflinie! Bei der Eieruhr mitzuzählen, wann das tausendste Körnchen durchläuft, ist sicherer.

»Wiederfinden? Wiederfinden geht nicht, Oma!«

Dann fiel es dem Bartzupfer ein. »Aber der liebe Gott hat ein großes Gedächtnis, der behält die Stelle.«

»Äääåh! Von mir aus soll er sie vergessen, aber dafür die Böllerkanonen und das Schinderpack auf beiden Seiten am Bratspieß schmurgeln!« zeterte die Alte bissig.

Die Infanteristen erwiderten ihr nichts. Warum auch? Krumm gewordenen Müttern kann man nicht Augen und Ohren zuschmieren. Sie sehen wacher, hören heller und knallen einem die Frage in die Herzgrube: »Kriegspielen, was? Mit Panzerfäusten und Pak wie mit Murmeln und Holzsäbeln? Wir Mütter sind nicht gefragt worden; wir hätten euch was erzählt!«

Die Alte humpelte hinaus. Ihre hängenden Schultern brachten es fertig, Heldentod, Eichenlaub und Genfer Konvention fragwürdig zu machen.

»Ich hätte mich nicht gewundert, wenn sie mir eins hinter die Ohren geklebt hätte«, frozzelte der Jüngere. »Fatale Ähnlichkeit mit meiner lieben Dame zu Hause!«

Beide zogen sich die Schneehauben enger über die Stahlhelme. »Wir müssen raus. Macht's gut!«

Sie zwinkerten den letzten im Keller zu. Ihre Tritte entfernten sich die Treppe hoch.

»Schade«, sagte Fleury. »Ich kann mir sicher bei ihnen vor. Keller und Panzer ... ist alles Spiel ... Räuber und Prinzessin ... Ob es jemand gibt, der um die beiden Angst hat ...? Doch, der eine hat ja seine Mutter, und der Lange sagte, was von einer Tochter ...«

Es hörte keiner hin.
Frau Fleury griff nach ihrem Krückstock.
»Vergeßt den Schlitten nicht! Packt ihn vorsichtshalber auf ... Und dann kommt!«
Sie setzte sich in Bewegung, stur auf den Krückenknauf blikkend. Kyrill faßte sie unter den Arm, und Fleury hielt die Tür auf. Bankrat Kämmerer machte einen Schritt auf Frau Fleury zu. Sein Daumen streifte ihren Mantelärmel.
»Frau Fleury ...«
»Herr Bankrat ...?«
Die langjährigen Hausgenossen sahen sich an, und Frau Fleury hätte dem Bankrat sagen können, was er sagen würde. Er zeigt nach dem Ofen, nach dem Rohrstuhl.
»Ich bleibe hier!«
Da die Funzeln ausglosten, bekamen sein Kinn und sein Mund etwas Flattriges von den Schatten.
»Als wenn er beim Zahnklempner war«, lästerte Roland hinter Gunter. Er duckte sich in Abwehrstellung; alte Leute vergießen nämlich manchmal Tränen bei Rührszenen.
»Fang bloß nicht zu wimmern an!« gab Gunter zurück. Er und Roland, Fleury an der Tür und Kyrill zwischen dem Bankrat und Frau Fleury wurden steif bei der Abschiedskostprobe grauhaariger Menschen. Sie selbst zogen auch los, das stieß ihnen nicht auf, weil sie einfach unverschämt jung waren. Sand gibt es auch in Tunesien, und Häuser baut jeder ebenso rasch am Zuckerhut.
Trotzdem ging das, was sie vor sich sahen, an die Nieren. Es war ein Totentanz. Die beiden Beteiligten wußten das. Aber sie benahmen sich, als sagten sie Aufwiedersehen nach einer Ballnacht. War das nun Haltung oder Groteske? Sollte man das nachmachen oder sollte man herausplatzen, wenn einen der Schuh drückte?
»Herausplatzen«, entschied sich Fleury im Türspalt.
»Nachmachen«, dachte Kyrill.
»Menkenke«, stellte Roland fest.
Gunter schwankte zwischen den Möglichkeiten.
Aber sie hörten alle zu ...

Frau Fleury stützte sich fest auf Kyrill.
»Ist das Ihr Ernst, Herr Bankrat? Sie wollen bleiben?«
»Ja.« Bankrat Kämmerer kniff die Augen zusammen, und die Kellerwände behinderten ihn nicht, bis ans Haff, bis an Tümpel

mit quarrenden Fröschen, auf Pferdeschwemmen und Saatkrähenschwärme zu sehen.

»Meine Großeltern sind im Samland geboren, meine Eltern, auch ich. Hier habe ich geheiratet; hier ist meine Frau gestorben. Ich bin neunundachtzig Jahre. Soll ich wegen ein oder zwei Jahren neunundachtzig Jahre Erinnerung mitschleppen? Um dann irgendwo im Reihengrab zu liegen, wo ich noch nicht mal die Raben kenne?«

Er hatte sich verändert, während er sprach. Es blitzte um seine Pupillen. Ein Spitzbub, ein Bankstift im ersten Lehrjahr stand da und überlegte, ob er seiner Angebeteten Ranunkeln kaufen oder klauen sollte.

»Meine Frau hat immer Angst allein gehabt, deshalb muß ich hierbleiben! Kurios, so ein Gedanke! Aber ich kann nicht aus meiner Haut!«

Frau Fleury hörte auf, Kringel mit der Krücke auf den Zement zu zeichnen.

»Wie Sie meinen, Herr Bankrat. Dann ist nichts mehr zu sagen. Eigentlich nur noch ... nun ja, leben Sie wohl! Soweit das möglich ist! Es ist barbarisch, Herr Bankrat, nach so vielen Jahren aus allem herausgerissen zu werden! Bäume stehen in solchen Fällen unter Naturschutz.«

Frau Fleury gab Bankrat Kämmerer die Hand. Er nahm den Hut ab.

»Verehrte gnädige Frau, ich wünsche ihnen ...«

Frau Fleury fiel ihm ins Wort: »... selbstverständlich eine gute Reise! Herr Bankrat, wir kommen alle an, es ist eine reine Zeitfrage.«

Vorbei, aus, die runde Summe von zwanzig Jahren Hausgemeinschaft. Bankrat Kämmerer sah die Tür zufallen. Er schlurrte zum Rohrstuhl, drechselte sich bedächtigt hinein und streckte die Beine von sich. Er rückte hin und her, bis er die bequemste Stellung gefunden hatte. Dann machte er die Augen zu. Jetzt störte ihn keiner, jetzt konnte er dösen. Wenn er döste, sah er Urmschel vor sich, seine Frau. Im Anfang hatte Urmschel es miserabel gehabt. Sein Portemonnai litt an galoppierender Schwindsucht. Aber später hatte er ihr einen Dackel mit Stammbaum kaufen können. Den hatte sie haben wollen. Der Dackel hatte rostbraune Ohrlappen.

»Terrakotteflammend sind sie«, hatte Urmschel behauptet. »Ja, ja«, hatte er zugegeben. Er wußte nicht, wie »terrakotteflammend« aussah; aber wenn Urmschel kraß darauf pochte ...

Widerwillig mußte Bankrat Kämmerer noch einmal die Augen aufklappen, weil an seinem kleinen Finger gezupft wurde. Fleury hielt ihr Gesicht vor sein Kinn. Ihr Atem beschlug den Kneifer.

»Herr Bankrat, ich bin noch mal zurückgepest. Ich muß wissen, warum Sie nicht mitkommen wollen. Meinen Sie, uns lästig zu fallen? Denken Sie das?«

Wie müde er war! Ob das Mädchen das begriff? Sie war heißspornig; ein bißchen nach der halsbrecherischen Seite hin, ja.

Wenn sie doch gehen und ihn mit Urmschel allein lassen wollte! Wie konnte er sie loswerden? Sicher bestand sie auf einer schnellen Antwort. Aber er war zu alt, um Fragen schnell zu beantworten. Auch eine Sache, über die sie die Nase rümpfen würde.

»Ich will hierbleiben, Fleury! Nichts als hierbleiben, und wenn ich verhungere!«

»Aber verhungern dauert lang.«

»Schon, sicher ... Ich habe gehört, es fällt nur im Anfang schwer; zum Schluß merkt man nichts ...«

»Na, ich weiß nicht.«

»Laß mich sitzenbleiben, Fleury!«

Es klang flehentlich, teils mürrisch. Der Bankrat verschränkte die Finger fest ineinander. Vielleicht fürchtete er, hochgerissen und mitgelotst zu werden. Seine Augen trübten sich. Was um ihn war, sah er ungenau; und Fleury ließ er aus dem Gedächtnis fallen.

» ... einmal habe ich meiner Frau einen Dackel geschenkt. Weißt du noch, Urmschel? Er hatte rostbraune Ohren. Aber du behauptetest steif und fest ...«

Fleury schlich hinaus.

Zwischen Tür und Angel blickte sie noch einmal zurück. Bankrat Kämmerers Lider waren zugefallen. Die Lippen bewegten sich, er brummelte vor sich hin.

»Terrakotteflammend«, verstand Fleury. Der Bankrat seufzte, rutschte tiefer und lachte meckrig.

»Ist das zu fassen!« dachte Fleury. »Er wird selig verhungern.«

Und der Bankrat verhungerte. Fleury erfuhr es nach zehn Jahren durch Zufall von Vertriebenen, die erst in ihrer Stadt hatten bleiben wollen und dann doch, halb verhungert, geflüchtet waren. Sie hatten den Bankrat erlebt, als er die Müllhaufen russischer Einheiten nach Fischköpfen und Fleischbrocken durchstocherte. Dabei setzte sein Herz vor Schwäche aus. Er blieb mitten auf dem Kehricht liegen. Keiner kümmerte sich um ihn. Die einen nicht, weil sie vollgestopft den Sieg besoffen, die anderen, weil ihnen die Mägen auf den Knien schlackerten.

Der Wind wühlte in des Bankrats weißen Haaren. Nach Tagen kamen dann die Ratten ...

Seit dreizehn Tagen waren sie unterwegs. Für die Strecke, die sie sich abgewürgt hatten, brauchen Sonnenhungrige zu Fuß zwei Tage, mit der Bimmelbahn anderthalb Stunden, per Auto lohnt es nicht, die Benzinkosten auszuknobeln. Sie waren durch geräumte Dörfer gekommen und von herrenlosen, blaffenden Kötern angefallen worden. Sie hatten in leerstehenden Gehöften übernachtet, nicht weil sie schlafen wollten, sondern wegen des Gaules. Er war erbarmungswürdig mickrig, und die Heuschicht auf dem Karren nahm wegen seiner Freßsucht zusehends ab. Wenn der Gaul schon kaum etwas zum Verdauen bekam, Wasser mußte er haben.

Sie entwickelten siebente, achte und neunte Sinne im Aufspüren von Pumpen, Brunnen und intakten Leitungshähnen. Sie hieben auch Eisstücke aus Regentonnen und tauten sie auf. Keine Mühe scheuten sie für ihren Gaul, damit das Prachtstück sie nach dem Eldorado Pillau brachte. Sie selbst suckelten an Eiszapfen oder lutschten Scheebälle. Dazwischen öffnete sich ihnen unversehens ein Sesam und duftete ihnen Räucherwurst und Griebenschmalz entgegen. Sie fielen über die Kammer her, ähnlich laut jaulend wie die hungertollen Dorfköter. Sie waren hohlwangig und großäugig geworden und mit jeder Nacht, jedem Tag stiller ...

Seit Stunden redeten sie nicht.

Kyrill kutschierte mit zusammengekniffenen Lippen durch den Eiswald. Er spürte seine Haut nicht, keinen Muskel. Er hatte es aufgegeben, die Schneekruste vom Gesicht abzuklopfen. Es tat um so weher, wenn Mund und Augen von neuem befroren.

Neben ihm krümmte sich Fleury auf dem Kutschbock. Zuerst hatte sie noch mit auf den Weg aufgepaßt, hatte ihn geknufft, wenn sie Höcker, Beulen, Rillen wahrnahm. Seit einer

Weile sackte sie mehr und mehr zusammen, schlingerte bei jedem Schlagloch auf ihrem Sitz.

»Schlaf nicht, Fleury! Halt dich fest, du kippst sonst runter. Oder kriech zu den anderen unter die Plane!«

»Ich fall nicht!«

»Halt dich fest, sag ich dir!«

Fleury ließ die Arme rückwärts über die Leiste pendeln. Sie hing zwar fester auf ihrem Sitz, aber für den Frost war sie Freiwild.

»So friere ich mehr, Kyrill. Der Schnee frißt mir die Brust auf.«

»Sei nicht bockig! Leg dich zu deiner Mutter!«

»Nein! Wir wechseln mit dem Kutschieren wieder ab! Die Schindermähre treib ich auch an. Ich hab es dir gezeigt.«

Galoppieren konnten sie wirklich nicht. Der Gaul wurde von Minute zu Minute klappriger, wie die Fuhre Menschen, die er zog.

»Kyrill, ob der Klepper bis Pillau durchhält?«

»Er muß!«

»Kommen wir nicht bald an Marres vorbei? Marres soll die Hälfte sein. Dann muß es doch endlich auftauchen. Du hast gesagt, du kennst den Weg.«

»Kenn ich auch! Marres liegt rechts der Eisenbahnstrecke; nur sechs oder acht verstreute Häuser. Der Bahnhof besteht aus einer Wellblechschachtel und einer Pumpe davor. Die Bude sieht man zuerst. Wir müssen gleich an den Bahndamm kommen. Verfahren hab ich mich nicht.«

»Ob es in Marres Wasser und was zu essen gibt?«

»Heißen Tee und Frankfurter Würstchen serviert uns der Bahnhofsvorsteher! Gib es auf, Fleury! Durch diesen Schnee piepst keine Kirchenmaus – nur ein paar armselige Irre; wir gehören dazu!«

»Kyrill, mir ist hundsjämmerlich!«

»Mir auch!«

Sie rumpelten einen gebuckelten Holzabfuhrweg entlang. Linker Hand, an den Baumstümpfen, kauerten ein Mann und eine Frau. Der Mann hatte die Fausthandschuhe ausgezogen. Er war dabei, ihr das Kopftuch zuzuknoten. In diesem Augenblick mußten beide vom Schlaf überfallen worden sein.

»Wollen Sie mitkommen?« rief Kyrill herunter. »Zwei haben auf der Karre noch Platz!«

Die beiden antworteten nicht – das Kopftuch würde nie zugebunden werden. Die Finger Erfrorener sind steif. Drei Fuß von den zweien entfernt lag eine weggeworfene leere Schnapsflasche.

»Na also«, sagte Kyrill stoßweise. »Das hat wahrscheinlich gegen ihren Willen geklappt. Muß man sich merken! Man nehme: Anstrengung, Alkohol und dreißig Grad Frost! Einfacher geht es nicht. Mir nichts dir nichts schläft man ein, vor allen Dingen schmerzlos. Schuberts ›Winterreise‹ hat ihre neue Deutung weg. Die kitzligste, die brutalste!«

Er schlug auf den Gaul. Aufgescheucht trapste der vorwärts. Dreißig, vierzig Meter rumpelten sie über Löcher und Kanten, wurden geschüttelt, geschmissen. Unter der Plane wurde geschrien. Gunter wälzte sich an der Seite vor. Sein Riß über dem Auge war durch die Holperei aufgeplatzt; Heu und Häcksel klebten daran. Er riß Fleury am Jackenzipfel.

»Was ist denn los? Habt ihr 'nen Koller bekommen?«

»Nein, der Gaul«, antwortete Fleury.

Noch ein Holzabfuhrweg und noch einer – die Forstverwaltung nahm keine Ende. Den Eisenbahndamm mußten sie erreichen, und zwar bald. Als Wunschtraum zerrten sie ihn vor ihre Augen, spähten nach ihm, gaukelten ihn sich hinter jeder Schneewelle heran. Der Gaul brauchte eine flache Strecke unter den Hufen. Lange machte er den Geländesport nicht mehr mit. Er knickte oft ein. Dann redete Kyrill ihm zu. Er malte dem Gaul Bilder in die Luft aus eigenen Wünschen. Die ausgeschleifte Treckspur längs der Schienen war dabei, die sich beulenlos bis nach Pillau wand. In der Phantasie ließ sie sich leicht befahren, sogar flott. Nur der Wald hielt den Karren zurück, nur der Wald. Heimtückisch, hinterhältig schob er Bäume und Büsche dichter, sperrte sich in die Speichen. Kamen sie überhaupt vom Fleck? Waren es nicht immer die gleichen Bäume, dieselben Büsche, an denen sie sich vorbeirangen? Herrgott, laß doch den Bahndamm kommen!

»Kyrill!«

Kyrill sah Fleurys Faust auf seine hauen; spüren tat er es nicht.

»Was ist?«

»Kyrill, wenn jetzt einer am Blinddarm operiert werden muß oder eine Frau ein Baby kriegt?«

Kyrill versuchte einen Augenblick Fleury anzusehen. Er war zu ausgelaugt, um zu lügen.

»Dann werden sie daran umkommen. Oder willst du operieren? Kannst du einer Frau beim Kinderkriegen helfen?«

»Nein ... Aber die Oma versteht bestimmt was davon. Man muß die Nabelschnur durchschneiden, Kyrill. Genau in der Mitte, zwischen Mutter und Kind. Das weiß ich so halb.«

»Und womit wollt ihr schneiden? Und was muß dann gemacht werden?«

»Mehr weiß ich nicht.«

»Sie würden euch unter der Hand sterben, Fleury. Solche Sachen muß man genau können.«

»Genau können«, kam es kleinlaut heraus. »Zu Haus konnte ich doch nicht wissen, daß ich an solche Sachen denken würde und daß kein Arzt aufzutreiben ist.«

Fleury riß sich herum und starrte in den Karren hinunter. »Wir sind nur hochgepäppelt, um brave Zensuren heimzutragen und ›Die Glocke‹ aufzusagen ...«

»Was meinst du?« fragte Frau Fleury. Ihr Kopf sah aus der Plane vor. Er wackelte an der Seitenlatte des Karrens im Takt mit. Ihre Augen lagen in violetten Höhlen. Frau Fleury wollte den Kopf abstützen, aber das gelang nicht. Immer wieder schlug er an die Latte.

»Ich fragte, ob du Schmerzen hast«, log Fleury und konnte das Schlagen des Kopfes ihrer Mutter nicht ertragen.

»Nein, ich habe keine Schmerzen. Aber Pause würde ich gerne machen. Sind wir bald in Marres? Sind wir bald da?«

»Bald, ja!«

Fleury stieß Kyrill hart in die Rippen.

»Halt an! Wir wechseln die Plätze, ich kutschiere jetzt! Es muß schneller gehen!«

Ihr barscher Ton wäre nicht nötig gewesen. Kyrill hatte den Karren zum Stehen gebracht; die Leine hing schlaff über seine Fäuste. Er sah zu Fleury hoch, zog sie dann an der Jacke auf den Sitz zurück.

»Der Bahndamm«, sagte er. »Dort ist er!«

»Der Bahndamm«, sagte Fleury nach. »Dort ist er!«

Rechts von ihnen lief das Schienengestränge, blitzend aus Schnee sich schneidend, weiter in den Schnee, fort nach Pillau. Hinter dem Damm, vom Wald aus durch einen Unterführungsbogen zu sehen, schlängelte sich der ausgefahrene Pfad. Ein Stück über Feld mußten sie, durch die Unterführung, dann würden sich die Räder auf glatter Fahrbahn drehen.

»Den Schuppen, den du in der Kurve blinken siehst, das ist

der Bahnhof von Marres. Dahinter kommen die Häuser. Wir können schlafen, Fleury. Eine ganze Nacht pennen.«

»Meinst du ...?« fragte Fleury bleiern, und Kyrill schaute mit ihr in die gleiche Richtung.

Links über die Felder, in breiter Phalanx auf den Bahndamm zu, krochen russische Panzer; der sowjetische Hoheitsstern ließ keinen Zweifel. Die T 34 rollten aus, verharrten klotzig und rührten sich nicht mehr. Die Kolonne hatte Zeit, auf Trecks und zerschundene Soldatentrupps zu warten, das Hase- und Igel-Spiel zu exerzieren: Ich bin schon da! Die Kleinkolosse schwenkten die Türme, richteten die Rohre auf den Bahndamm.

»Kyrill, wir müssen über das Feld, durch die Unterführung! Wenn wir hinter dem Damm sind, können wir noch nach Pillau kommen. Die Biester jagen bestimmt nicht einem Karren nach! Fünfzig Meter – bis an die Unterführung – wir müssen das schaffen ...«

»Du bist wahnsinnig!«

Kyrill war aufgesprungen. Er schrie in Fleurys stumpfes Gesicht. Sie mußte mit offenen Augen schlafen, obwohl sie ihn schreien hörte. Und Kyrill wußte, daß sie die fünfzig Meter Feld einsetzen würde. In diesen Sekunden verzweifelte er an ihr. Ihr Spiel, das sie machen wollte, war mörderisch, großkotzig, verantwortungslos. Er hätte sie blindlings umbringen können.

»Willst du ein Rudel Menschen zerfetzen lassen? Mensch, kannst du das verantworten? Oder rechnest du etwa, daß die Russen bei einer Flüchtlingskutsche vor Mitleid aus den Latschen kippen?«

Fleury schien zusammenzuschrumpfen. Sie sah Kyrill und sah ihn nicht. Aus dem Karren schob sich das Gesicht der Schauspielerin Alja über den Sitz hoch. Sie quiekte schrill, als sie die T 34 erkannte, und fiel unter die Lehne zurück. Sie hörte nicht auf, zersägend zu winseln.

Andere Köpfe trieben unter der Plane vor. Darunter Rolands und Gunters erfrorene Nasen, Frau Fleurys gelblich glänzende Augäpfel und der schwindsüchtige Haarschopf der Oma. Sie blickten zu Kyrill und Fleury auf dem Bock. Messerscharfe Scherenschnitte, bei denen an Papier gespart worden war, standen beide gegen das Licht und die Bäume.

Fleurys Beine zitterten. Kyrill überschrie die Schauspielerin.

»Wer sagt dir, daß wir über den Acker kommen? Wer? Und

wenn es schiefgeht? Ich habe dich gefragt, ob du dich traust, das zu verantworten?«

Nicht nur Fleurys Beine zitterten, auch die Zähne klapperten ihr.

»Verantworten kann ich das nicht ... nein!«

Beim Sprechen biß sie sich auf die Zunge. Das kam, weil weder Kiefer noch Kinn ihr gehorchten.

»Es ist Glück«, schnatterte sie. »Nichts als Glück! Wenn die Russen uns kassieren, lassen sie uns eiskalt hops gehen. Es ist Glück, Kyrill, einfach Glück.«

Fleury riß Kyrill die Leine vom Handgelenk. Sie stieß ihn auf den Sitz zurück. Er bekam nicht mit, daß sie sich so breit als möglich über ihn duckte. Fleury merkte es selbst nicht und hätte soviel Nächstenliebe sich selber auch nicht zugetraut. Sie drosch auf den Gaul ein, hieb ihm den Riemen zwischen die Ohren. Gepeinigt aufwiehernd, riß der Gaul den Karren vom Wald auf den Acker hinaus. Schneller, vorwärts, noch sechzehn, dreizehn Meter! Schaum flog von den Lefzen.

Fleury hing über der Stange des Kutschbocks; sie trieb nicht mehr an, sie ließ die Leine pendeln. Der Gaul mußte wittern, daß es um ein paar Menschenleben ging. Die T 34 rührten sich nicht. Ferngläser stachen aus den Türmen herüber. Die Panzerrohre blieben still.

Vielleicht verschlug es den Russen die Luft, einen zusammenbrechenden Gaul mit einem Karren schreiender Hasardeure in Schußlinie an den Bahndamm jagen zu sehen. Falls sie aber nicht schießen *wollten*, sollte ihnen die schwarze Muttergottes von Wladimir oder das Zentralkomitee der KPdSU Ehren und Orden vor die Filzknobelbecher streuen.

Niemand wußte, was in den Russen vorging; Gedanken darüber wären Spekulationen gewesen – und der Gaul polterte, die Ohren steil gespitzt, mit dem Karren in die Unterführung ...

Als sie aus der Röhre herauskamen, lag vor ihnen Marres und der Treckpfad. Ihr ersehntes Marres – mit Bahnhofswellblechschachtel, Pumpe und lumpigen Häusern weit auf den Weiden. Dort hatten sie verschnaufen wollen; doch das hieß die ihnen wohlgesonnene Roulettkugel herausfordern. Die T 34 konnten ihnen sehr rasch über den Damm nachrücken.

Aber der Pfad war gut – übersichtlich, flach, höckerlos. »Geschafft!« keuchte Kyrill. »Mein Gott, ich hätte es nicht geglaubt!«

Er ließ Fleury los, die er, mit beiden Armen um ihren Bauch, festgehalten hatte. Und Fleury drehte ihm die Augen zu; ein zerspringendes Lachen flog ihren Mund entlang. Sie wollte sich von der Stange auf den Sitz schieben. Knie und Ellbogen kribbelten ihr, waren störrisch, gaben nicht nach. Sie probierte es noch einmal und rutschte aus.

Ihr Lachen bekam einen Knacks.

Sie schlug vom Kutschbock zwischen Deichsel und Pferdebeine.

Fleury und zehn andere Stimmen kreischten gleichzeitig auf. Der Gaul steilte, hieb die Hinterhand nach dem laschen Bündel und preschte panisch los. Fleury wurde ein Stück mitgeschleift; ihr Fuß hatte sich in der Leine verfangen. Dann gab es einen Ruck, und die Leine riß.

Fleury blieb auf dem Treckpfad, dem bejubelten Pfad, liegen. Sie nahm wahr, daß der Wagen davonratterte; daß Hände fuchtelten; daß die Schauspielerin die Leinenstrippen an sich zerrte und den Gaul zu bändigen versuchte; sie sah ihre Mutter die Arme ausstrecken. Die wurden lang wie Seile – aber sie reichten nicht.

Dann sah Fleury nur noch zum Himmel empor. Der wälzte sich dick herunter, wurde balliger, massiger. Je näher er fiel, desto niederträchtiger biß der Schmerz in den Steißwirbeln. Jetzt blieb der Himmel hängen, auch der Schmerz wurde lahmer, verebbte schließlich ganz ...

Fleury konnte nicht hundertprozentig sicher sagen, ob sie lebte. Doch den Himmel hätte sie anschauen wollen – endlos ...

... aber da schoben sich Kyrills, Gunters und Rolands verzerrte Augen dazwischen, trudelten mit den Wolken um die Wette und standen als braune, graue und blaue Pompons über Fleurys Nase still.

Die drei starrten auf Fleury. Ihr Kopf lag neben Pferdekot; ihre Beine, das eine gekrümmt, das andere platt gestreckt, wirkten wie aus der Hüfte herausgebrochen. In den Lidspalten waren die Augen zu sehen. Die Augäpfel bewegten sich nicht.

Roland und Gunter blickten Kyrill an. Dann hockten sie sich alle drei neben Fleury und betasteten ihre Arme, fühlten ihre Beine ab. Kyrill neigte sich über ihr Gesicht und horchte. Es war nicht festzustellen, ob sie atmete. Er faßte nach ihren Wimpern.

»Nehmt die Finger weg«, sagte Fleury. »Ich glaube nämlich, ich bin tot.«

»Stuß«, stieß Kyrill heraus.

»Kappes!«

»Quatsch!« brüllten Roland und Gunter.

Fleury sah zu den dreien schärfer hin – und es blieb wunderbar. Ihre Köpfe waren echt; kein Spuk, noch nicht Delirium.

»Ihr seid wirklich da? Wieso denn? Warum?«

Plötzlich weinte Fleury.

»Der Gaul war nicht zu halten – da sind wir abgesprungen. Unsere Knochen müssen grün und blau sein.«

»Wir lassen dich doch nicht auf der Straße liegen, dazu noch zwischen Pferdeäppeln!«

»Mitgegangen, mitgehangen – wie schon gehabt«, sagte Gunter als letzter.

Fleury setzte sich auf. Die Schultern, Rippen, der Rücken glühten, mußten dem Gespür nach Matsch sein. Aber nicht daran denken ... Zuerst sehen, sich satt sehen an den dreien, sie bestaunen. Sie werden unruhig; drängeln dauernd, aufzustehen; peilen an den Bahndamm. Ach so, die Panzer können nachpurzeln. Doch Kyrills Hände, die Fleury wegen der krummen Härchen Kapuzineraffen nennt, die muß sie noch anfassen; und Gunters rotbesprenkelte Sommersprossenstirn; Rolands Himmelfahrtsnase. »Ihr seid drei Wunder!«

»Mach schon!«

»Komm!«

»Drei Wunder sag ich! Wahrhaftig!«

Kyrill wollte Fleury hochziehen.

»Wir haben deiner Mutter nachgebrüllt, daß sie auf uns warten soll – sobald sie vom Karren runter kann, wenn der Gaul ausgetobt hat. Weit schafft er es sowieso nicht. Wir müssen sie einholen!«

Mutter! Fleury dachte nach. Hatte Mutter ihr nicht den Kopf gehalten, von da ab, als sie vom Wagen stürzte, bis eben? Mutter! Fleury mußte sie wiederhaben! Und allein war Mutter aufgeschmissen.

»Ich komm! Wir rennen, so schnell wir ...«

Fleury krabbelte von der Straße hoch, wollte gehen und fiel wie eine Vogelscheuche bei Wind um. Kyrill und Gunter sprangen zu ihr, griffen ihr unter die Arme und stemmten sie hoch.

»Was denn?« fragte Roland lahm. »Willst du kriechen?«

»Mein Bein ist ...«

Während Fleury umgekippt war, hatte sie sich in einem Laden eine Krücke kaufen sehen. Das Bild huschte schnell vorbei.

Aber den Laden hätte sie in Einzelheiten beschreiben können. Krücken und Prothesen warteten dort, Zehenpolster, Fußstützen und Kniebandagen. Aus dem Lager schlich die griesgrämige Verkäuferin an den Tisch. Sie sagte: »Nehmen Sie ein hübsche Krücke, Sie sind jung ...«

»Eine hübsche Krücke«, murmelte Fleury. Sie spürte Kyrills Griff an ihrem Arm derb werden.

»Fasel nicht, Fleury! Sag, was los ist!«

»Mit dem Bein ist was los. Es ist taub, und ich fühl es nicht.«

»Wir werden dich abwechselnd tragen.«

Roland stellte sich zu Gunter und Kyrill.

»Ich hab einen praktischen Vorschlag: zwei von uns verhaken die Hände, und Fleury setzt sich drauf. Dann hält sie sich an unseren Schultern fest und kann nicht runterfallen.«

»Gut«, sagte Gunter.

»Nein«, sagte Fleury. »Ich will laufen! Als meine Mutter ihre erste Runde humpeln durfte, da hat sie gesagt: Das muß man ausfechten, solang die Knochen nachgeben! Meine Mutter war auch gefallen, nur tiefer, die Treppe zur Waschküche runter.«

Fleury ließ Gunter los und hing sich bei Kyrill fest ein. Sie machte versuchsweise ein paar Schritte. Bei den ersten wackelte sie, kämpfte mit dem Gleichgewicht. Ihre Stirn wurde schweißig. Dann hatte sie den Bogen heraus. Sie mußte das lahme Bein in dem Augenblick nachschleifen, in dem sie sich auf das gesunde stützte. Ein Eilzugtempo kam dabei nicht heraus, aber mit einem hinkenden Huhn konnte sie es aufnehmen. Vor allen Dingen brauchte sie nicht getragen zu werden; denn tragen, das macht müde.

»Es geht«, rief sie Gunter und Roland zu, die nebeneinander standen und ihr und Kyrill nachsahen. »Es geht! Kommt!«

Roland stieß Gunter an. Sie kamen nach. Beim Überholen streckte Roland die Mütze hin.

»Ich hab sie aufgehoben. Klebt ein bißchen Dreck dran, aber Dreck hält warm.«

Er schob sich mit Gunter an die Spitze vor. Fleury stülpte sich die Mütze auf, und Kyrill zog sie ihr über die Ohren.

»Du denkst doch nicht, mir macht das was, mit deinem Bein?«

»Ich hab dich doch für keinen Tangostiesel gehalten!«

Fleury schoß Wasser in die Augen. Das war zu dumm, das passierte ihr jetzt am laufenden Band.

Sie ließen das Bahnwärterhäuschen von Marres hinter sich. Auch an der Pumpe kamen sie vorbei. Sie war eingefroren. Am Rohr hingen Eistropfen, dicke glitzernde Tränen. Sie schlichen den Kufenspuren nach. Schnee kreiselte um sie; Windböen quirlten ihn einmal von rechts, einmal von links im Schleiertanz auf ihre Rücken.

Nebel fiel ein. Nur mit Anstrengung konnten sie die Bruchbuden von Marres erkennen, die sich ihnen näherschoben, dann aber auseinanderrückten und enge, verwinkelte Durchlässe zeigten. Bei jedem Windstoß knarrten die Haustüren auf und zu. Die eingeschlagenen Fenster schielten tückisch zu ihnen herüber, als wären die Löcher mit unsichtbaren Augen vollgestopft.

Wie auf Verabredung blieben die vier stehen. Täuschten sie sich, oder drückte sich jemand von einem Haus zum anderen? Nein, sie mußten sich irren. So diesig grau, eins mit dem Schnee und dem Nebel, konnte sich kein Mensch tarnen; so geräuschlos vorrückend, gleitend konnte kein Mensch sich bewegen. Ein Mensch hätte auch rufen können. Und jetzt war nicht einmal ein Gleiten von Wand zu Wand mehr feststellbar.

Von einer Augentäuschung hatten sie sich ins Bockshorn jagen lassen – redeten sie sich ein; aber abschütteln ließ sich der Schreck nicht.

»Ich weiß nicht«, sagte Roland bedrückt. »Müssen wir durch das Nest?«

Seine Kulleraugen fraßen sich durch den Nebel, zu den Wänden. Gunter deutete auf die Rad- und Schlittenspuren, blickte dann wie Roland nach den Häusern.

»Troß auf Troß ist durchgefahren. Unser Karren mit Sicherheit auch. Wir müßten einen großen Bogen schlagen ...«

Kyrill spürte Fleury einknicken und fühlte ihr nach, was ›einen Bogen schlagen‹ bei ihr anrichtete.

»Umwege können wir uns schlecht leisten! Erstens zeitlich nicht, und zweitens – Kinder, denkt doch an Fleury! Sie krebst sich jeden Schritt ab ...«

»Wir können uns trennen«, sagte Fleury ohne Mut. »Ihr lauft um das Kaff rum – und ich durch. Dahinter treffen wir uns wieder!«

»Fällt dir nichts Besseres ein?« fragte Gunter.

Roland zwirbelte seine Fausthandschuhe. Er sah von den vieren am jüngsten und flapsigsten aus, aber als er hochschaute, war sein Mund fest geworden. Die Augen kalberten wie vorher; darunter härtete sich das Kinn. Das gab einen Bruch im Gesicht.

»Ich frag mich, wovon wir uns eingraulen lassen? Vor unleidlichen Häusern haben wir oft gestanden! Und was? Wir sind immer rausgekommen. Dies Nest sieht nicht einladend aus, nee. Ich weiß nicht warum. Aber durchgefahren sind vor uns viele – und ausgerechnet wir pilgern per pedes eine Schleife? Weil wir Gespenster huschen sehen? Ich glaube, wir müssen am Abkratzen sein.«

Sie hatten keine Gespenster gesehen.

Der Russe, der sich in die Tür drückte, zog die Augen zu Strichen zusammen und visierte ihnen entgegen. Er sah sie zögernd sich aufraffen und das erste Haus passieren. Er brachte den Karabiner in Anschlag. Er zirpte einen Pfeifton in das Haus. Zwei andere Russen schoben die Köpfe um die Türpfosten. Lautlos richteten sich die Gewehrläufe auf die vier.

Die Russen waren auch jetzt nicht zu erkennen. Ihre Schneemäntel hingen ihnen von den Köpfen bis an die Stiefel. Nebel, Schnee und Dämmerung deckten sie ab. Eingefuchste Augen hätten gewußt, daß Bewegung im Kampfzentrum auf jeden Fall Bewegung und selten Halluzination ist.

Die vier hatten keine eingefuchsten Augen. Sie schaukelten den Russen näher. Der erste vergewisserte sich noch einmal, ob die beiden anderen hinter ihm waren, dann brüllte er scharf über die Straße. Kyrill, Gunter, Roland und Fleury stolperten durcheinander.

Wieder brüllte der Russe.

»Arme hoch«, übersetzte Kyrill, der russisch verstand, aber selbst nur Bruchstücke radebrechen konnte.

Gunter und Roland streckten die Hände über die Köpfe. Kyrill auch; aber er packte dabei Fleury am Handgelenk und riß ihren Arm mit hoch, denn wie sollte sie allein stehen? Er lächelte auf den Schnee hinunter – er lächelte wirklich. Fleury, Roland, Gunter sahen es nicht. Sie hätten ihn auch für irr gehalten, weil sie nicht wissen konnten, daß er die Minuten zu zählen begann.

Die Russen schoben sich aus dem Nebel.

»Kann denn das wahr sein, Kyrill? Sag doch, ist das möglich?« flüsterte Fleury.

»Ruhig!« antwortete Kyrill.

Die Russen blieben auf ein paar Meter Entfernung vor ihnen stehen.

»Munition? Pistolen?«

Es gibt Wörter, die international verstanden werden, wie auch Gesten. In lebensgefährlichen Augenblicken kapiert man sogar nie gehörte Sprachen.

»Nein«, antwortete Kyrill.

Der mittlere von den Russen pirschte sich an sie heran. Sie starrten sich gegenseitig an. Der Russe mußte dem kirgisischen Steppenvolk angehören. Seine Schaffellmütze bildete Wülste über den zottigen Brauen. Darunter hervor stachen schnelle Lichter, dümmlich und gerissen, gutmütig und verschlagen.

Er zog die Luft durch die Zähne. In den Zahnlücken steckte hineingestopftes Zeitungspapier. Es spuckte aus, als Speichel zusammengelaufen war. Er wirkte auf die vier wie die vier auf ihn. Am längsten sah er Gunter an. Dessen brandrotes Haar und pappigweiße Haut waren dem Kirgisen genauso abscheulich wie den vieren seine pechschwarzen Bartzipfel.

Er schob den Schädel vor, um sie noch genauer zu sehen. Dann raunzte er den zwei anderen etwas über die Schulter zu. Sie kamen heran, postierten sich rechts und links neben Roland und Fleury.

»Was hat er gesagt, Kyrill?« Fleury bewegte kaum die Lippen.

»Ungefähr: Heiliger Strohsack, das sind ja Kinder!« Der Kirgise schleuderte den Karabiner über die Achsel. Mit rohen Griffen tastete er die vier nach Waffen ab. Zwischendurch spie er aus. Er riß Fleury die Lederjoppe auf und faßte unter die BDM-Jacke. Verdattert sah er Straß und Pailletten glitzern. Er blinzelte Fleury ins Gesicht. Er hatte kein vor Angst entstellteres gesehen, keins, das sich mehr ekelte und weiter weg war.

Seine Finger blieben auf ihren Rippen liegen; sie beide atmeten hechelnd.

Langsam zog der Kirgise die Finger weg. Da spürte er harte Kanten im Jackenfutter. Er griff in die Innentasche und grabbelte nach dem Armband und den Ringen. Er grinste von einer Backe zur anderen. Er grunzte »tsst, tsst«, bekaute die einzelnen Steine, warum, weiß der Himmel, und ließ die Schmuckstücke in seinem Mantel verschwinden.

»Durchhalten, Fleury«, sagte Kyrill, ohne Rücksicht, ob er verstanden werden könnte. Er hob Fleurys Arm noch höher. »Halt durch! Halt durch!«

Der Kirgise wartete unsicher, horchte und röhrte.

Kyrill gab keinen Laut von sich. Er blickte geradeaus über ihn weg. Der Kirgise bückte sich und hieb Kyrill die Handkante unter die Nase. Blut spritzte Kyrill auf die Lippen, rann in die Mundwinkel. Er schluckte es hinunter.

Die Wachen neben Roland und Fleury sahen stupide zu.

Der Kirgise sprang zurück, bekam den Gewehrlauf zwischen die Füße und schlitterte der Länge nach hin. Rasend vor Wut trommelte er mit den Fäusten auf die Eishöcker. Dann kam er blitzschnell, federnder als eine Katze, vom Eis hoch, fuchtelte mit den Armen durch die Luft, schrie und zeigte auf die Hausmauer.

»... Wir sollen uns an die Wand stellen«, sagte Kyrill.

Er ließ die Arme fallen, griff Fleury um die Schulter und stelzte mit ihr zum Haus hinüber. Roland und Gunter waren stehen geblieben. Wie zwei bockige Esel, die auf der Landstraße den Schlachthof wittern, sträubten sie sich, ein Bein vor das andere zu setzen, und hätten nur mit der Peitsche vom Fleck getrieben werden können. Die russischen Wachen hieben ihnen die Gewehrkolben zwischen die Schulterblätter.

»Pascholl!«

Roland und Gunter keuchten; dann griffen sie sich bei der Hand, schleppten sich an die Mauer. Sie stellten sich neben Fleury und Kyrill. Beide sahen, wie Kyrills Arm um Fleurys Hals lag, daß er ihren Kopf an seine Schulter drückte, daß sich seine Hand in ihrem Haar ballte. Roland und Gunter dachten: »Die lieben sich ja, und das merken wir jetzt ...«

Der Kirgise setzte schnaufend von der Straße nach. Er patrouillierte an den vieren auf und ab. Seine Bartspitzen wippten. Als er das erste Mal an ihnen entlangrannte, grinste er hämisch, beim zweiten und dritten Mal brach das Grinsen ab. Er stierte Roland, Fleury, Gunter, Kyrill nacheinander unverhohlen neugierig an. Er wurde von Sekunde zu Sekunde neugieriger. Die Bartspitzen wippten nicht mehr.

»Vielleicht sammelt er Insekten; spießt sie auf Stecknadeln auf«, dachte Kyrill. »Mensch, mach doch schon, mach schon!«

Kyrill biß sich auf die Lippen. Sie schmeckten eklig nach Blutborke. Ihm wurde übel. Wasser schwemmte vom Magen herauf. Seine Knie zogen weich nach unten.

Der Kirgise hatte haltgemacht. Er pflanzte sich breitbeinig vor die vier, spreizte die Pranken auf die Schenkel. Er luchste unter dem Mützenfell vor. Seine Schweinsritzenaugen änderten sich, hörten zu glimmern auf. Er brach in wieherndes Gelächter aus. Es gluckerte, schnaubte, dröhnte aus ihm. Er hob die Fäuste und biß hinein. Jetzt sprang er im Kreis herum.

Aus den Häusern, hinter Straßenwinkeln, quollen Russen hervor, scharten sich um den wirbelnden Berserker. Der Kirgise hörte auf zu springen, streckte den Finger nach den vieren und wieherte weiter.

Die Russen blickten an die Wand herüber, und Kyrill, Fleury, Gunter und Roland blickten zurück. Sie konnten die Gesichter der Russen erkennen. Eingewickelt waren sie; nur Augenschlitze, bei manchen waren Backen oder Bärte sichtbar. Und so viele Gesichter, und keins, dem die vier getraut hätten zu sagen: »Klopp uns doch raus.«

Der Kirgise stellte sich vor Kyrill. Er redete auf ihn ein, gestikulierte. Was er herunterspulte, verstand Kyrill nicht. Er zuckte die Schultern. Der Kirgise ließ den Kopf schief hängen, schmatzte und überlegte. Dann klopfte er auf seine Stiefel, trampelte, stieß mit dem Finger nach dem Hauseingang. Zu beiden Seiten der Tür hatte es Einschüsse gehagelt. Faustgroße Löcher klafften.

»Wir sollen mitgehen«, sagte Kyrill.

»Ist doch egal«, erwiderte Gunter. Unwillkürlich befühlte er seine Hände. Sie waren trocken; sie hatten die Angst verloren. Einen Augenblick dachte Gunter: »Da habe ich mich in jedes Mauseloch verkriechen wollen, wenn sich Kraftprotzen in der Klasse balgten. Und jetzt ...«

Er schob sich als erster aus der Reihe. Da Roland vor ihm stand, rempelte er gegen ihn.

»Na, geh schon«, sagte Gunter. »Der Steppensohn wird sonst ungeduldig.«

Da Roland noch immer kein Bein vor das andere setzte, stieß Gunter ihn noch einmal an.

»Wir machen alles zusammen ... alles zusammen!« sagte Roland darauf leise. Er leierte: »Wir haben es uns versprochen. Ihr dürft mich nicht allein lassen.«

Er lachte dabei, mit einem sachten Ton am Ende. Mitten in seinem Lachen sahen Gunter, Kyrill und Fleury ihn an. Sie merkten plötzlich, wie sie froren. Es kroch von den Füßen aufwärts. Ihre Kehlen waren wie zugeschnürt. Eine Schneeflocke wirbelte auf Rolands Stupsnase und schmolz. In seinen Augen jagten Träume; früher waren sie wenigstens lustig gewesen.

Gunter packte Rolands Arm und zog ihn unter seinen. Er drehte Roland einfach um, auf die Haustür zu.

»Komm! Wir lassen dich nicht allein. Was Dooferes habe ich noch nicht gehört.«

»Ihr dürft nicht weglaufen. Auch nicht heimlich, wenn ich einschlafe.«

Der Russe donnerte mit dem Stiefel gegen die Tür. »Los«, sagte Kyrill. »Man weiß bei denen nicht, was sie im nächsten Augenblick anstellen.«

Gunter zerrte Roland am Arm mit. Kyrill kam mit Fleury nach. Sie humpelte, so gut und schnell sie konnte. Sie rieb ihre Hand an Kyrills.

»Sie wollten uns an der Mauer erschießen, Kyrill. Wir kommen nie raus! Sie können uns nach Sibirien verschleppen. Das machen sie, das ist doch bekannt. Und Roland ... meine Mutter ... und wir beide ... Du glaubst doch selbst nicht, daß wir am Leben bleiben ... Es ist mir auch schnurz!«

»Blanker Unsinn, Fleury! Wenn's hart auf hart kommt, will keiner sterben. Und die letzten Minuten lebt jeder am liebsten. Laß dir das gesagt sein! Ich habe es kapiert ...«

Kyrill zwängte sich an dem Kirgisen vorbei ins Haus. Fleury schob er seitlich vor sich her. Er schaffte es, daß der Kirgise und Fleury sich nicht anstießen. Dann standen sie zusammengepfercht in der winzigen Kate.

Eine Stiege führte senkrecht zur Lucht hinauf. Aus der Luke hing Stroh herunter, wedelte um ihre Köpfe. Ziegenmist stieg ihnen in die Nase.

Aus der Schlafkammer, deren Tür herausgebrochen war, bückte sich ein junger Russe. Auch ihm hing der Schneemantel von den Schultern. Sein Kopf war aus Gold oder Bronze, die Augen wäßrig und wachsam. Er war eine Kreuzung aus Viper und Gralsritter, als solche bedrückend.

Der Kirgise machte ihm Meldung. Die vier hörten einen Namen fallen – Leonid Turgeff. Hieß der Russe so? Egal. Aber Fleury behielt den Namen. Turgeff hörte dem Kirgisen teilnahmslos zu, ebenso teilnahmslos blickte er nach Gunter, Roland, Fleury und Kyrill.

Alle vier zweifelten, ob Turgeff sie überhaupt sah. Dann machte er den Mund auf. Er sprach fließend, bestechend deutsch. Seine Stimme flimmerte; flüsterte gefühllos. Wahrscheinlich sprach er seine eigene Sprache mit dem gleichen Grad Gefühllosigkeit.

»Ich lasse Sie zusammen in den Keller sperren. Ich werde mir überlegen, was mit Ihnen geschehen wird.«

Er verschwand in der Kammer und blieb weg, wie verschluckt. Der Kirgise salutierte gegen die leere Tür. Dann drehte er sich um. Wieder hatten sich seine Augen verändert. Genau waren sie nicht zu sehen, nur glimmernde Schlitze. Die vier spürten, daß er Angst vor Turgeff in der Kammer hatte. Er krakeelte und schielte dabei hinter sich. Er keifte laut genug, um von Turgeff gehört zu werden.

»Das war der politische Offizier«, übersetzte Kyrill.

»Auch das noch«, murmelte Gunter in Rolands Kragen. »Ich kann das Wort Politik im ganzen Leben nicht mehr hören!«

»Dazu wirst du auch nicht viel Zeit haben«, dachte Kyrill. Er faßte Fleury um die Hüften, verschränkte die Hände und hob sie leicht wie einen Lappen hoch. »Ich trag dich. Du brichst dir sonst noch die Beine.« Über Fleurys Kopf weg sah er Gunter an, und Gunter ihn.

»Na«, sagte Kyrill.

Gunter schlug den Arm um Roland.

»Komm, Kleiner! Wir gehen.«

Sie gingen. Was blieb ihnen weiter übrig. Sie hatten nur vier Schritte an der Kammer vorbei und drei ausgetretene Stufen zum Keller hinunter. Der Kirgise trieb sie an. Er knuffte Roland und Gunter. Kyrill, der Fleury schleppte, boxte er nicht. Er sah ihnen nach; auch in den Keller noch. Er ließ den Riegel zuschnappen.

Keller war übertrieben. Das Loch maß sechs Schritt Länge und zwei Schritt Breite. Schummriges Licht quetschte sich durch ein vergittertes Fenster über der Erde herein. Die Scheibe war geplatzt; einzelne Schneeflocken trieben durch das Gitter. Wände und Boden waren hundekalt.

Die vier scharrten mit den Füßen Gerümpel zur Seite, stießen Kruken weg, schleuderten aufgestapelte leere Eierkisten in die hinterste Ecke.

In der Kammer über ihnen begannen die Russen zu randalieren. Ihr Johlen, Grölen wurde wilder, dröhnte durch die Fugen. Flaschen klirrten, Stiefel stampften. Von der Kellerdecke blätterte Kalk. Das Haus mußte zum Bersten voll von saufenden, tobenden Russen sein.

Die vier sahen sich mit entgeisterten Augen an. Sie wurden still. Sie zerrten Säcke unter einem Rest Briketts vor und wikkelten sich gegenseitig ein. Dann krochen sie im Winkel zusammen und starrten zum Fenster hinauf.

Das Licht veränderte sich mehrmals im Laufe der Stunden. Erst war es spärliches Grau, dann Milch, dann schwarze Brühe, dann brach der Mond durch die Wolken und klebte gleißend an der oberen Fensterecke, genau hinter dem Gitter.

Jetzt konnten die vier sich wieder sehen. Sie fanden, daß auch sie sich verändert hatten während der Stunden, wie das Licht. Aber besser konnten sie nicht werden. Sie dachten, daß sie geisterhaft aussahen und – jeder auf seine Art schön. Brikettruß war über ihre Nasen und Backen verschmiert – in ihren Augen segelten Schwäne aus Tümpeln hervor.

Sie klapperten vor Frost, aber sagten nichts darüber. Sie horchten zu dem Spektakel hinauf und sagten auch dazu nichts. Mit nutzlosen Feststellungen hielten sie sich nicht auf. Zwei Sachen interessierten sie brennend: Ob sie doch noch lebend rauskamen oder draufgingen.

Ungreifbar schwebte darüber ein Drittes. Das war ein Gespinst aus ihren Herzschlägen, ihrem Mond, ihrer Fensterecke. Das machte die Glieder matt, die Köpfe leicht. Das war ihre Hoffnung; aber ausgesprochen hätte keiner das Wort. Mit diesem Wort, eins von tausenden, wird alles möglich. Vergitterte Fenster brechen auf, zugerammte Türen splittern, Gewehre haben Ladehemmungen, Züge fahren auf totgelegten Gleisen. Nacheinander passieren Wunder – können Wunder passieren.

»Was werden die Russen mit uns machen, was meinst du, Kyrill?« fragte Gunter. Er schreckte zusammen, weil er zuerst redete, nachdem alle stundenlang geschwiegen hatten. Seine Stimme kam ihm hohl vor, und erfroren.

»Keine Ahnung, Gunter.«

Kyrill spürte Fleurys Schenkel und Schultern an sich und den Mond auf der Brust. Der machte das Atmen schwer. Kyrill klappte die Augen zu und spazierte weiter mit Fleury durch einen Apfelbaumgarten; und sie war seine Frau.

»Willst du es bloß nicht sagen?« fragte Gunter.

Kyrill gab keine Antwort. Er schlenderte tiefer in das Apfelparadies. Gunter streckte den Kopf vor. Er versuchte, Kyrills Augen zu erkennen.

»Der schläft wieder.«

Gunter drückte sich an die Wand zurück, zog sich den Sack bis ans Kinn. »Sie können uns in die Kohlenlager nach Workuta verfrachten, ober nach Transbaikalien zum Bäumefällen, sie können uns auch in der Newa ersäufen«, antwortete Gunter sich selbst.

»Ihr müßt mich mitnehmen«, sagte Roland; seine Stimme kroch vom Boden hoch. »Ihr habt es versprochen.«

Er lag krumm, die Knie an den Bauch gezogen, in der dunkelsten Ecke. Schon Stunden rührte er sich nicht. Auf seinen Schopf fiel Licht im Quadrat. Gunter tastete Rolands Rücken ab und zog ihm den Sackfetzen höher.

»Du kommst mit! Wir machen keinen Schritt ohne dich.«

Gunter hörte Roland befriedigt Luft einziehen.

Weitere Viertelstunden verstrichen. Der Radau über ihnen nahm ab. Hin und wieder bumste es. Dann schlug ein Russe auf die Bretterdielen und fing zu schnarchen an. Die anderen begannen zu singen. Es war ein Singsang über fatal ausgedörrte Steppen, über die Wolgajauche und von Samarkand. Auch Sonnenblumensamen kam darin vor und der Springquell von Bachtschissarai. Einen Teil der Melodien kannten die vier. Und die unbekannten wehten, zirpten, als müßte man sie kennen. Deshalb summte Gunter mit. Und deshalb pellte sich Fleury aus dem Sack und krabbelte hoch.

»Was machst du?« Kyrill fuhr aus dem Dösen auf.

»Ich tanze! Ich muß versuchen, ob ich es noch kann. Wenn nicht, dann – aus der Traum von wegen Anna Pawlowa!«

Fleury stand mitten unter dem Mondstrahl. Ihre Arme klatschten an die Hüften hinunter. Sie sah aus wie jemand, der aufzugeben bereit ist. Sie bückte sich unter das Fenster und suchte den Mond. Der war hochgestiegen, schwamm schwindlig fern.

»Ich brauche Licht«, drohte Fleury.

Sie stützte sich an die Mauer und zerrte die Stiefel ab. Sie knöpfte die Lederknöpfe auf, ließ die Jacke auf die Stiefel fallen und zog auch die BDM-Jacke aus.

»Du holst dir den Tod!« zischte Kyrill.

»Ich mach nur eine Minute.«

Weder Kyrill noch Gunter erwiderten was. Sie sprangen auch nicht auf, um den Irrsinn abzubrechen. Sie schoben die Köpfe vor. Da griff das Licht nach ihnen. Roland hob das Gesicht aus der Ecke.

»Sie ist hübsch, die Fleury!«

Sein Mund und seine Backen freuten sich. Er klatschte.

Fleury spreizte die Arme. Unter dem Glitzerkostüm drückten sich die Knochen vor. Sie zog den Rock aus dem Hosenbund und ließ ihn darüber fallen. Dann stakelte sie einen Schritt vor, noch einen, und drehte sich. Sie stelzte, vergrub die Hände in den Rock, warf ihn über das Gesicht; er fiel wieder auf ihre Knie. Sie bewegte sich steif und ein bißchen feierlich. Ihre Hände, ihr Haar, ihr Gesicht tanzten.

Das Bein war unwichtig; sie mogelte es weg. Der Mond half ihr beim Mogeln. Er strich ihre Schultern weiß an und kalkte ihr Haar. Er brachte sie von Kopf bis Fuß zum Glimmen. Die Hosenschläuche, das Stück nackte Wade und die sich um die Knöchel ringelnden Socken ließ er nicht ins Licht geraten.

Fleury ließ die Arme fallen, ließ sie auspendeln. »Zu Ende, fertig!«

Sie knickste. Ihr Gesicht hing im Schatten, und es war nicht festzustellen, wie es aussah. Aber Kyrill dachte es sich.

»Es geht doch!« sagte er rauh.

»Nein, es geht nicht! Es geht nie! Aber es macht nichts.«

Fleury zog sich ihr Zeug wieder an. Keiner wagte ihr zu helfen.

»Fleury, ich werde das nie vergessen«, sagte Gunter. Und er hätte es nicht vergessen.

Roland war eingeschlafen; aber als Gunter nach ihm faßte, sah er, daß ein Lachen seinen Mund umspielte.

Kyrill streckte die Arme nach Fleury, und sie stolperte zu ihm. Sie ließ sich neben ihn fallen. Sie kroch enger an die Wand und näher an Kyrill. Sie fühlte sich kleiner werden und Kyrill größer. Sie hätte sich in ihn verbergen mögen.

»Was sagst du zu meinem Bein, Kyrill? Wirst du den Rummel durchhalten? Man ist doch lang verheiratet!« Es tat nichts, daß Gunter zuhörte.

»Natürlich macht er mit!« antwortete Gunter aus dem Sack. Er hatte ihn sich über den Mund gezogen.

»Krüppelchen«, sagte Kyrill. »Krüppelchen.«

Das war seine Liebeserklärung. Aber selbst wenn er noch mehrere hätte vom Stapel lassen können, eine hiebfestere wäre ihm nicht eingefallen. Fleury scheuerte den Kopf an seiner Jacke. Sie sah noch, daß der Mond grau wurde, und nickte ein.

Wie lange die vier geduselt hatten, wußten sie nicht. Sie wachten von der Stille auf. Kein Spektakel, kein Plärren durch die Ritzen. Aber schnarchen hörten sie die Russen, als sie zur Tür schlichen und die Ohren an das Holz preßten. Am Fenster sickerte der Morgen ans Gitter. Frühlingshaft schlug er ins Kellerloch herunter und blies den vieren Maiglöckchen unter die Nasen. Solche Februarmorgen gibt es im Samland.

Sie sind selten und trügerisch. Einige Stunden später konnte die Sonne aus den Wolken fallen, genauso schimmernd wie Eisklumpen.

Die vier strahlten sich an nach ihrer langen Nacht. Sie sahen wie Kohlentrimmer aus, aber sie rochen am Morgen mit seiner Maiglöckchenschaukel und glaubten, daß er ihnen Glück brachte. Ob es gleich vom Himmel fiel? Oder in einer Stunde? Sie strahlten.

»Wie lange kennen wir uns, Kyrill?« Fleury rubbelte sich die Arme warm, hauchte auf ihre Fingerkuppen.

Kyrill rechnete. Und da er genau war, rechnete er zweimal.

»Siebzehn Tage«, sagte er dann. »Wart mal ... und ungefähr acht Stunden.«

»Lange, nicht?«

Gunter hockte sich an die Tür.

»Ich würde sagen, euer Gernhaben ist nur noch Gewohnheit!« Er drückte das Ohr an den Ritz im Holz. »Du darfst nicht weglaufen, Gunter! Ihr müßt mich mitnehmen«, wimmerte Roland aus seinem Winkel. Wenn er wach war, ließ er Gunter nicht aus den Augen.

»Sei still, Roland! Ich kann sonst nicht hören.«

Gunter lauschte angespannt. Er verkniff die Augen, denn die Brille hatte er verloren. »Unsere Bewacher schnarchen wie Stallbrummer.«

Kyrill wollte sich an die Tür bücken, da stieß ihn Gunter zurück.

»Legt euch hin, es kommt einer!«

Sie kauerten sich an der Mauer lang. Jetzt hörten alle vier Tritte auf den Stufen, dann war es still, dann scharrte es vor der Tür. Finger grabbelten über das Holz. Jemand suchte den Riegel, fand ihn und schob ihn zurück. Wer der Mann auch war, er mußte leise sein wollen. Geräuschlos wurde die Tür aufgezogen.

Der Kirgise streckte den Kopf herein. Nur mit Mühe war er wiederzuerkennen. Der tomatenrote Knollen mußte das Gesicht sein; die Bartspitzen hingen schlaff, zum Lachen melancholisch. Der Kirgise torkelte, griff an den Pfosten und klammerte sich fest. Eine Wolke vergorenen Alkohols pestete in das Kellerloch.

Der Kirgise beschaute die vier. Er wollte sie abzählen. Das fiel ihm schwer, benebelt wie er war. Er fing immer wieder bei Roland an. Als er dann bei Fleury anlangte, grinste er.

Kyrill schob sich an der Wand hoch. Er suchte sich ein paar russiche Brocken zusammen.

»Was soll mit uns gemacht werden?«

»Zscht, zscht«, grunzte der Kirgise. Er horchte zur Treppe. Nichts rührte sich. Die Russen schnarchten in Siegerruhe. Der Kirgise schwankte an die erste Stufe hinaus.

»Jetzt ruft er«, dachten alle vier.

Aber er bückte sich, streckte ihnen das Hinterteil zu und schlurfte zu ihnen zurück. Sie trauten ihren Augen nicht – er hielt ihnen vier Kanten Brot hin. Sie griffen mit ihren unsicheren Fingern zu; nur Roland nicht. Da nahm Gunter für ihn das Stück. Der Kirgise grinste breit. Wäre er ein bißchen weniger verquollen gewesen, hätten die vier geschworen, daß er lachen wollte. Er griff zwischen die Knöpfe seiner Jacke und fingerte unter der Achsel einen Klumpen Suppenfleisch hervor. Auch den stieß er ihnen triumphierend hin.

»Gutt, gutt«, versicherte er.

Es war das einzige deutsche Wort, das er kannte. Und reichte es etwa nicht? Damit kann man Türme bauen. Die Fleischbrühe tropfte ihm von der Hand. Er mußte den Rindsklumpen geradewegs aus der Gulaschkanone gefischt haben. Wieder angelte er zwischen den Knöpfen durch. Diesmal mit der rechten Hand unter die linke Achsel. Er stellte den vieren eine Literflasche vor die Füße.

»Wodka ...«, brummte er zärtlich.

»Danke«, sagte Kyrill ihm. Noch einmal deutlich: »Danke.«

»Zsscht, zsscht.«

Der Kirgise deutete nach der Treppe. Das verstanden sie, ohne ein Wort Russisch zu können. Der Kirgise hörte nicht auf, sie anzulachen. Er wollte, daß sie aßen und tranken. Um ihnen das klarzumachen, stopfte er sich zwei Finger in den Mund, dann formte er mit den Händen einen Trichter, stülpte sie sich über den Bart und gurgelte. Erwartungsvoll sah er die vier an. Sie machten ihm den Spaß und kauten; aber Hunger hatten sie nicht. Die Plage war vorüber. Ihre Mägen waren abgestumpft und mit Wasser zufrieden. Doch vor den Christbaumaugen des Kirgisen rissen sie sich um die Fleischlappen, bröckelten ihre Brotkanten und stopften sich die Bissen in den Mund.

»Kau, Kleiner! Wir fressen dir sonst alles weg!« brummte Gunter mit vollem Mund. Es würgte ihm den Hals zu, wenn er Roland ansah. Der stand vor ihm, in der einen Hand Suppenfleisch, in der anderen Brot. Er sah Gunters malmenden Backen zu. Er war gräßlich allein; und das Schlimme war, man konnte ihn nicht erreichen.

»Und wenn es vergiftet ist?« wisperte er.

»Na ...«, sagte Gunter kauend. »Dann sterben wir alle zusammen. Dann bist du erst recht nicht allein!«

Da nagte Roland am Fleisch herum.

Der Kirgise ließ seine Zahnlücken mitlachen. Er hatte begriffen, worüber die beiden verhandelten. Dann schauten die vier auf ihre triefenden Finger, dann auf die Füße. Sie wußten nicht, wo sie sonst hinsehen sollten, weil dem Kirgisen Krokodilstränen über die Backen kullerten. Er wischte sie sich mit den Bartzipfeln weg. Er bückte sich, tippte die Flasche an.

Die vier lachten verwirrt zurück. Gunter hob die Flasche hoch. Der Kirgise drehte sich weg und watschelte hinaus. Vor den Stufen horchte er, dann schob er die Tür heran. Als sie nur noch einen Spalt aufstand, blinzelte er. Er drückte sie zu. Einmal hörten die vier ihn auf den Stufen schnurren; dann pfiff nur Schnarchen herunter.

»Moment mal«, sagte Gunter und legte Flasche, Fleisch und Brotrest auf die nächste Eierkiste. Er ging an die Tür wie zu einer Hochspannungsleitung. Er lehnte die Schulter gegen sie. Die Tür gab nach.

»Nein«, sagte Fleury.

»Ja«, sagte Kyrill.

»Er will uns ein Bein stellen«, winselte Roland. »Er will uns ein Bein stellen.«

Fleury schüttelte den Kopf. Ihr Kinn zuckte. Ein Krampf schraubte ihr beinahe den Hals zu. Sie konnte nur mühsam sprechen.

»Das braucht er nicht. Das hat er nicht nötig. Abknallen hätte er uns hier können.«

Fleury wußte, daß sie sich nicht irrte. Fleury fühlte es. Warum der Kirgise ihnen helfen wollte, war eine unverständliche Sache. Und es war seine Sache. Vielleicht mußte man Steppen durchritten haben, um das zu verstehen. Steppen, die von der Sonne verbrannt dörrten, wo einem die Lippen vor Durst platzten, wo ab und zu ein Ziehbrunnen auftauchte und alle hundert Werst Dorfqualm, vielleicht ...

Gunter kam von der Tür zurück. Er nahm die Wodkaflasche, setzte sie an, gab sie weiter. Er schüttelte sich.

»Was machen wir?«

»Versuchen«, sagte Fleury. Sie schlotterte. Ihre Hände flogen; sie verschüttete Wodka. »Wir machen es ja doch. Also brauchen wir nicht Zeit mit Reden zu verschwenden.«

»Sage ich auch«, bestätigte Kyrill. Seine Finger flogen wie Fleurys.

»Wenn sie uns erwischen ...« Gunter versuchte seine Satzstücke verständlich herauszubekommen. »Sie könnten uns tatsächlich ... ich meine, es ist ihnen zuzutrauen ... daß sie uns noch mal an die Wand stellen ... daß sie uns erschießen ... sie könnten wirklich meinen ... daß wir Partisanen sind ...«

Rolands Kinn fuhr hoch. Ein paar Worte hatten sich in sein Hirn verrannt. Die hatte er behalten, an denen litt er.

»Wir haben keine Gewehre, wir haben nicht geschossen«, haspelte er, »wir haben nur Lebensmittel geklaut. Wenn sie uns kriegen, sage ich ihnen das. Ich habe euch doch geführt. Ich hab doch ›Partisanen‹ gesagt, damals, wie wir lostigerten. Ich sag es ihnen. Das werden sie glauben!«

»Wenn wir was sagen müssen, wenn es dazu kommt, reden wir alle«, sagte Kyrill.

Gunter sah Rolands Handschuhe aus der Manteltasche baumeln, zupfte sie heraus und zog sie ihm an.

»Du mußt nur den Mund halten, Kleiner, bis wir auf freiem Feld sind. Du darfst nicht leiern! Deine Stimme quiekt durch alle Fugen. Verstehst du mich?« redete Gunter auf Roland ein.

»Klar versteh ich dich. Ich bin doch nicht irr. Ich halt schon den Mund. Ich schreie nur, wenn ihr mich allein laßt.«

»Lassen wir nicht. Das begreifst du doch, Kleiner! Du mußt uns glauben! Du hälst dich dicht neben mir, direkt an meinen Hacken! Wenn ich laufe, läufst du mit. Wenn ich mich hinschmeiße, läßt du dich fallen. Hast du verstanden?«

»Habe ich verstanden!«

Kyrill gab Gunter die Flasche. Er sah Schweißperlen um Gunters Lippen. Während Gunter nach der Flasche griff, berührten sich seine und Kyrills Finger. Beide zogen sie nicht gleich weg. Dann trank Gunter.

»Ich und Fleury schleichen voraus, ich glaube, es ist am besten«, sagte Kyrill. »Kein Wort reden! Wenn ich zwei Finger hebe, heißt das: Nachkommen, egal was passiert! Hebe ich die ganze Hand, heißt das: Stehenbleiben! Grob gesagt meine ich: Alle vier nach Pillau – oder alle nach Sibirien!«

»Ja.«

»Ja.«

»Wie ist es mit dir, Fleury? Traust du dir zu, bis hinter die Häuser zu humpeln? Dann kann ich dich schleppen.«

»Ich komme noch weiter«, sagte Fleury. »Menschenskinder, denkt doch nach! Wir rennen um unser Leben!«

Das liebten sie jetzt wild, reißend, gierig. Wieder machen können, was sie wollten: Schule schwänzen, dem Pedell Sauerkraut vor die Wohnungstür streuen, Schmetterlingen nachjagen! Und was noch alles kommen würde: Tanzstundenplänkeleien, Verabredungen, Reisen, Ärger, Jubel, Schinderei, und der Regenbogen Liebe, auf dem der oder die Richtige von Anfang an gewartet hatte. Das lohnt sich doch; dafür hält man doch zum soundsovielten Male den Kopf hin.

Gunter packte Roland fest unter den Arm. In seiner Linken knüllte er ein Taschentuch zur Kugel. Er hielt den Knebel griffbereit. »Kleiner«, murmelte er. »Wir kommen raus, paß auf!«

Kyrill schob die Tür zentimeterweise auf. Sein Herz raste; seine Knie schlugen aneinander. Er hörte schärfer, bewegte sich leiser als je zuvor. Er glitt auf die oberste Stufe. Er konnte den muffigen Flur bis an den Hauseingang übersehen. Tageslicht strömte herein, stach ihm in die Augen. Er mußte sie zukneifen, riß sie sofort wieder auf.

An der Stiege zur Lucht sah er einen Russen liegen, der ihn anstarrte. Nach Sekunden begriff Kyrill, daß der Russe schnarchte. Die glasigen Augen standen ihm offen, weil er total besoffen war. Der Russe warf sich herum, fluchte und röchelte von neuem los.

Kyrill dachte: »Wer nichts wagt, bekommt nichts.«

Er warf einen Blick in die Kammer links von ihm, in der Flaschenhälse, Heu und Russenbeine kreuz und quer durcheinandergewürfelt lagen.

»Wer nichts wagt, bekommt nichts ...«

Kyrill zeigte zwei Finger nach den dreien auf den Stufen hinunter. Sie tippelten ihm nach; lautlos, als wären sie Schatten. Sie erblickten den Russen und sahen auch die Kammer. Kein Ton kam von ihnen. Ihre knochigen Gesichter wirkten hochmütig vom Tageslicht und von der Spannung. Sie hefteten die Augen auf Kyrills Rücken; was rechts und links lag oder stand, sahen sie nicht.

Kyrill war an den Hauseingang gelangt. Er überflog das Stück Straße zwischen den Häusern. Schweigen, Schnee, und da, wo Osten war, rosa Sonne.

Kyrill streckte Daumen und Zeigefinger zurück und sprang aus dem Hauseingang. Er schob sich an der Wand entlang. Zwei Häuser hatte er hinter sich; jetzt kam das letzte. Auch das schaffte er. An der äußersten Kante blieb er stehen. Er drehte sich um. Sie kamen, die drei. Fleury, mit ihrem störrischen Dreiecksgesicht, die das Bein schleifte, Gunter hinter Roland, weil er ihn vor sich herdrückte.

Kyrill dachte: »Fleury, Fleury, Fleury.«

»Kyrill, Kyrill, Kyrill«, dache Fleury.

Die drei blieben bei Kyrill stehen.

»Um die Ecke«, flüsterte Kyrill. »Dann kommen wir wieder an den Bahndamm. Der macht nach ein paar Metern eine scharfe Kurve. Wenn wir bis dahin kommen, sind wir von hier aus nicht mehr zu sehen.«

Sie schoben sich um die Ecke. Drei abgestellte T 34 verbauten ihnen die Sicht. Bei zweien sperrten die Turmklappen auf. Weit und breit war kein Russe zu sehen. Keinen Augenblick dachte Kyrill daran, daß die Panzer bemannt sein könnten. Roland und Gunter auch nicht; nur Fleury dämmerte es. Aber die Panzer waren leer. Ihr Glück, oder wie jeder von den vieren es nennen wollte, war ihnen verschwenderisch gesonnen. Sie preßten sich zwischen den Panzern hindurch. Sie konnten den Treckpfad überblicken, ein Stück des Bahnkörpers und seinen Knick. Wenn die Russen nur eine halbe Stunde noch schnarchten, dann ...

Gunter griff nach Kyrills Jacke.

»Es kommt jemand! Hört mal!« Kyrill hatte die Tritte über knirschenden Schnee hinter den Häusern gehört. Mitten in Gunters Zischen packte er Fleury fester und stieß sie gegen den Panzer.

»Rauf da, los! Kriech in den Turm! Alle nach!«

Er stemmte Fleury auf den Panzer, schwang sich selbst hinauf. Gunter riß Roland an sich, schob ihn zu den Raupen des Panzers.

»Hilf ihm rauf, Kyrill! Er schafft es nicht allein. Roland, schnell, gib Kyrill die Hand!«

Was Gunter befahl, führte Roland willenlos aus. Er lächelte ein bißchen. »Esel«, wollte Gunter schreien; aber ohne Roland wäre er nicht in den Panzer gekrochen. Er duckte sich als letzter in die Einstiegluke, fühlte die Blechsprossen unter seinen Schuhen und zog die Klappendeckel über sich zu. Dann sackte er von den Sprossen auf Roland hinunter. Genauso platt wie jetzt wollte er liegenbleiben. Es sollte ihm keiner mit weiteren Rettungsversuchen kommen. Jede Viecherci hat mal ihr Ende, und jetzt war es Zeit.

»Du zitterst ja!« greinte Roland. »Dann krieg ich Angst, ich sag euch, dann krieg ich Angst.«

Draußen schlenderte der Kirgise samt dem russischen Wachtposten an den Häusern hervor. Der Posten blies sich die Finger. Er wünschte endlich, abgelöst zu werden. Er war die Nacht über von einem Hausende zum anderen gestiefelt. Dann hatte er sich in einen Türgang gestellt und gedöst. Als der Himmel rosa zu werden begonnen hatte, war ihm gewesen, als bewegte sich etwas auf der Straße. Er hatte nachsehen wollen. Aber der Kirgise war durch die Tür gestapft und hatte ihn aufgehalten. Nun begleitete er ihn sogar auf dem Kontrollgang.

Auf der Straße war nichts zu hören, bei den Panzern auch nichts. Der Kirgise und der Posten blinzelten zum Himmel hinauf. Die rosa Sonne war gelb geworden. Der Kirgise und der Posten verschwanden wieder hinter den Häusern.

Zuerst war es stockdunkel um die vier. Dann fiel Licht durch die Sehschlitze. Sie lagen in dem Panzerbauch, zerschunden und mit Beulen. Sie dachten an gar nichts. Aber es fehlte nicht viel, dann hätten sie sich gehaßt. Ihre Nerven streikten, taumelten wie Totenkopfschwärmer um Glühbirnen, zuckten und brannten.

»Hast du Streichhölzer, Kyrill?« fragte Gunter gereizt. »Zünd sie an.«

»Ich habe keine. Aber selbst wenn ich welche hätte, würde ich sie nicht anzünden. Hier liegt nämlich Munition.«

Fleury blieb still. Ihr graute schon vor lumpigen Steckdosen.

»Wir sitzen in der Falle! Wir sitzen in der Falle«, schluchzte Roland. »Merkt ihr das nicht? Die Turmklappe ist zugeschnappt.«

»Halt den Mund!« herrschte Gunter ihn an.

»Macht den Deckel auf!« schrie Roland. »Ich ersticke.« Er griff sich an den Hals. Seine Augen flackerten.

»Du Mistvieh, du! Ich schlag dich zusammen, wenn du nicht aufhörst ...«

Gunter warf sich über Roland. Er würgte ihn. Grell durchzuckte ihn der Gedanke: »Wenn sie dich doch irgendwo niedergeschossen hätten! Gelegenheit war genug. Und wir wären dich los.« Er ließ Roland frei. Er hatte dessen Augen gesehen, und vor langer Zeit einen verendenden Hund, der vom Lastzug überfahren worden war.

»Laß ihn in Ruh!« sagte Kyrill aus dem Dunkel. Fleurys Hand flatterte nach Kyrill. Er nahm sie nicht.

»Ihr wollt mich los sein«, winselte Roland. »Nicht wahr, Gunter? Du willst allein sein?«

»Mein Gott, nein!« Gunter schmiß sich auf den Rücken. Er schlug die Hände über das Gesicht. »Nein, Kleiner. Ich will dich nicht los sein.«

Roland setzte sich hin. Er versuchte Kyrill, Fleury und Gunter in die Gesichter zu sehen. Er kaute an den Fingernägeln. Dann fing er an, sie hochzubiegen und abzubrechen.

»Ihr könnt mich nicht allein lassen. Ihr könnt euch das gar nicht mehr aussuchen. Wir kommen nämlich nicht raus! Keiner!«

Seine Stimme pendelte zwischen Näseln und Wimmern. Heimtücke und ein wenig Schadenfreude waren darin. Der zerstörte Roland wußte davon nichts.

Kyrill und Gunter fühlten ihre Haare im Nacken. Die stellten sich hoch wegen der Stimme.

»Keiner kommt raus. Sagt doch was dazu? Wißt ihr, warum nicht? Weil wir die Luke nicht aufkriegen. Ja. Sie klemmt nämlich. Ich weiß das. Weil wir in einer Falle sind. Die Russen werden uns in die Luft sprengen, mit Tellerminen. Einen Panzer, den sie nicht benutzen können, sprengen sie in die Luft. Ja!«

Roland biß sich den Nagel des kleinen Fingers ab.

Kyrill tastete sich hoch.

»Mach, daß er zu reden aufhört, Gunter!«

»Nein! Oder soll ich ihn umbringen?«

Auch Fleury stellte sich hin.

»Wir klettern raus! Wenn Russen draußen sind ... Ich habe schon mal gesagt, es ist Glück. Und wenn wir keins haben ...«

Ihre Hand schlingerte an ihrem Gesicht vorbei.

»Wir wollten doch auf Tod und Teufel zusammenhalten ... Wir sind keinen Groschen wert ...«

Fleury wartete nicht. Sie klomm auf die Sprossen. Ihre Stiefel scharrten auf dem Blech. Sie griff über ihren Kopf und stieß die Klappen auf. Licht schoß den Turm herunter. Fleury zwängte sich hinaus. Ihre Beine zappelten einen Augenblick zwischen

Licht und Luke. Sekunden später hing ihr Gesicht über der Öffnung.

»Es ist keiner zu sehen. Kommt! Aber macht schnell! Werft euch gleich hin, wenn ihr draußen seid!«

Sie ließ sich vom Panzer hinunter in den Schnee fallen und blieb liegen. Dann kam Gunter, schlug neben ihr auf; dann Kyrill. Sie warteten, zum Zerreißen gespannt. Sie hatten Schnee im Mund und Sonne auf den Augen. Eine hohe gelbe Sonne steckte am Himmel. Ihr Rand und ihre Strahlenfinger stachen weiß und blau, von der Erde blendete Eis zu ihr hinauf. Dort aber, hinter dem zugeschneiten Feld, liefen die Eisenbahnschienen lang. Dort, ein paar Fuß weiter, schlug der Bahndamm den Haken. Noch konnten sie hinkommen, wenn sie jetzt losliefen.

Aber Roland kam nicht.

Fleury schob den Kopf über die Panzerraupen.

»Die Klappen sind ... Sie müssen zugefallen sein. Roland sitzt noch drin!«

»Herrgott, warum stößt er sie denn nicht auf!«

Gunters und Kyrills Köpfe schossen aus dem Schnee hoch. Fleury blickte zu beiden hinuter. Sie schob die Hüfte vor, so daß sie am Panzer lehnte. Die winzige Bewegung brachte Kyrill in Wut und versetzte Gunter einen Schock.

Fleury hatte Zeit. Auf Minuten, Stunden kam es nicht an. Sie konnte Zeit verschenken. Wieviel wollen Sie haben, Herr Pech? Eine halbe Stunde? Oder den Rest im Ausverkauf? Aber doch so viel, daß vier Flüchtende eingefangen werden können.

Kyrill und Gunter sprangen auf.

»Was machen wir?« stieß Kyrill hervor. »Was machen wir? Sagt doch!«

Seine Haut war blutlos, er verzerrte die Lippen, und sie rissen. Er stürzte vor Fleury und starrte ihr ins Gesicht. Einen Augenblick sah er aus, als ob er sie prügeln wollte.

»Willst du vielleicht auf den Idioten warten, bis er Lust hat, rauszukommen?«

Fleury schaute an dem Panzer hinauf, zum Turm. Oben riß Gunter an den Klappengriffen. Die Klappen gaben nicht nach. Sie klemmten. Gunter ließ sich auf sie fallen.

Als ob er durch Eisen sprechen könnte, flüsterte er: »Kleiner, hörst du mich? Drück doch von innen mit! Stemm dich gegen den Deckel!«

»Komm runter!« brüllte Kyrill. »Komm runter, Mensch! Oder seid ihr alle irr geworden.«

»Die Russen können euch hören!« sagte Fleury trostlos.

Gunter klatschte zwischen sie beide. Der Militärmantel verfing sich in den Raupen; er schlitze auf. Ein breiter Fetzen blieb am Panzer hängen und schaukelte. Fleury half Gunter aufstehen. Er rieb sich die Augen.

»Na und?« fragte Kyrill. »Was wollen wir machen?« Es fiel ihm schwer, leise zu sprechen. Zwischen jedem Wort keuchte er. »Mein Gott, wir verlieren kostbare Minuten. Wir können Roland nicht helfen. Sollen wir wegen einem alle umkommen! Wir müssen uns entscheiden!«

»Ja«, murmelte Gunter. »Wir müssen uns entscheiden.«

Er befühlte die Fransen an seinem Mantel. Seine Augen mußten ihn schmerzen. Sie glänzten rotgeädert. Er bekam sie nicht richtig auf. Er holte ein paar Mal Luft. Dann sagte er: »Ich laß den Kleinen nicht allein. Ich habe es ihm versprochen. Stellt euch doch mal vor, wie dem in der Eisenkröte zumute ist. Der stirbt jetzt schon. Aber wenn die Russen ihn rausschubsen, dann soll er sehen, daß ich da bin. Und wenn sie das Ding in die Luft pulvern, wie der Kleine gesagt hat – na, vielleicht fühlt er dann, daß er nicht allein ist.«

»Das ist Wahsinn«, flüsterte Kyrill. »Heller Wahnsinn.« Seine und Fleurys Augen torkelten ineinander. Weil ihr nicht schwindlig werden sollte, blickte Fleury weg. Sie spritzte den Schnee mit der Stiefelspitze hoch. Dann hielt sie den Fuß still.

»Ich bleibe auch, Kyrill.« Fleury lachte schräg. »Weißt du, ich kann nicht weglaufen, wenn einer in der Klemme sitzt; ich bin nun mal so blöd!«

Kyrills Lippen platzten greulich. Er fuhr mit der Zunge drüber. Er wollte sprechen. Fleury sah an den Lippen vorbei. Der Bahnkörper glitzerte herüber.

»Lauf los, Kyrill! Denk nicht, daß ich dich schofel finde. Ich versteh dich schon. Wenn's hart auf hart kommt, lebt man am liebsten – hast du selbst gesagt. Renn los, Kyrill! Renn! Am Leben lassen uns die Russen nicht – das glaub ich nicht. Aber einer von uns kommt ja durch – hast du mir auch erzählt. Du hast es doch geträumt oder vor dir gesehen ...«

Fleury schaute Kyrill wieder an. Sie liebte ihn, sie wußte es. Das war keine Schülerinnenliebe, das wucherte für immer. Eine unwelkbare Hungerblume hielt sie in der Hand. Mit Wonne hätte sie Kyrill lachende Augen eingesetzt, an die Stelle seiner Glaskugeln.

Gunter faßte Kyrills Jackenaufschlag. Er rüttelte ihn. »Sie hat recht. Hau ab! Wir sagen erst den Russen, daß Roland im Panzer sitzt, wenn du um den Bahndamm verschwindest.«

Gunter gab Kyrill einen Stups. Kyrill taumelte. Er wollte sich am Panzer festhalten und schlug in den Schnee. Er wälzte sich auf den Bauch. Die Finger schob er unter die Augen. Fleury und Gunter sahen Kyrills ruckende Schultern. Fleury hockte sich zu ihm. Sie rutschte eng an ihn heran und drückte ihm die Knie in die Rippen. Sie schob ihre Finger unter sein Kinn.

»Du, Kyrill! Glaub ja nicht, daß ich über einen Mann lache, der weint!«

Sie fühlte seinen Gaumen auf der Hand, dann die Zähne, die zubissen. Sie sagte nichts. Mit der freien Hand fuhr sie ihm durch die dicken Haarbüschel.

Gunter zupfte Fleury am Kragen. Sein Kinn deutete nach der Hausecke.

Fleury neigte den Kopf an Kyrills Ohr. Ihr Haar hing an seiner Backe. So zart und nebensächlich wie möglich sagte Fleury: »Der Kirgise kommt!«

Er stockte, als er die drei erblickte. Er drehte auf dem Absatz um und wollte sich hinter das Haus verdrücken.

»Halt«, rief ihm Kyrill auf russisch nach. »Bitte kommen sie her!«

Der Kirgise tappte zögernd näher. Vor den Panzern blieb er stehen. Er schlug mit den Händen in Richtung nach dem Bahndamm, winkelte die Ellenbogen an und ahmte Laufen nach.

Kyrill verneinte. Er ging dem Kirgisen entgegen. Er zeigte auf den Panzer. Er versuchte klarzumachen, daß Roland drinsaß und daß sie die Klappen nicht aufziehen konnten.

»Wir waren gerade aus dem Haus heraus ... bis an die Panzer gelaufen, da hörten wir jemand kommen. Wir wußten nicht, wohin wir sollten. Wir krochen in den Panzer.«

Der Kirgise hörte zu. Dann lachte er. Prustend brach es aus seinen Mundwinkeln. Er stopfte sich den Handballen zwischen die Zähne, er wollte nicht gehört werden. Seine Blicke flitzten vom Panzerturm zu den Häusern und zurück. Er lauschte. Seine Schlitzaugen und Nasenlöcher lauschten mit. Er schob das Schaffell von den Ohren zurück, um schärfer zu hören. Er redete auf Kyrill ein. Kyrill kam zu Fleury und Gunter zurück.

»Wir sollen uns hinter den Panzer stellen und keinen Ton von uns geben!«

Kyrill lächelte flügellahm. Er zog Gunter und Fleury um die Raupen herum.

»Soll denn ein Wunder anfangen?« tuschelte Fleury.

»Ich weiß nicht.«

Sie hielten sich aneinander fest. Ihr Atem blies ihnen an die Nasen. Sie hörten den Kirgisen auf den Panzer springen und sahen ihn am Turm stehen. Er kniete sich auf die Klappe; probierte an den Griffen herum. Schließlich fluchte er. Nach und nach bekam er die Tobsucht. Er riß sich das Gewehr herunter, schmetterte es vor seine Stiefel und hieb zähneknirschend den Fuß darauf. Dann packte er den Karabiner und hieb kreuzwild auf die Griffe ein.

»Mein Gott«, wisperte Gunter. »Und das soll keiner hören?«

Am Turm jaulte der Kirgise auf. Gunter, Kyrill und Fleury rissen die Köpfe herum. Sie sahen es: Die Klappe sperrte auf.

Alle drei hielten die Luft an. Die Zeit schien zu kleben, bis der Kirgise im Turm verschwand und wieder auftauchte. Sein Atem dampfte. Er kaute sich die Bartspitzen. Er bückte sich in den Turm zurück und wuchtete Roland heraus. Er ließ das ohnmächtige Stückchen Mensch auf seine Füße fallen.

»Kleiner«, murmelte Gunter.

Der Kirgise versetzte Roland einen Schubs, und er rollte über die Raupen herunter. Der Kirgise sprang ihm nach. Er schleifte Roland zu den dreien. Sie konnten sich nicht gleich bücken, nicht gleich sein Gesicht ertragen. Roland lachte in der Ohnmacht. Aber bevor er zu lachen angefangen hatte, mußte eine Kreuzspinne über ihn gekrochen sein.

Der Kirgise ließ sich neben Roland niederplumpsen, hob Rolands Kopf hoch und rückte ihn an seinen Schenkel. Er rieb ihm die Stirn. Er machte das ruhig. Kleine, runde Kreise rieb er. Ein Bauer saß da, der die fliegenden Flanken seines Karnickelbocks kraulte.

»Gutt, gutt.«

Rolands Augen zitterten auf. Der Kirgise kitzelte ihn mit den Bartspitzen um den Mund herum.

»Gutt, gutt.«

Gunter, Kyrill und Fleury beugten sich über Roland. »Kleiner!«

»Roland!«

»Erkennst du uns?«

Er erkannte sie nicht. Für welche Ungeheuer er sie hielt, was er an ihrer Stelle sah, bekamen sie nicht mehr heraus. Roland kreischte markerschütternd auf. Der Ton fand kein Ende. Er spitzte sich zu, fadendünner, höher.

Entsetzt ließ der Kirgise Rolands Kopf vom Schenkel rutschen. »Gutt, gutt«, beschwichtigte er. »Gutt, gutt.«

Er preßte seine Pranke auf Rolands Mund. Da lief dessen Gesicht blau an. Der Kirgise nahm bestürzt die Finger weg. Der Ton schrillte. Es kam ihnen lauter vor.

»Das trommelt die Russen her«, sagte Gunter leise. »Ende – oder der liebe Gott müßte uns dicht auf den Fersen sitzen!«

»Nein«, sagte Fleury. »Soviel Glück hat kein Mensch!«

Sie drehte sich ab. Auge in Auge stand sie einem russischen Posten gegenüber. Auch Kyrill und Gunter drehten sich um. Keiner sagte was. In ihrem Rücken rang sich Roland seinen nervtötenden Sirenenheulton ab.

Von den Häusern her sahen sie die Bronzeviper, den Gralsritter Turgeff kommen. Der Schneemantel flog ihm um die Schultern. Wie gestern mußten sie denken, daß er berückend war. Er war rasch bei ihnen. Zwischen den Panzern hielt er an. Steil, straff stand er, widerlich schlank wie Pappeln. Er sprach; aber keiner sah, ob sich seine Lippen bewegten.

»Wie kommen Sie hierher? Ich darf Sie bitten, mir zu antworten!«

»Wir wollten ...« Kyrill ließ die Schultern fallen.

Zwecklos! Es gab keine Sprache, die Turgeff mit ihnen reden würde. Turgeff rannte sich nur an Worten fest. Ein blutleerer Ehrgeizling war er, das paßte äußerlich und innerlich zu ihm. Er würde Karriere machen, auf Kosten anderer, die auf seiner Strecke blieben. Kyrill wunderte sich, daß er Turgeff durchschaute. Ausgerechnet jetzt bekam er diese Bagabung. »Glatte Verschwendung«, dachte Kyrill.

Turgeff befahl dem Kirgisen, heranzukommen. Kyrill, Gunter und Fleury hatten an den Mann, der ihnen mehrfach ihr Leben hatte retten wollen, nicht gedacht. Ob er noch einmal? Ob er den Mut hatte zu sagen: »Lassen wir sie doch laufen, Genosse Kommissar! Was sollen wir mit ihnen? Sie fressen uns arm!«

Die drei sahen den Kirgisen über Roland wegtreten. Seine Stiefel stießen Roland nicht an. Vielleicht zischelte er: »Gutt, gutt.« Er kam ein paar Schritt durch den Schnee. Währenddessen wurde er anders. Woran lag das? Oder irrten sich die drei? Konnten sie nicht klar sehen?

Aber die Sonne blendete nicht; sie hing hinter ihnen. Der Kirgise war ihnen breit, klotzig vorgekommen. Bei seinen sechs Schritten von Roland her schrumpfte er ein. Er ging an Gunter, Fleury und Kyrill vorbei. Noch nicht mal aus dem Augenwinkel sah er sie an. Vor Turgeff stand er stramm und wurde häßlich. Bei Turgeffs erster Frage wußten die drei, daß ihr Kirgise keinen Finger für sie krumm machen würde, weil er um seinen Kopf spielte.

»Wie konnten die Gefangenen aus dem Keller kommen?«

»Schwer zu sagen ... Ich hab sie entdeckt.«

»Wo?«

»Im Panzer.«

Kyrill übersetzte für Fleury und Gunter wörtlich. Er ließ nichts aus; auch die Pausen nicht. Es gelang ihm sogar, den Rachenlaut der beiden Russen nachzusingen.

»Habe ich richtig verstanden?« fragte Turgeff flüsternd, »die Gefangenen saßen im *Innern* eines russischen Panzers?«

»Ich hab sie rausgeholt.«

»Aus einem *russischen* Panzer? Was trieben die Gefangenen?«

Der Kirgise schrumpfte noch mehr zusammen; aber häßlicher konnte er nicht werden.

»Nun ... vielleicht ... sicher ... Sabotage!«

»Was das bedeutet, erübrigt sich, besonders auszuführen«, fistelte Turgeff.

Der Kirgise kehrte den dreien den Rücken zu, als er antwortete: »Es sind Partisanen ... kleine niederträchtige Läuse ... Partisanen!«

Im gleichen Augenblick lachte Gunter erstickt.

Er, Kyrill und Fleury begriffen.

Jetzt konnten sie wirklich nicht genau sehen – denn da tanzten Schnee, Panzer, Russen. Gunters, Kyrills und Fleurys Beine wackelten; Schweiß rann ihnen in Bächen den Körper herunter. Und still war es. Wie kann soviel Stille auf soviel Erde sein? Aber gleich wußten sie es.

Roland heulte nicht mehr. Da hörten der Schnee, die Panzer und die Russen auf zu tanzen. Von dem Kirgisen, von Turgeff weg, sahen sie zu Roland hinüber. Er stand aufrecht. Er schaukelte sacht. Sein Mund stand aufgesperrt. Er lauschte einem Wort nach, das von dem Kirgisen zu ihm herübergedrungen war, das sein wirrer Kopf begriff. »Partisanen« – das war das Wort gewesen, und mit dem Wort setzte er sich in Bewegung. Er ging sicher auf den Kirgisen zu.

Der Kirgise wechselte den Platz. Er drückte sich hinter Turgeff. Aber Roland suchte den Richtigen. Er wollte an Turgeff vorbei.

»Bleiben Sie stehen!«

»Sie ... waren es nicht!«

»Stehenbleiben!«

Turgeff packte Rolands Kragen. Er beutelte ihn vor sich. Roland ließ den Kopf hängen; er mußte nachdenken. Dann schaute er vom Schnee aufwärts, langsam zu Turgeffs Gesicht. Er reichte dem Russen bis ans Kinn. Er war schauerlich anzusehen, eine Mischung aus Mann und Kind.

»Ein Schwein ... hat Partisanen gesagt ... Wir sind keine!«

»Das entscheide ich!«

»Partisanen ...? Wir ...? Meinen Sie das auch?«

»Ja.«

Roland mußte neu nachdenken. Sein Blick flackerte über die Bronzehaut Turgeffs, dessen Stirn und Augen. Vor Anstrengung zog Roland die Brauen zusammen. Speichel tropfte ihm unter der Zunge hervor. Angewidert bog Turgeff den Kopf zurück. Er ließ Rolands Kragen los.

Roland hatte fertiggedacht. Er wippte mit dem Kopf. Seine Faust schob sich seitlich vom Mantel empor. Er hieb sie Turgeff unters Kinn. Der taumelte. Sein Kopf knallte rückwärts gegen den Panzer.

Turgeff stand sofort wieder gerade. Er brüllte den Kirgisen und den Wachtposten an. Beide griffen Rolands Arme, schraubten sie ihm auf den Rücken. Aber Roland redete weiter. Nur leiser, weil ihm die Luft ausging.

»Partisanen sind wir nicht. Wir haben keine Waffen getragen und nie geschossen! Wir haben nur geklaut! Ja! Und ich will Bäcker werden ...«

Turgeff machte eine Bewegung. Der Kirgise und der Posten ließen Rolands Arme frei. Sie sprangen zur Seite.

Turgeff stellte sich vom Panzer weg, einen Schritt vor. Er zog die Pistole ... Kyrill, Gunter und Fleury packten sich an den Kleidern. Fleury schrie auf.

» ... Frische Brötchen werde ich backen, jeden Morgen«, erklärte Roland, weil das für ihn wichtig war. »Ich will Bäck ...«

Der Schuß traf ihn neben der Halsschlagader. Er knickte in die Knie und kippte dann nach hinten. Der Schnee war im Augenblick rot besprudelt. Rolands Augen blieben offen, erstaunt darüber, daß es schon zu Ende war ...

Gunter jagte an ihn heran. Er bückte sich über ihn. Er schüttelte ihn.

»Kleiner, du kannst mich doch nicht allein lassen!«

Der Posten riß Gunter hoch, schleppte, stieß ihn zu Kyrill und Fleury zurück. Gunter wehrte sich nicht. Er sah, daß Kyrill die Hand nach ihm ausstreckte; aber das konnte er sich auch nur gewünscht haben.

Turgeff trat zu ihnen. Er gab dem Kirgisen, dann dem Posten einen Befehl. Kyrill übersetzte nicht. Aber was Turgeff befohlen hatte, verstanden Gunter und Fleury durch Kyrills Augen.

»Gehen Sie zu dritt auf das Feld – nebeneinander!« sagte Turgeff auf deutsch. »Halten Sie sich rechts, hart rechts, bis unter die Bäume! Und versuchen Sie nicht zu flüchten!«

»Keine Angst, wir werden Sie nicht ... entlasten!« antwortete Fleury. Sie drehte sich von Kyrill weg, aber so, daß sie ihn noch berührte. Dadurch konnte sie Turgeff voll ins Gesicht sehen. Wann gibt es schon mal Augenblicke, in denen man sagen kann, was man will? Jetzt war einer da. Bezeichnenderweise war es der letzte.

Fleury nutzte ihn aus.

»Nicht wahr, Herr Turgeff, Partisanen auf der Flucht erschossen – das hört sich vor Ihren Vorgesetzten gut an! Aber zwei halbverhungerte Jungens, einen Kranken, und ein Mädchen abgeknallt – das hört sich nicht gut an. Wir haben Ihren Panzer nicht sabotiert; wir sind keine Heckenschützen; und Sie wissen es! Sie haben es von vornherein gewußt!«

Turgeff hatte zugehört. Er blickte scharf an Fleurys Haar vorbei. Trotzdem wußte er, wie sie aussah. Ihr Gesicht war eins von denen, die er haßte. Es besaß die Unverschämtheit zu denken.

Als sie still blieb, sagte er ausdruckslos: »Sie bleiben zurück! Sie gehen zuletzt, den anderen nach!«

Fleury ließ Turgeff stehen. Sie kehrte sich zu Kyrill und Gunter um. Keiner sah den anderen an. Sie hatten oft so dicht gestanden ...

Der Kirgise griff Gunters Arm; der Posten stieß Kyrill gegen die Schulter.

»Kyrill«, sagte Fleury.

»Ja.«

»Ich komm dir gleich nach.«

»Beeil dich! Es ist scheußlich, allein!«

»Tschüß«, stammelte Gunter. Ihm klirrten die Zähne.

Kyrill und Gunter wurden vorwärts gestoßen.

»Kyrill! Ich hab Angst!« schrie Fleury.

Kyrill drehte sich halb zurück.

»Ich auch.«

»Ist ja ... beinahe ... schon vorüber«, stotterte Gunter.

Kyrill und Gunter torkelten auf das Feld hinaus.

Hinter ihnen der Kirgise und der Posten. Die Russen ließen den Abstand größer werden. Sie nahmen die Gewehre von den Achseln. Kyrill und Gunter schlichen langsamer; rückten enger zusammen. Einmal hoben sie die Nasen zum Himmel. Ein Schwarm Raben scheuchte vor ihnen vom Acker hoch ...

Siebzehn Tage hatten sie miteinander gelebt. Einer fehlte schon, und eine fehlte noch. Aber alle vier hatten sich wacker geschlagen. Sie hatten Charakter bekommen. Fertig geworden waren sie nicht ganz. Bis zum Schluß hatte es mit der Toleranz bei ihnen gehapert. Doch alles auf einmal kann man nicht aus sich herausquetschen. Mancher Tattergreis hat Treue, Mut und Einsatz nur als Druckbuchstaben vor Augen gehabt ...

Die Russen spannten die Finger um die Abzüge, zielten nach Gunters und Kyrills Genicken. Sie drückten ab. Kyrill fiel zuerst. Beim Hinschlagen breiteten sich seine Arme aus wie Schwingen. Gunter sackte Kyrill nach. Seine Hände segelten einen Augenblick länger als sein Körper durch die Luft und klatschten neben Kyrills Gesicht.

»Jetzt ich«, japste Fleury. »Jetzt komm ich dran ...«

Sie kreischte Turgeff an: »Glauben Sie vielleicht, daß ich Angst hab! Nein! Nein, sag ich – Ihr könnt mich alle mal!«

Aber Fleury hatte Angst. Ihr Gaumen pappte, die Zunge spickte. Ihre Kleider dunsteten scharfen Schweiß. Fleury wollte die Angst loswerden. Es konnte nicht schwer sein, Kyrill und Gunter nachzulaufen – es war nicht weit. Kyrill ... Was hatte er zuerst gesagt, damals unter der Tür. Es fiel Fleury ein. »Laß mich die Lampe tragen.« Das hatte Kyrill gesagt. Aber was sie geantwortet hatte, konnte Fleury nicht mehr herbeizaubern.

Sie wurde am Arm gerissen und hinter den Panzer gestoßen. Turgeffs Atem pfiff ihr ins Gesicht. »Ruhe! Schreien Sie nicht!«

Er starrte auf das Feld. Der Kirgise mit dem Posten beugten sich über Kyrills und Gunters Köpfe. Sie zogen sie an den

Haaren – Kyrill und Gunter rührten sich nicht mehr. Sie waren hinübergewechselt.

Der Kirgise redete heftig. Der Posten hörte ihm zu. Ihre Rükken waren Turgeff und Fleury zugekehrt.

Turgeff riß sich den Schneemantel ab. Er warf ihn Fleury um die Schulter, zerrte ihr roh die Kapuze über den Kopf.

»Verschwinde! Bevor ich es mir überlege! Lauf! Ich schieße in die Luft. – Knallen muß es wenigstens!«

»Aber ...«, stammelte Fleury. »Aber ...«

»Laufen Sie geradeaus! Anderthalb Kilometer! Sie kommen in die deutsche Linie ...«

Turgeff nestelte die Pistole aus dem Gurt. »Und passen Sie auf, daß Sie nicht von Ihren lieben Deutschen als Partisanin umgelegt werden!«

»Aber ...«

»Marsch!«

Fleury humpelte davon. Oft strauchelte sie, fiel hin, strampelte sich hoch. Sie zerrte sich den Schneemantel höher; aber auch dann ging es nicht schneller. Da ließ sie ihn wieder flattern. Hinter ihr knallte es. Weiße Kringel pufften über ihren Kopf in den Himmel und zerwehten. Vorwärts, weiter, den glitzernden Schienen nach, auf denen Sonnenfunken platzten.

»... Kyrill!

... Gunter!

... Roland?

... Und noch einmal Kyrill, und immer wieder!

... Könnt ihr mich verstehen, daß ich laufe?

Doch! Denn wenn es hart auf hart kommt, lebt jeder am liebsten.

Auch du; auch ihr; auch ich!«

Fleury wurde müde. Anderthalb Kilometer und Schnee und Sonnenfunken dünkten ihr die Ewigkeit. Aber wenn die Ewigkeit blank wie der Bahndamm ist, blau wie die Luft rechts und links, warum sollte sie sich dann noch sträuben? Sie war zum Umfallen müde. Zum zweiten Mal müßte ein Wunder geschehen ...

Und es geschah!

Es tauchte als Ungeheuer auf den Schienen auf, glitt näher. Geschützrohre stachen wie Stacheln eines Kaktus rundherum heraus. Fleury hatte noch nie einen Panzerzug gesehen, aber sie wußte, daß es einer war. Daß seine Besatzung deutsch war, wußte sie auch. Es war einer von vielen Bilderbuch-Augenblikken; sie kannte alle nächsten Seiten.

Fleury blieb auf den Schienen stehen und winkte. Sie zog sich die Kapuze vom Kopf, weil sie überlegte, daß Weiß in viel Weiß schlecht zu erkennen ist. Dann schwenkte sie die Arme.

»Halt! Halt!«

Sie war bestimmt nicht zu hören, aber der Zug stuckerte, hielt an. Zunächst rührte sich nichts. Dann wurde seitlich der Einstieg aufgestoßen. Einer im gescheckten Tarnhemd sprang heraus. Er hielt das MG vor den Bauch geklemmt. Fleury dachte, daß sie ausgewachsene Männer nur mit Schießeisen in den Fäusten kannte. Der Kanonier kam in langen Schritten Fleury entgegen. Fleury ließ die Arme fallen.

»Mit Partisanen habe ich nichts zu tun!« schrie sie dem Mann zu. »Ich bin bloß geflüchtet.«

Damit war ihre Kraft erschöpft. Plötzlich gaben ihre Beine nach. Fleury fiel schlaff auf die Gleise. Der Mantel bauschte sich über ihrem Kopf, und Fleury riß prustend an dem weißen Zeug.

Der Soldat war bei Fleury angelangt. Er bückte sich zu ihr, zog ihr die Stoffmassen vom Gesicht.

»Nanu, wo kommt denn die Schneejungfer her?«

Aber Fleury war ohnmächtig geworden.

Der Panzerzug hielt ein Stück vor dem Bahnhof in Fischhausen, das in idyllischen Zeiten ein korngelber Flecken ostpreußischer Erde gewesen war, wo Stinte an Einheimische mit rollendem Gegraunze, an Sommerfrischler grundsätzlich mit Gezänk verhökert wurden. Jetzt war Fischhausen ein bombardierter, verkohlender Schutthaufen; und noch etwas später nur noch auf alten Landkarten zu finden.

Der Kanonier (ich nenne ihn Müller, es bleibt sich gleich – der Name steht für alle, die damals halfen) hob Fleury aus dem Einstieg. Er stellte sie auf den Schotter.

»Wirst du bis zum Bahnhof hinkommen? Kannst du laufen? Oder wackeln die Knie noch?«

»Es sind doch nur ein paar Meter!«

»Fischhausen ist mit Flüchtlingen vollgepfercht. Auf dem Bahnhof wird vom Roten Kreuz Suppe verteilt. Laß dich nicht aufhalten! Bleib an den Zügen. Am besten, du kriechst in den ersten Viehwagen und rührst dich nicht mehr raus. Ungefähr in einer Stunde rücken alle Züge ab. Länger können wir Fischhausen nicht halten. Die Russen haben's verdammt eilig.«

»Habe ich schon mitbekommen.«

»Wann hast du denn zuletzt richtig gegessen?«

»Oooch, ich weiß nicht.«

»Nimm das! Aber lutsch erst drauf rum! Deine Zähne werden lose sein. Das gibt sich wieder. Es ist noch keine Alterserscheinung ...«

Der Kanonier Müller zog einen Riegel Schokolade aus der Jacke. Er steckte ihn Fleury zwischen die Finger.

»Du warst spinnenleicht zu tragen ... Wie alt bist du eigentlich?«

»Übermorgen fünfzehn!«

»So! Ich dachte, mindestens fünfhundert Jahre.«

»Nein«, antwortete Fleury ernst.

Müller hatte Flüchtlinge genug gesehen, hatte sie in Haufen von einem Kaff ins andere gelotst. Er hatte Frauen mit zerschossenen Schienbeinen geschleppt und Kindern mit erfrorenen Füßen, die möglichst bald amputiert werden mußten, die Schuhe aufgeschnitten. Ihn packte nicht gleich Mitleid. Aber dieses graue Mädchen, das als Schleichwerbung für Einsamkeit durch die Gegend strich ... Sonderbar, daß man sie nicht loswerden wollte. Sie blieb im Gedächtnis. Sie würde lange allein sein und das war es: Es würde ihr nichts ausmachen.

»Auf Wiedersehen«, sagte Müller. »Aber wir werden uns sicher nicht wiedersehen.«

»Kaum! Es sind so viele Menschen unterwegs. Aus dem Wust einen rausfinden ...«

Müller kletterte in die Luke. Gleich danach ruckte der Zug an und rollte an Fleury vorbei, die Strecke nach Marres zurück. Die Besatzung, unter ihr der Soldat Müller, würden noch einmal versuchen, Flüchtlinge aufzulesen – dann nicht mehr.

»Ich war dämlich«, dachte Fleury. »Ich hätte ihn fragen sollen, wo er zu Hause ist. Ich habe mich nicht mal bedankt ... Aber er wird sich denken können, daß ich es nur vergessen habe!«

Der Panzerzug verschwand hinter einem Schneeberg.

Fleury blickte sich um.

Der Bahnhof von Fischhausen rußte herüber. Winkte mit den Signallichtern. Fleury raffte sich auf. Der Schotter machte ihr Schwierigkeiten; er rutschte unter den Füßen weg. Fleury fühlte ihre Hand klebrig werden und sah, daß der Schokoladenriegel schmolz. Im Weitergehen zupfte sie das Stanniol von der Kante ab. Vorsichtig biß sie auf die Ecke. Das ging nicht; die Zähne bogen sich nach innen. Fleury drückte den Zeigefinger auf den Gaumen. Er war weich. Sie stopfte sich die Schokolade in die Hosentasche und dachte an den Soldaten Müller. »Er hat die Wahrheit gesagt. Hoffentlich werden mir die Zähne wieder fest!«

Sie kam auf den Bahnhof, der von Menschen wimmelte. Ein Sprachen- und Dialektgemisch schwirrte zwischen den Zügen, auf den Verladerampen, aus den Güterwaggons. Flüchtlinge aus Lettland, Litauen, Masuren, aus der Ukraine Mitgeschleppte und kriegsgefangene Franzosen, die zum Ernteeinsatz in Grenzdörfer transportiert worden waren, bummelten herum. Alle blickten gleich fahl, aschig ausgelaugt.

Fleury strich einen Güterzug entlang. Zwischen den Schiebetüren eines Waggons hockte ein Mann, der Nudelsuppe aus einem Blechnapf löffelte. Die mehligen Würmer zogen Fleury das Wasser im Mund zusammen. Der Mann baumelte mit den Beinen. Seine Haselnuß-Haartolle erinnerte an Kyrill.

»Ist da noch Platz im Wagen? Kann ich mit?«

»Natürlich, Mademoiselle! Und wenn wir im Stehen fahren – mit müssen alle.«

»Sie sind Franzose?«

»Merkt man das noch?«

»Schon, ja.«

»Ich war in Kattenau zum Kartoffelbuddeln. Von Beruf bin ich Friseur. Ich habe einen Laden in Grenoble. Kennen Sie Kattenau? Das Dorf liegt bei Trakehnen.«

»Ich kenne es. Es gibt dort eine Kiesschwemme, so klar wie Leitungswasser.«

»Wenn es möglich ist, fahr ich später mal hin. Das muß meine Frau sehen! So was von Gewittererde! Und Lupinenfelder, bis in die Moore!«

Fleury kletterte in den Waggon. Sie setzte sich neben den Franzosen. Auch sie ließ die Beine pendeln. Die Sonne kitzelte sie an der Nase. Aus dem Waggon heraus roch es stickig nach Stroh. Dann schmeckte Fleury wieder den fetten Nudelgeruch auf den Lippen. Mit Quendel mußte die Suppe abgeschmeckt sein, oder Majoran.

Der Franzose schluckte die letzten Bissen. Er klopfte den Napf über dem Bahnsteig aus. Ein paar Tropfen spritzten auf seine Schuhe.

»Satt«, sagte er. »Das tat gut!«

»Wo gibt es die Suppe?«

Der Franzose sah Fleury an.

»Mon dieu, man ist gierig geworden! Man sieht nicht, daß nette Mädchen auch Hunger haben.«

Er setzte Fleury Napf und Löffel auf die Knie.

»Dort drüben, wo das Gedränge ist. Die Damen vom Roten Kreuz verteilen aus Kübeln. Gehen Sie hin!«

»Nein«, sagte Fleury. »Ich lauf hier nicht weg!«

»Können Sie aber. Ich verspreche Ihnen, ich hol Sie rein, sowie ein Zugrad knarrt. Außerdem will der Lokführer vorher pfeifen.«

Fleury blinzelte zu der Schlange hinüber. Die Rote-Kreuz-Schwestern waren in dem Gewühl nicht zu erblicken. Aber es ging schnell vorwärts. Jeder kam mit einem dampfenden Topf, Kochgeschirr oder einer Schüssel zurück.

Fleurys Blick lief die Schlange hinauf und hinunter. Dann blieb er hängen. Ihr Atem setzte aus. Sie sah das dritte Wunder. Aber sie war zu angeschlagen, um ihm entgegenzustürzen ...

»Meine Mutter«, murmelte sie.

»Wo?« Der Franzose blickte erst Fleury an, dann sah er auch auf die Schlange.

»In der Mitte«, sagte Fleury. »Die kleine Frau mit dem Krückstock und dem Silberhaar.«

Fleury sprang von der Planke auf den Bahnsteig. Sie klatschte hin, weil sie nicht an ihr Bein dachte. Löffel und Napf rasselten neben ihr. Fleury raffte beides an sich und wurde vom Franzosen hochgehoben.

»Ich passe auf«, sagte er. »Ohne Sie lassen wir den Zug nicht abfahren. Holen Sie beruhigt Ihre Mutter, und die Suppe!«

Fleury ging an die Schlange heran. Sie wurde gepufft, mal vorwärts, mal rückwärts gedrängt. Manche zeterten: »Die drängt sich vor!«

»Nein«, sagte Fleury, »nein.«

Sie faßte Frau Fleurys Arm.

»Mutter!«

Frau Fleury drehte sich um. Sie wollte sich gleich wieder abwenden. »Verzeihen Sie, das muß ein Irrtum ...« Dann erst erkannte sie Fleury.

»Anna ...«

»Ja ... da bin ich!«

Zum ersten Mal wurde Fleury mit ihrem Vornamen angeredet. Das tat etwas weh, war etwas fremd.

»Anna – sagen kann ich nichts!«

»Nein – kann man wohl nicht!«

Langsam lächelten sie sich an. Für Sekunden schwammen Bahnsteig, Köpfe, Pfeiler um sie herum, brandeten Stimmen weit entfernt.

»Geh an den Zug, Mutter! Dahin, wo der Franzose sitzt. Das ist der Mann, der mit den Beinen schlenkert. Jetzt winkt er. Siehst du ihn? Er hält uns Platz frei.«

»Und du?«

»Ich stell mich nach Suppe an. Sonst fall ich um, wenn ich jetzt nicht was zu essen kriege. Ich komm gleich nachgehumpelt.«

»Gehumpelt ...?«

Frau Fleurys Augen zuckten an Fleurys Beinen hinunter.

»Das eine lahmt ein bißchen. Nicht so schlimm wie deins«, sagte Fleury. »Vom Aufprall sicherlich, als ich vom Karren runterkugelte. Der Gaul hatte ja volle Fahrt.«

Fleury zog ihre Mutter aus der Schlange und quetschte sich in die Lücke.

»Geh, Mutter! Kletter gleich in den Waggon!«

Fleury sah ihrer Mutter nach. Der Franzose sprang vom Trittbrett und latschte Frau Fleury entgegen.

Fleury wurde weitergeschoben.

Eine behäbige Bäuerin vor ihr drehte den Kopf um.

»Nu, haben Sie sich eben wiedergefunden?«

»Sieht so aus«, lächelte Fleury zaghaft.

»Ruhe, Ruhe! Ans Lachen müssen Sie sich langsam ranmachen«, schnorchelte breit die Bäuerin. »Üben, viel üben! Dann kullert es von allein aus dem Gurgelchen.«

Die Frau bekam ihre Schüssel mit Suppe vollgeladen. Sie walzte nur einen Schritt weiter, stellte sich spreizbeinig und setzte die Schüssel an. Nichts gab es mehr, außer der Suppe.

Fleury wurde der Napf aus der Hand genommen.

»Voll?« fragte die DRK-Schwester. Eine eisengraue Haarsträhne flatterte aus ihrer Haube quer über die Augen. Aber in der Sonne schimmerte sie bläulich.

»Für zwei Personen«, sagte Fleury.

»Es kommt nicht darauf an. Wir haben genug!«

Die Schwester schöpfte Fleurys Napf bis zum Rand voll. Zuletzt platschte eine Mohrrübe aus der Kelle.

»Essen Sie vorsichtig«, riet die Schwester mit einem Blick auf Fleurys zitternde Lippen. Dann griff sie nach dem nächsten Topf.

Fleury schob sich Fuß für Fuß den Bahnsteig lang. Den Napf hielt sie mit beiden Händen vor sich.

»Schwapp nicht über«, beschwor sie die Brühe. »Schwapp nicht über.«

Sie wich Kindern aus, schob sich an einer Gruppe verwundeter Landser vorbei. Dann war sie am Zug, und Frau Fleury saß im Waggon, im Stroh und lachte Fleury zu.

Der Franzose nahm Fleury den Napf ab, hielt ihn, bis sie neben ihrer Mutter saß.

»Du zuerst«, sagte sie. »Ich verzieh mich dann in die Ecke. Ich kann jetzt nicht fein essen, nicht einmal einigermaßen fein.«

Die Suppe trieb Frau Fleury Hitze ins Gesicht. Sie sah fast wie früher aus. Beinahe rosig unter den Augen und lustig. Als der Napf an Fleury kam, verkroch sie sich wirklich in den hintersten Strohwinkel.

»Kommen Sie lieber aufs Trittbrett«, rief ihr der Franzose nach.

»Warum?«

»Das werden Sie gleich sehen!«

Fleury tapste neben ihn. Wie vorhin er, so ließ jetzt sie die Beine von der Planke hängen, schnallte sich den Hosenriemen locker und löffelte. Sie schlang. Es ging ihr nicht schnell genug. Nudeln, Fleischstücke, die Möhre – alles rein! Sie schluckte, ohne zu kauen. Sie mußte rülpsen. Im Magen drückte ein Ziegelstein. Der Franzose nahm ihr den Napf fort. Fleury stand auf – im hohen Bogen kam alles heraus. Nudeln, Fleischstücke, die Möhre landeten zwischen Zugrädern und Bahnsteig.

»Jetzt können Sie noch mal anfangen! Jetzt bleibt es unten«, sagte der Franzose.

Manche Leute wissen alles. Es war genau so, wie der Franzose gesagt hatte.

Der Waggon füllte sich. Allmählich war vom Stroh nicht viel zu sehen; nur Beine, Bündel und Gesichter. Fleury lag in der Ecke eingekeilt, neben ihrer Mutter. Sie fühlte Mutters Hand unter ihrem Rücken. Nach einer Weile schob Fleury ihre dazu.

»Dein Schmuck ist verloren, Mutter. Ein Kirgise hat ihn mir abgeluchst.«

»Ein Kirgise ...«

»Wir nannten ihn so. Wir glaubten, daß es einer war. Wir wurden nämlich von den Russen erwischt ...«

»Anna ...?«

»Ja.«

»Wo sind Roland und Gunter?«

»Tot. Die Russen haben sie erschossen.«

»Und ... Herr Skopbielsky?«

Undeutlich murmelte Fleury: »Kyrill? Auch tot. Auch erschossen!«

Fleury warf sich auf die Seite. Die Hand ihrer Mutter fuhr ihren Rücken hinauf, an das Haar, und da blieb sie liegen ...

Von draußen wurden die Türen zugedonnert. In Streifen huschte Licht durch die Ritzen herein. Schwach war ein Pfiff zu hören. Schreie dazwischen: »Ich muß noch mit!«

Der Zug ruckte kurz. Die Achsen quietschten. Dann stießen die Kolben vorwärts.

»Vater unser, der du ...«, begann der Franzose.

Die Räder ratterten schneller. Der Franzose holperte in ihrem Takt das Vaterunser herunter.

»Können Sie denn nicht aufhören?« sagte Fleury aus dem Winkel. »Die Beterei ist unerträglich!«

Der Franzose reckte den Kopf, um Fleury zu sehen.

»Lassen Sie mich doch, Mademoiselle! Ich habe das Gefühl, ich muß mich bedanken. Da ich in Deutschland bin, habe ich Lust, das in deutsch zu tun. Übrigens, lassen Sie bitte jeden nach seiner Fasson selig werden!«

Keiner erhob Einspruch. Fleury drehte das Gesicht aus dem Stroh. Da waren die Augen ihrer Mutter über ihr, gerade im Lichtschlitz zu erkennen.

»Das sollte ich eigentlich gelernt haben.« Fleurys Stimme war kaum zu hören.

»Was, Anna?«

»Daß jeder anders selig wird. Weißt du, ich meine, daß es sein Recht ist.«

Fleury machte die Augen zu, drückte den Kopf unter Mutters Achsel. Tiefer, fester. Wie warm die Kuhle war!

»Kyrill gehörte zu der Sorte Leute, die nach ihrer Fasson selig werden wollen. Er ließ sich in nichts dreinreden. Dafür hätte er mich glauben lassen, was ich wollte. Er hätte mich genommen, wie ich bin. Und ich ... ihn auch ...«

»Anna?«

»Hm.«

»Willst du nicht sagen, wie es war?«

»Doch, doch! Aber später! Einmal erzähl ich es schon, später ...«

Das habe ich für Anna Fleury und auch für Roland, Gunter und Kyrill, für alle getan, die auf der Flucht waren, und auch für alle, die nicht durchkamen und starben.

Frau Models Haus am Wasser
Novelle

Für Monika Bock in Dankbarkeit

In den nächsten Sekunden wird die Haustür hinter mir zufallen, knarrend, zum Schluß knirscht es. Ich warte darauf. Es ist eine breite, vertrauenerweckende Tür. Breit und vertrauenerwekkend ist auch das Haus.

Ich trete von der Schwelle in feuchten Sand. Es nieselt leicht. Ausgerechnet an meinem ersten Urlaubstag. Manchen würde das stören. Mich nicht. Ich bleibe stehen und atme tief. In der Stadt, um die Mittagszeit, fürchte ich mich durchzuatmen.

Ich bin erst seit einer Stunde in der Pension und habe schon erzählt bekommen, woher das Knirschen der Türen rührt. Es ist der Sand. Sand, der bei Flut bis zu den Häusern geschwemmt wird. Ferner hat mir Frau Model erzählt, daß alle Einwohner der Ortschaft unverdrossen, tagein, tagaus, die Schwellen und Dielen fegen. Sie tun es und wissen, daß die nächste Flut neuen Sand bringt.

Ich habe den Eindruck, daß ich Frau Model angenehm bin. Als ich mit dem Koffer die Uferstraße hinaufwanderte, kam sie mir entgegen.

»Sind Sie Fräulein Niebeu?« fragte sie.

Ich bejahte.

»Ja, dann woll'n wir mal«, begrüßte sie mich.

Sie hob den Koffer auf und faßte mich bei der Hand. Ich war so verblüfft, daß ich ihr die Hand ließ. Einige Leute blickten uns an. Sie schienen es nicht ungewöhnlich zu finden, daß Wirtin und Gast Hand in Hand gingen.

Frau Models steifer Rock, Bestandteil einer Tracht, knisterte. Es mochte mit der Brandung, dem vielen Sand und dem Knistern des Rockes zusammenhängen, daß ich es nun meinerseits keineswegs ungewöhnlich fand, Hand in Hand mit Frau Model zu ihrem Haus zu gehen.

Ich erfuhr, daß ich zur Zeit ihr einziger Gast sei. Nachsaison. Und überhaupt. Der verregnete Sommer. Sie erwarte zwei Ehepaare. Gestern habe eine Springflut gewütet. Ich müsse mir im Laufe des Tages die Wiesen ansehen. Alle überschwemmt. Auf die Urlauber mache das Eindruck.

»Ja«, erwiderte ich.

Frau Model mochte fünfzig sein. Wahrscheinlich älter. Sie schritt ruhig aus. Kein einziges Mal setzte sie den Koffer ab. Sie reichte mir bis zur Schulter. Sie wirkte rund. Vom Kopftuch bis zu den Holzklotzen. Rund. Ich mußte an meine Behausung denken. Ein Zimmer im Turm eines Altbaues. Es gibt dort keine unübersichtlichen Winkel. Es fallen keine Schatten. Und noch weiter zurück, in meiner Erinnerung, hatte es, an einem Ort wie diesem, nach Wurstsuppe und säuerlicher Milch gerochen. Ich hatte den Geruch als rund empfunden. Unwillkürlich drückte ich Frau Models Finger.

»Ja, dann woll'n wir mal«, wiederholte sie.

An ihrer Hand gelangte ich in mein Zimmer. Erleichtert stellte ich fest, daß es sich überblicken ließ. Vor den Fenstern hingen keine Gardinen. Balkontürschlüssel und Zimmerschlüssel steckten.

»Sie brauchen nicht abzuschließen. Selbst wenn Gäste im Haus sind, nimmt niemand den Schlüssel mit. Weder Mensch, noch Pudel, noch Taschentücher gingen jemals verloren.«

»Eine Marotte«, versuchte ich zu erklären.

»Ja, dann woll'n wir mal«, sagte sie wiederum und zog den Zimmerschlüssel ab. Sie schob ihn mir in die Manteltasche. Griff unter ihre Schürze und reichte mir einen zweiten Schlüssel.

»Für die Haustür?« fragte ich.

»Kindchen, Kindchen«, murmelte sie.

Möglich, daß sie mich verstand. Es wäre mir lieb. Doch verraten würde ich keinem, daß mich die Schlüssel beruhigen. Ich fühle sie in der Tasche meines Regenmantels. Darf nun kommen und gehen wann ich will. Es steht mir frei, für immer wegzubleiben. Dann müßte ich die Schlüssel auf die Schwelle legen.

Vor dieses Haus.

Ich laufe nicht weg, ich bleibe. Ich habe vierzehn Tage Urlaub. Wenn ich sechzig Jahre alt würde, wieviel Prozent wären dann vierzehn Tage? Ich denke nicht daran, es auszurechnen.

Wieviel Prozent?

Ich hätte den Koffer auspacken sollen, bevor ich das Haus verließ. Die Blusen müßten auf Bügel. Ich rühre mich nicht. Ich sitze auf der Gartenbank. Es stört mich gar nicht, daß es nieselt. Jetzt beginnt mein Urlaub.

Morgen, übermorgen und einen weiteren Tag lang, werde ich zu den Dünen gehen, werde schwimmen, den Himmel begukken, Steine sammeln und sie verlieren. Dann muß ich arbeiten. Nur ein paar Stunden. Täglich. Peter Rogge hat verlangt, »das bißchen Doktorarbeit endlich zu beenden«. Ich habe es versprochen.

Viele mögen Peter Rogge nicht. Er ist ihnen zu jung. Ein zu junger Professor. Manchmal setzt er sich für jemand ein. Er würde keine Sekunde für mich verschwenden, sobald er annähme, daß ich meine Arbeit nicht beenden will.

Will ich denn?

Ich bin nicht sicher. Ich bleibe gern an einer Kreuzung stehen. Ich achte beim Weitergehen nicht unbedingt darauf, ob ich mich auf der günstigeren Straße befinde. Es fällt mir schwer, mich zu entscheiden.

Ich fühle mich überfordert.

Seit Jahren.

Selbst den Urlaubsort und Frau Models Haus hat Peter Rogge empfohlen.

»Ich habe nacheinander fünf Jahre meine Ferien dort verlebt. Leute wie Sie schlafen am Wasser schlecht. Sie sollten hinfahren. Nachts schreibt man endgültiger.«

Ich höre seine Stimme, als stünde er neben mir. Ich werde die Postkarte an ihn gleich in den Kasten werfen. Gut angekommen. Vielen Dank. Was soll man sonst schreiben?

Ich mag mich von der Bank nicht trennen. Sie steht schief im Sand. Außerdem hat es zu nieseln aufgehört. Ich betrachte die Häuser, die versandeten Gärten und in der Ferne das Meer.

Frau Models Haus am Wasser.

Pension mit Frühstück. Auf Wunsch Abendessen. Die Fensterscheiben spiegeln. Alle Griffe blinken. Die Mauern sind frisch getüncht. Kalkweiß. Es tut den Augen weh. Mir fällt auf, daß die Scheiben, Griffe und Mauern sämtlicher Häuser wie eben geputzt und getüncht aussehen. Ich nehme an, die Leute am Wasser putzen und schrubben ihre Unterschlupfe täglich.

Täglich?

Das wäre übertrieben. Bestimmt aber, sobald Wind, Regen und Sand gewütet haben. Ich stelle mir vor, daß ich mit Wischtuch und Schrubber ... Warum sollte mir Schrubben und Putzen keinen Spaß machen? Warum nicht? Ich würde sehen, daß etwas fertig wurde.

Eine Windbö reißt mir den Mantel auf. Die Karte fliegt aus meiner Hand. Ich laufe ihr nach. Die Karte bleibt im Sand stecken. Da erwische ich sie. Die Schrift ist leserlich geblieben. Nicht verwischt. Ich fühle mich wohl. Ich benötige heute nacht keine Lampe, die brennen bleibt.

Ich setze mich in den Sand. Mit beiden Händen schaufele ich einen Berg. Wenn ich mir Zeit lasse, wird eine Burg entstehen. Mit Muscheln. Und Steinen.

Insgeheim hoffe ich, daß mir niemand zusieht.

Die Latten des Zaunes sind hoch. Ein paar Wicken schlackern daran. Aus den Nachbarfenstern könnten Leute gucken. Sollen sie.

Ich baue eine Burg.

Erwachsene dürfen nicht spielen. Kinder ja. Ich entschließe mich augenblicklich, ein Kind zu sein. Vielleicht bin ich sogar eins? Vielleicht war ich es immer? Ich fürchte mich leicht. Wer kann mir beweisen, daß ich kein Kind bin? Wer will mir einreden, daß ich erwachsen wurde? Niemand.

Ich baue den Turm.

Ein Schatten fällt über meine Hände. Fällt weiter über den Sandturm. Ich zucke zusammen. Es ist Frau Model. Einmal, an einem Ort wie diesem, roch es nach Wurstsuppe und säuerlicher Milch. Ihr Rock knistert. Tief drücken die Holzschuhe in den Sand.

»Habe ich Sie erschreckt?« fragt sie und müßte noch sagen: Kindchen, Kindchen. Und sagt auch: »Kindchen, Kindchen.«

Ich mag sie. Frau Model merkt es.

Sie beschaut die Burg und den Turm. Ich beobachte sie. Nichts an ihr verrät, ob sie innerlich lacht. Eher sieht sie bestürzt aus. Falls sie Kinder hatte, müssen alle erwachsen geworden sein. Bestürzt sieht sie aus. Doch ich habe mich oft getäuscht. Mienen sind schwer zu beurteilen.

Und Augen?

Augen können überhaupt nicht beurteilt werden. Sie lügen am sichersten, schneller als die Seele.

Frau Model hebt die Karte auf, die ich im Sand liegen ließ. Auch jetzt ist die Schrift nicht verwischt. Die Karte kann in den Briefkasten gesteckt werden.

»Soll ich für Sie zur Post gehen?« fragt Frau Model. Ich strahle sie an. Die Karte begann mir lästig zu werden. Ich denke an die Blusen, die im Koffer liegen.

»Wenn Sie wollen, packe ich Ihnen den Koffer aus«, bietet mir Frau Model an.

Sie muß Gedanken lesen können. Im Urlaub möchte ich mich unabhängig fühlen. Keinen Kleinkram. Vierzehn Tage wird das Frühstück für mich bereitet, das Bett gemacht, das Zimmer gelüftet sein. Ja, ich bin einverstanden, daß der Koffer ausgepackt wird.

»Sie müßten mir den Zimmerschlüssel geben«, sagt Frau Model.

Den Schlüssel.

Wie die Wicken schleudern. Der Wind preßt sie gegen die Latten. Zaust sie.

»Windstill ist es am Wasser nie«, hat Peter Rogge gesagt.

Ich lausche zur Brandung hinüber. Sie zischt einschläfernd. Ich ziehe den Zimmerschlüssel und den Haustürschlüssel aus der Tasche. Lege beide in Frau Models Hand. Ich weiß, daß ich die Schlüssel nicht zurückfordern werde. Es würde Frau Model kränken. Ich traute mich auch nicht.

»Ja, dann woll'n wir mal«, sagt sie.

Und lacht. Es ist ein rollendes Lachen. Wie von weit zurück.

»Laufen Sie, sehen Sie sich die Wiesen an. Wenn Sie zurückkommen, ist das Abendessen fertig.«

»Ich esse abends nichts«, antworte ich.

»Nie?«

»Nein.«

Die Ablehnung tut mir leid. Daran werde ich scheitern, daß ich Menschen, die mich mögen, stets verletze. Es geschieht nicht absichtlich. Es geschieht, ich weiß nicht wie.

»Ich habe eingekauft«, sagt Frau Model.

»Dann esse ich«, lenke ich ein.

Frau Model verläßt den Garten. In der Hand hält sie die Karte. Sie geht zur Post. Die Post besteht aus einer Baracke bei der Dampferanlegestelle.

Ein weiter Weg.

Auch ich verlasse den Garten. Damit ich mich nicht verlaufe, frage ich einen Mann mit einem Schubkarren, wie ich zu den Wiesen komme ...

Ich habe nur wenige Minuten dort gestanden. Gerade so lange, bis helle Flecken, mit Braun gemischt, aus dem Wasser tauchten. Ein Kopf hob sich. Noch einer. Es waren ertrunkene Kälber. Ich jagte wie gehetzt zu Frau Models Haus. Ich mußte mich beruhigen. Es soll nicht jeder wissen, wie sehr ich erschrecke. Wie lange ich erschreckt bleibe.

Ich betrete das Haus.

Es ist still in der Diele. Aus der Küche dringt kein Geräusch. Ich bin allein. Die Türen und Treppen sind aus schwarzem Holz. Als ich ankam, ist es mir nicht aufgefallen. Ich steige die Treppe hinauf. Die Stufen knarren. In einem Zimmer tickt laut eine Uhr. In allen Türschlössern stecken Schlüssel. Trotzdem sehen die Zimmer fest verschlossen aus. Ich bin nicht sicher, ob sie unbewohnt sind. Ob nicht jemand hinter den Türen wartet. Ich möchte mich überzeugen. Ich wage nicht, eine Tür aufzuklinken. Mir ist, als werde ich beobachtet. Als lägen Augen in der Diele.

Augen.

Ich laufe in mein Zimmer. So wie ich bin, im Regenmantel, werfe ich mich auf das Bett. Ich fühle mich geborgen. Hellgestrichene Wände. Keine dünklen Ecken. Wenn jetzt Frau Model käme, wäre ich fähig, fröhlich zu sein.

Es klopft. Frau Model steht in der Tür.

Sie trägt das Tablett mit dem Abendessen.

»Sie sind mein Schutzengel«, habe ich gesagt.

Was für ein Wort.

»Schutzengel? Nöö, beileibe nicht«, antwortet sie.

Ich möchte sie umarmen. Es liegt mir nicht.

Ich schaue ihr zu, wie sie den Tisch deckt.

»Zwei oder drei ertrunkene Kälber habe ich gesehen«, erzähle ich. »Deshalb bin ich zurückgelaufen.«

»Es waren sieben«, erwidert Frau Model. »Bei Springflut saufen schon mal ein paar ab. Es kommt selten vor.«

Der Tisch ist gedeckt. Viel blau und gelb.

Das Geschirr ist gelb. Das Tischtuch blau. Frau Model stellt einen Steintopf mit Wicken dazu.

»Ich bin weggerannt«, sage ich.

Frau Model lacht. Es hört sich gutmütig an.

Es klingt rund.

»Wie Sie am Wasser stehen, das ist eine Katastrophe«, meint sie.

Ich blicke hoch. Ich überlege.

»Sahen Sie mich denn?« habe ich gefragt.

»Aber ja. Bevor ich Ihre Karte einsteckte, ging ich Krabben kaufen. Da muß ich an den Wiesen vorbei.«

Sie mußte an den Wiesen vorbei. Sie hat mich gesehen. Am Wasser. Der Gedanke ist mir peinlich. Sehr peinlich. Ich preßte mir dort die Hände vor die Augen. Und bin dann erst weggelaufen.

»Kommen Sie. Essen Sie. Guten Appetit«, sagt Frau Model.

Sie sieht mich nicht an. Dafür bin ich ihr dankbar. Sie geht zur Tür. Der Rock knistert vertraut. Sie macht kehrt, kommt zum Tisch zurück. Ich fühle ihre Hand auf meiner Schulter. Frau Model rückt eine kleine Schüssel näher zum Teller. Hebt den Deckel ab.

»Das sind die Krabben, die ich holte. Für Sie.«

»Vielen Dank«, habe ich gesagt.

Ich habe noch nie Krabben gegessen. Frau Model erklärt mir, daß Krabben Krebstiere seien. Eine Delikatesse. Der Feinschmecker esse sie roh. Mit Salz bestreut. Sie habe die Krabben bereits geschält, weil zum Schälen Übung gehöre. Der eßbare Weichteil müsse vorsichtig aus der Hinterleibschale gezogen werden.

»Ja«, sage ich.

Frau Model ist aus dem Zimmer gegangen. Ich höre sie auf der Treppe. Sie geht durch die Diele. Eine Tür klappt zu.

Ich nehme mir eine Scheibe Brot, bestreiche sie mit Butter. Mein Blick fällt auf die Krabben. In einem Körbchen liegen Eier und Tomaten. Käse und Rauchwurst auf dem gelben Teller. Ich werde die Krabben nicht essen. Die Eier sind warm und lassen sich leicht pellen. So oft ich die Krabben ansehe, bewegen sie sich. Eine Täuschung. Selbstverständlich. Sie kriechen. Nicht einzelne. Alle. Eine verknäulte Masse. Ich lege den Löffel hin. Mit Mühe schlucke ich den Bissen Brot hinunter. Plötzlich habe ich viel Wasser im Mund. Die Krabben müssen weg. Vom Tisch. Am besten aus dem Zimmer. Aber wie?

Ich darf die Schüssel nicht in die Küche tragen. Was soll ich denn antworten? Unter Frau Models Augen. Unter ihrem Blick, der belustigt sein wird. Belustigt?

Oder?

Etwas beginnt mich zu stören.

Ich stoße den Stuhl zurück. Ratlos bleibe ich am Tisch stehen. Ich fühle mich beobachtet. Doch ich bin allein im Zimmer.

Ich trete auf den Balkon und entdecke, daß eine Leiter am Geländer lehnt. Mit Farbe bekleckst. Von den Anstreichern stehen gelassen. Sie steht fest im Sand. Es sieht zuverlässig aus.

Für einen, der behende ist und klettern kann, sind die wenigen Sprossen nicht des Fürchtens wert. Außerdem vermeide ich, wenn ich die Leiter benutze, durch die Diele und den Garten zu gehen. Peter Rogge würde den Kopf schütteln. Soll er.

Ich gehe ins Zimmer zurück, suche einen Bogen Papier. Es ist keiner vorhanden. In diesem Zimmer herrscht Urlaub. Nirgends liegt eine Kladde, ein Schreibblock, liegen Notizzettel herum. Ich öffne den Schrank. Sämtliche Blusen hängen auf Bügeln. Wäsche, Socken und Taschentücher liegen in Fächern. Ich überlege, weshalb es mir mißfällt. Ich habe zugestimmt, als sich Frau Model erbot, meinen Koffer auszupacken. Es war draußen, bei der Bank. Ich baute eine Burg. Mit Muschelfenstern und einem Kieselsteinhof. Ich hätte noch Schlick verwenden sollen, für den Burggraben. Seegras, Wasserpest.

Ich nehme ein Taschentuch aus dem Fach. Es gelingt mir, ohne hinzublicken, die Krabben aus der Schüssel in das Tuch zu kippen. Ich möchte mich an das Tuch niemals erinnern.

Die Leiter hinabzuklettern ist einfach; ich habe mich nicht geirrt. Ein Mann und ein Mädchen kommen vom Strand herauf. Die zwei beachten mich nicht. Ich lasse sie vorbei und laufe zu den Dünen. Zwischen Strandhafer und Kletten vergrabe ich das Tuch. Ich werde diese Stelle nicht wieder aufsuchen. Aber zu Frau Models Haus muß ich zurück.

In ihr Haus am Wasser.

Geräuschlos schließe ich die Balkontür.

Geräuschlos wende ich mich um. Frau Model räumt den Tisch ab. Sie stellt die leere Schüssel und die gelben Teller auf das Tablett.

»Hat es geschmeckt?« fragt sie.

»Ja«, antworte ich.

»Auch die Krabben?«

»Ja«, antworte ich.

Sie mustert mich. Mein Gesicht. Die Augen. Ich blicke nicht weg. Frau Model errötet.

»Haben Sie alle gegessen?« fragt sie.

»Alle«, habe ich gesagt.

Ich saß lange auf dem Bett. Frau Model wollte mir nicht aus dem Kopf. Ich erinnerte mich, daß ihr Schatten über meine Hände fiel, als ich im Sand hockte, und daß es mich verstimmte. Zwar wurde ich gleich wieder heiter, doch weniger als vorher. Sie ist eine unappetitliche Wirtin.

Später bin ich die Dorfstraße entlang geschlendert bis zur Dampferanlegestelle. In den Kneipen lärmte Musik. Männer lachten. Mir wurde kalt. Die Feuchtigkeit drang durch den Mantel. Er ist grau, wie die Dünen, das Wasser und der Himmel. Ich dürfte gar nicht zu sehen sein. Die feuchte Landschaft wischt mich aus, und meine Fußabdrücke spülen die Wellen weg.

Ich legte mich früh ins Bett und bin sogar eingeschlafen. Die Tür ließ ich unverschlossen. Obwohl der Schlüssel wieder steckte. Ich wollte mich nicht vor einer alten Frau lächerlich machen. Sie weiß ohnehin zuviel von mir. Ich dachte noch, daß sich Frau Models Zimmer unter meinem befindet und daß ich es hören müßte, falls sie die Treppe heraufkäme.

Ich bin ihr einziger Gast.

Ich muß wach werden. Ich zwinge mich wach zu werden. Ich will mich aufsetzen. Etwas hält mir die Augen zu, preßt mich in die Kissen. Hände und Füße werden steif. Mühsam öffne ich die Lider. Das Zimmer ist erkrankt, das Bettzeug gleißt. Schatten hängen wie Fahnen. Der Mond fletscht die Lippen. Er verschlingt das Wasser und die Leute am Wasser.

Auch mich.

Ich schiebe die Decke weg, setze die Füße auf den Boden. Nichts rührt sich. Nichts ist zu hören. Kein Stück Holz knackt. Keine Stufe knarrt. Also ist das Chaos in mir.

Ich bin zu vieles zugleich zusammen.

Ich bin es, der man aus dem Wege geht. Ich muß es einsehen.

Ich taste mich zum Fenster. Jetzt wünsche ich, daß es Gardinen hätte.

»Leute wie Sie schlafen am Wasser schlecht«, sagte Peter Rogge. Ich weiß nicht, was er meinte.

Ich glaubte, er sei mir gut gesonnen.

Der Rolladen klemmt. Ich ziehe am Gurt. Ziehe kräftig. Der Rolladen bewegt sich nicht. Ich blicke zur Straße hinunter und erschrecke. Ich kenne sie nicht. Ich bin noch nie auf ihr dahergekommen. Die Häuser drohen umzukippen. Hinter ihnen schwappt Wasser. Ich kann bei diesem Licht in diesem Haus nicht schlafen. Wieder zerre ich am Gurt. Der Rolladen klappert. Es muß weit zu hören sein. Bis ans Wasser. Bis in Frau Models Zimmer.

Ich spüre ihre Augen. Sie muß in der Nähe sein. Ich lasse den Gurt los und drehe mich um. Die Tür meines Zimmers ist offen. Auf der Schwelle steht Frau Model. Ihr Haar ist fast so lang wie ihr Hemd.

»Um Himmels willen, schreien Sie nicht«, ruft sie mir zu.

»Schreie ich?« habe ich gefragt.

Schrie ich?

Ich weiß es nicht. Möglich ist es. Frau Model kam näher, und ich wich zurück. Ich hörte die Brandung. Alle Häuser mußten tief im Wasser stehen.

Frau Model ließ den Rolladen herunter. Einen Augenblick lang standen wir im Dunkeln. Sie schaltete die Tischlampe an. Ihre Wimpern glichen Spinnenbeinen.

»Ich reise ab«, flüsterte ich.

»Schscht, schscht, sprechen Sie nicht so laut«, antwortete sie. »Mitten in der Nacht können Sie nicht ausziehen. Wo wollen Sie hin? Sie bekommen kein Schiff.«

Ich bekomme kein Schiff.

Daran hatte ich nicht gedacht. Ich muß also warten. Muß die Lampe brennen lassen. Erst bei Tageslicht kann ich aus dem Haus. Ich verabschiede mich nicht. Ich werde leise weggehen.

»Ich reise ab.«

Frau Model erwiderte nichts. Sie raffte das Hemd. Ich drehte zweimal den Schlüssel herum. Legte mich ins Bett. Ich sah die Lampe an. Mit einem Mal wurde ich ruhig. Ruhig wie vor langer Zeit. Es war beim Geruch frischgebackenen Brotes in einem Haus wie diesem gewesen.

Nein, ich reise nicht ab.

Ich habe die Tür geöffnet. Auf dem Fußboden steht das Frühstück. Der Kaffee ist heiß.

Ich ziehe den Rolladen hinauf. Der Himmel blendet mich. Es ist ein weißer Tag. Ich werde mich bei Frau Model entschuldigen. Woher soll eine alte Frau in einem festen Haus wissen, daß es Nachtwörter gibt. Nächtliche Wörter wie Zeit, Fahrt, Warten.

Ich gehe an den stillen Zimmern vorbei. Etwas hat sich verändert. Die Schlüssel fehlen. Sie sind abgezogen worden. Oder steckten sie nicht? Irrte ich mich?

Ich spaziere durch das Dorf. Gelange auf einen Seitenweg. In vielen Häusern können Zimmer gemietet werden. Schilder hängen in den Fenstern. Über die Schwellen weht Sand. Und drüben, ins vorletzte Haus, geht Peter Rogge.

»Herr Rogge«, rufe ich.

Er hört nicht. Ich laufe ihm nach. Schaue zur Diele hinein. Peter Rogge ist nicht zu sehen. Ein betagter Mann sitzt in der Ecke. Er putzt Schuhe.

»Ist Professor Rogge angekommen?« frage ich ihn.

»Professor Rogge? Nein. Unser Gast heißt Herler.«

»Verzeihen Sie«, habe ich geantwortet.

Es ist nicht Peter Rogge. Der Fremde heißt Herler. Unbehagen befällt mich. Ich traue mir nicht länger. Ich traue dem Ort nicht. Die Gartenzäune sacken in den Sand. Es ist windstill, doch die Wolken bewegen sich. Frau Model, mit einem Einkaufskorb am Arm, kommt die Straße herauf. Sie bleibt bei mir stehen. Sie verliert kein Wort über die Nacht.

»Ich glaubte, Professor Rogge gesehen zu haben«, sage ich.

»Wenn er kommt, wohnt er stets bei mir«, antwortet sie.

Stets? denke ich.

»Stets«, wiederholt sie.

Wir schweigen.

»Es ist windstill«, sage ich.

»Schreiben Sie ihm doch«, ermuntert mich Frau Model. »Der Kartengruß war dürftig. Schreiben Sie, daß Sie dabei sind, sich zu erholen.«

Ich lasse Frau Model allein. Nur der Brief ist wichtig. Peter Rogge wird mir bestätigen, daß er in diesem Jahr zu Hause blieb, und daß es diesen Ort, so wie ich ihn erlebe, nicht gibt.

Ich haste in mein Zimmer. Es ist aufgeräumt. Das Bett gemacht. Die Haare aus der Bürste entfernt. Ich sollte mich darüber freuen.

Freue ich mich?

> »Lieber Peter Rogge, selbstverständlich freue ich mich. Frau Model ist hilfsbereit und fürsorglich und selten. Sie ist überall anwesend. Sobald ich an sie denke, tritt sie ins Zimmer oder kommt zur Gartenbank. Ich vermute, daß sie fähig ist, durch Schlüssellöcher zu gucken, ohne vor der Tür zu stehen. Mehrmals habe ich gewünscht, sie möge weniger vorhanden sein. Heute ist es windstill, und in einem der blanken Häuser meinte ich Sie zu sehen ...«

Ich habe den Brief beendet. Ihn zugeklebt. Frankiert. Ich trage ihn selbst zur Post. Während ich die Treppe hinuntergehe, höre ich die Uhren in den Zimmern ticken. Laut. Frau Models Haus beherbergt nur einen Gast. Und wenn nun doch hinter den Türen Menschen sitzen? Und warten? Ich könnte ihnen nicht helfen. Die Schlüssel sind abgezogen. Es sei denn, daß die Türen nicht verschlossen wurden. Daß ich nur auf die Klinken zu drücken brauche, um zu sehen, wer dort allein ist. Ich zögere. Ich versuche es ...

Die Tür läßt sich nicht öffnen. Ich wußte es. Wußte ich es?

Ich wende den Kopf. Frau Model steht in der Diele. Sie hält mir einen Schlüsselbund hin. Ich gehe zu ihr. Es ist ein weiter Weg. Sie gibt mir die Schlüssel. Sie sind ungleich. Lange und kurze.

»Sehen Sie sich die Zimmer an«, fordert sie mich auf.

»Ja«, habe ich geantwortet.

»Sie können mir den Brief geben. Ich komme an der Post vorbei.«

Ich muß es ablehnen. Strikt ablehnen. Meine Lippen bewegen sich. Frau Model neigt sich vor, nimmt mir den Brief aus der Hand. Ich lasse es geschehen. »Sie haben viel Zeit. Ich bleibe über eine Stunde weg«, sagt sie.

»Ja«, habe ich geantwortet.

Die Haustür fällt zu. Sand knirscht. Jetzt müßte Frau Model an der Gartentür sein. Sie wird den Brief nicht zur Post bringen.

Der Brief wird nie ankommen.

Und die Karte?

Die Karte ist ebenfalls nicht abgeschickt worden.

Ich stürze zur Tür. Ich will ins Freie, will Frau Model einholen.

Ich stehe erstarrt.

Der Schlüsselbund fällt mir aus der Hand.

Sie hat mich eingeschlossen.

Ich ducke mich. Schleiche in mein Zimmer. Die Balkontür ist zu. Der Schlüssel weg.

Ich kauere mich nieder.

Ich schreie nicht.

Ich bin eine von jenen, die in den Zimmern warten. Ausweglos.

Das Kakteenhaus
Psychogramme ...
Erzählung in 13 Monatskapiteln

Im November des Jahres:
Der Neue
Dezember:
Weihnachtsfeier
Januar:
Betriebsklima *make love not war*
Februar:
Betriebsklima *death before birth*
März:
Kolleginnen
April:
Präsidenten-Überlegungen, Herrn Helx erzählt
Mai:
Erzählung des Amtsboten
Juni:
Vorurlaubsstimmung
Juli:
Urlaubserzählung des Herrn Helx
August:
Gerüchte über einen neuerlichen Präsidentenwechsel
September:
Kunkeln
Oktober:
Der Präsident geht
Im November des Jahres:
Der Neue

Störe ich, Herr Kollege? Keineswegs, lieber Weinrech. Soweit ich weiß, habe ich noch nie Weinrech geheißen; mein Name ist Bulbus. Jaja, richtig, treten Sie ein, setzen Sie sich, oder wollen wir sofort zu den Kollegen hinüber und mit ihnen auf den Neuen warten, auf den neuen Chef. Der wievielte ist es eigentlich? Ich habe keine Ahnung, sie tauchen auf und gehen, werden gewählt und abgewählt, aufgebaut und fallengelassen. Vielleicht liegt das an der Gattung, vielleicht ist die Gattung *Chef* nicht haltbar? Bitte was meinen Sie? Ich wollte Ihnen einen Abschnitt aus einem Lexikon vorlesen; ich finde, wir ähneln dem Inhalt. Wer *wir?* Wir alle, die wir das Haus um 7.40 Uhr betreten und es um 16.55 Uhr verlassen. *Ausgeschlossen*, ich ähnele keiner Passage eines Lexikons, ich will nichts hören. Trotzdem sage ich Ihnen, Sie sind *sukkulent.* Bulbus, kommen Sie, gehen wir, stellen wir uns zu den anderen hinter die Gardinen und warten wir. Auf den neuen Chef? Jawohl, auf den Neuen; er fährt im Hof vor, er muß die Treppe hinauf, die Flure entlang, er geht durch den Glaskäfig, er geht so gut wie nackt. Das ist ein unfriedlicher Gedanke. Es ist mehr als ein Gedanke, es ist Freude, denn es tut gut, einen Mann auf einer Treppe zu sehen, der noch nicht weiß, daß er strauchelt. Ich nehme an, Sie möchten selbst Vorgesetzter sein? Natürlich, Sie nicht? *Doch.*

Der Neue.

Der Neue kommt.

Der neue Chef kommt.

Wann?

Gleich.

Nein, um 10.30 Uhr ist die Amtsübergabe. Um diese Zeit muß er das Haus betreten haben. Lassen wir Bulbus weitererzählen. Er steigt die Treppe hinauf, das Geländer zur linken Hand ist von Schwertfarn überwuchert, er kommt an der Efeutute, der Kranzschlinge, dem Steinbrech und Kastanienwein vorbei; ein Rutenkaktus berührt seine Wange; auf der letzten Stufe verwirrt ihn ein Scheidenblatt, dann lächelt er; ich muß neben der Buntnessel stehen bleiben, denkt er und blickt in die Fernsehkamera. Nimmt das Fernsehen die Übergabe auf? Ja, und zwar jedesmal; der Vorgänger wird beim Treppenhinuntersteigen gefilmt und der Neue beim Hinaufsteigen. In Höhe des Pfeilwurzes schütteln sich beide die Hände. Ach. Meine Herren, jetzt bitte ich um Gehör: Wir wollen den neuen Amtsleiter unvoreingenommen begrüßen und auch dankbar; unvoreingenommen, weil wir ohnehin eines anderen belehrt werden und dankbar, dankbar aus zwei Gründen, die wir schätzen gelernt haben,

das Gemetzel ist zu Ende,
der Friede ist ausgebrochen.

Wieso, bei uns fängt das Gemetzel erst an. Witzbold. Sie werden schnell aufhören zu lachen. Nein, ich höre nicht auf; als der Vierte kam, habe ich mir das Lachen angewöhnt und dabei bleibe ich. Der Neue ist der Sechste. Haha. Sie werden aufhören zu lachen. Kaum, denn meine Karriere stützt sich auf mein Können. Auch Fachleute mußten schon ihre Plätze räumen. Niemand sitzt fest auf dem Stuhl. Fürchten Sie sich? Ja, ich fürchte das Abstellgleis. Reden wir nicht länger davon. Man weiß so wenig über ihn. Genug, um ihm *Aktionen* zuzutrauen. Er soll gefühlsarm, brutal, sanft und sozial sein. Keine Unkeuschheit ist ihm nachzusagen, er konkurriert mit dem Weiß des Schneeglöckchens. *Um Himmels willen.* Außerdem will er zweiundzwanzig Mann mit- und unterbringen. Solche Späße sind jedem Neuen nachgesagt worden, hetzen wir uns doch nicht in einen Trakt ohne Türklinken. Wieviel Mann will er mitbringen? Zweiundzwanzig. Halt, Einspruch. Bitte, Meloc, was wollen Sie sagen? Ich will nichts sagen, ich habe etwas zu melden, und ich melde, daß zweiundzwanzig Mitbringsel keinen Sitzplatz finden werden, es sei denn, wir stocken eine Etage auf. Hurra, laßt uns beginnen. Ich muß weiter melden, daß eine Etage nicht aufgestockt werden kann, weil wir uns in einem Neubau auf Wassereinzugsgebiet befinden, das Fundament säuft bei Mehrbelastung ab. Und wie wäre es mit Gondeln, auf den Gängen, zu den Zimmern?

Du holdes Venezia du
du weiche Wasserruh

Rhips, im Namen aller, sprechen Sie ungebunden. Nicht gern, gebe aber zu, *gebunden ist auch oft geschunden,* doch es handelt sich bei meinem Reim, wie Sie bemerkt haben werden, um eine sogenannte reine Endung. Rhips, Ihr Fachgebiet umfaßt Bedarfszuweisungen, Realsteuern, Beihilfen. Richtig, die Schlußsilben der Worte sind klanglich plump, ich habe schon mehrfach versucht, zum Beispiel durch Verrücken der Hebungen ...

Hat niemand ein Stück Apfelkuchen, gebt ihm ein Stück Apfelkuchen. Ich würde nun gerne einen Abschnitt aus dem Lexikon vorlesen. Auch das noch. Meine Herren, darf ich noch einen Augenblick um Gehör bitten: wenn es stimmt, daß zweiundzwanzig Mann den Amtsleiter begleiten, dann fällt mir die Aufgabe zu, den Leuten Posten zu verschaffen. Machen Sie sich keine Sorgen, Arbeit hat das Haus in Fülle zu vergeben, wir brauchen Packer, Fahrer, Boten, Registratoren. Werter Kollege, bei mitgebrachten Personen handelt es sich, nach meiner Erfahrung, um zukünftige Direktoren. Dann kann ich Ihnen nicht raten, mit Direktoren können wir den Innenhof auslegen. Ich möchte gerne den Abschnitt aus dem Lexikon vorlesen. Bulbus, Sie kosten uns Nerven, aber lesen Sie.

sukkulenten sind pflanzen, die einem heißen, trockenen klima angehören oder an einen zeitweise sehr trockenen standort gebunden sind. *sukkulent* heißt soviel wie: saftig, kräftig, zäh. man versteht aber darunter auch die eigenschaft, *sukkulent* zu sein, und das bedeutet: in sich aufspeichern können, sich zu günstiger zeit mit wasser und nahrung anfüllen, damit haushalten, um in karger zeit, ohne wasser und kost, durchhalten zu können, gewissermaßen sich selbst als zisterne zu benutzen. eine zweite fähigkeit der *sukkulenten* ist das *in sich selber zurückziehen können*, fast einzuschrumpfen, zu vertrocknen, um wieder aufzuleben und sich vollzusaugen, sobald regen einsetzt. Auch das gehört zu dem begriff *sukkulent*.

So. Na ja. Jaja. Sehr witzig. Sind wir so? Geschwätz. Ich weiß nicht. Ich auch nicht. Bulbus will uns verulken. Nein, das wollte ich nicht, aber vielleicht – ich habe vergessen was ich wollte. Ruhe jetzt, der Wagen fährt in den Hof. Er kommt, er steigt aus. Lassen Sie mich auch an die Gardine, Sie nehmen mir die Sicht. Es ist wie ich erzählte.

Er steigt die Treppe hinauf, das Geländer zur linken Hand ist von Schwertfarn überwuchert, er kommt an der Efeutute, der Kranzschlinge vorbei; ein Rutenkaktus berührt seine Wange; auf der letzten Stufe verwirrt ihn ein Scheidenblatt, dann lächelt er, bleibt neben der Buntnessel stehen, er blickt in die Fernsehkamera. Er macht keinen guten Eindruck. Er ist zu bieder. Nein, hemdsärmelig. Er soll gefühlsarm, brutal, sanft und sozial sein. Er wirkt unsympathisch. Ob er etwas kann? Das wird sich herausstellen. Emporgehievter Cliquenritter. Wenn wir können, reiten wir alle. Er wirkt unsympathisch. Ist er in seinem Zimmer angelangt? Soeben. Dann wollen wir ihn begrüßen,

Herr Personalratsvorsitzender, meine Herren Abteilungsleiter, darf ich bitten, mir zu folgen?

Lieber Bulbus, da gehen sie, Personalrat, Abteilungsleiter; sie werden zurückkommen, noch skeptisch, doch bald werden sie von ihm schwärmen, sie haben den neuen Herrn angenommen, an den sie weitergereicht worden sind; aber vor einer Stunde sorgten sie sich noch, wollten sich versetzen lassen, meinten, nicht mehr atmen zu können.

Kakteenfieber.

Was sagten Sie?

Kakteenfieber; ich habe mir überlegt, wie ich Neurasthenie volkstümlich ausdrücken kann und kam auf *Kakteenfieber.* Es handelt sich aber nicht um Pflanzen, sondern um Menschen. Nun ja, hingegen wie lange noch, bedenken Sie die Wesensähnlichkeit. In Ihrer Nähe wird mir nicht wohler. Werden Sie nicht unfriedlich. Ich habe nicht die Absicht. Hören Sie, ich bin gern in diesem Haus; wenn ich auf die Straße blicke, sehe ich Bäume, Autos, Autos, wenige Passanten, ein paar Dirnen, Autos, Autos, und dahinter den Park mit dem Springbrunnen und der kurzschopfigen Diana, auf deren Schenkeln im Winter Schnee und im Sommer Taubenschmutz liegt; gestern sprang sie vom Sockel und lief an den Springbrunnen, um die Füße einzutauchen, sie wollte sie waschen, nehme ich an. Was ist mit Ihnen los, haben Sie ein Medikament nicht vertragen? Ich benötige im Augenblick keine Tabletten – sie tauchte also den Fuß ins Wasser. Bulbus, *wer* tauchte den Fuß ins Wasser? Diana. Von allem abgesehen, haben wir Winter, das Wasser ist gefroren und der Brunnen verschneit. Zugegeben, dennoch versuchte sie, die Füße zu säubern, aber sie blieben wie sie waren, bleigrau; dann schlüpfte sie in einen feuerroten Kittel, tanzte über die Straße, zu uns ins Haus. *In dieses Haus,* in einem feuerroten Kittel? Ja. Unmöglich. Sie lachte nicht ein einziges Mal, es hätte auch nicht zu der Melodie gepaßt, die sie umsummte; der Pförtner öffnete ihr die Tür, grüßte sie; sie tanzte die Treppe hinauf; wir standen hinter den Gardinen und beobachteten sie. *Auch ich?* Auch Sie; sie tanzte von Etage zu Etage, manchmal entschwand sie unseren Blicken. Natürlich, und weiter? Sie schaute in jedes Zimmer, aber bleiben wollte sie nicht bei uns, hörte ich sie einem Glasstachelkaktus sagen, sie wollte nach Hause. Hat sie gesagt, wo sie wohnt? Nicht genau, es kann eine Art Kiesgrube gewesen sein. Bulbus, wir hätten sie halten sollen. Das denke ich auch – jedoch andererseits, sie wußte nicht einmal, daß nur bestimmte Personen einen grünen, roten oder violetten Stift zur Hand nehmen dürfen. Man hätte es ihr erklären können, wir hätten ihr geholfen, niemand soll sich blamieren, das Haus ist für seinen Kameradschaftsgeist bekannt. Warum ereifern Sie sich, das Mädchen existiert nicht, wie Sie wissen. Lassen Sie mich mit Ihrem Unfug in Ruhe.

Kakteenfieber.

Bulbus, fast hätte ich Ihnen geglaubt, es berührte mich merkwürdig, und auch Ihr Lachen. Ich bin eben ein lustiger Mensch. Ohja, das sind wir alle. Still, sie kommen zurück.

Nun, wie war er? Wie wirkte er? Was sagte er? Und wieviel Leute bringt er mit? Sämtliche Fragen auf einmal können wir nicht beantworten. Dann der Reihe nach. Einverstanden. Wie er war – ja wie war er? Was gewannen Sie für einen Eindruck, Herr Kollege? Ich sage nur ein Wort, das ich schon fünfmal sagte: *abwarten.* Er ist der Sechste. Zweifellos verfügt er über angenehme Manieren. Er stand auf, drückte jedem die Hand, bot jedem Orangensaft an. *Orangensaft.* Das hat allerdings noch keiner getan. Wir hätten auch Kaffee oder Tee wählen können. *Auch Kaffee oder Tee.* Man kann ferner sagen, er wirkt dynamisch. Völlig falsch, eher zurückhaltend. Vor allem solide. Möchte ich nicht behaupten, ich finde, er ähnelt einer Zitronenrolle mit einer vermutlich pikanten Füllung. Verehrte Kollegin, wir sind gerne bereit, den Studentenhilfsdienst zu bemühen. Man sollte immer am Rande eines Bedürfnisses stehenbleiben. Das gilt nur bei akuter Fettsucht. Wie viele bringt er mit, das ist das Wichtigste. Von den fabulösen Zweiundzwanzig zunächst die üblichen zwei, die Sekretärin und seinen Referenten. Weiß man etwas über sie, über ihn? Nicht viel. Sie kommt, weil einer anderen der Anfahrtsweg zu weit ist, und er hat bei einer Zeitung volontiert. Nehmt es nicht zu genau, es gibt Schlimmeres. Ein akzeptabler Gesichtspunkt. Es bleibt demnach zu verkünden, daß wir, ermunterten Herzens, mit Akten über die Flure ziehen können. Wir können, Meloc, sofern wir uns nicht selbst im Wege stehen. Darin aber sind wir Meister. Unter anderem – auch, ja. Wer kommt außer den genannten Zweien, ich möchte es genau wissen. Schweigen wir, Ihr Posten ist nicht in Gefahr. Daß wir uns die Komödie bei jedem Wechsel gefallen lassen müssen. Wir müssen nicht, wir können blockieren, lahmlegen. Aber wir tun es nicht. Nein. Darf ich nun meinerseits, im Namen des Personalrats, Ihnen mitteilen, daß unser neuer Amtsleiter, Herr Präsident Basilaris, an unserer *vorweihnachtlichen Feier* teilnehmen und sie mit einer Spende unterstützen wird. So etwas hören wir gern. Er verfügt über sehr angenehme Manieren. Im Ernst, er war sympathisch. Unterstützt er die Feier aus privaten Mitteln oder aus welchen Fonds? Meloc, es reicht. Ich frage nur, weil ich es buchen muß. Jedenfalls ist es entgegenkommend, an der *vorweihnachtlichen Feier* teilzunehmen, sich uns vorzustellen, uns insgesamt zu begrüßen. Hält er eine Rede? Er hat es versprochen. Der Feier bleibt nichts erspart. Pfui, wie gehässig. Glauben Sie uns, *er ist wirklich sehr sympathisch.*

herr präsident,
liebe kolleginnen und kollegen,
wenn wir, wie alljährlich, uns zu unserer *vorweihnachtlichen feier* versammeln, wenn kerzenglanz und tannengrün vom advent künden, dann wissen wir äh, liebe kolleginnen und kollegen, daß das weihnachtsfest ...

Dort kommt die Sekretärin unseres neuen Chefs. Wo? Links, zwischen den Säulen. Einer sollte ihr entgegengehen, sie kennt den Saal nicht. Der Pressesprecher begleitet sie doch. Der kennt gar nichts, der kennt lediglich seinen Dackel und seine Mirabellenbäume. Vielleicht ist es zu dunkel, weil nur Kerzen brennen. Gestatten Sie, mein Name ist Bulbus. Freut mich; ich heiße Undula Cotyl. Wenn Sie erlauben, bringe ich Sie zu Ihrem Platz. Wo sitze ich? Am Tisch des Präsidenten, selbstverständlich. Warum selbstverständlich? Nun, nun – das ist so üblich. Ja dann. Sie sind jetzt zwei Wochen bei uns? Ungefähr. Darf ich Ihnen sagen, daß Sie schon am ersten Tag, ich sah Sie nur flüchtig, einen eigenartigen Eindruck auf mich machten, aber ich wohl nicht auf Sie? Nein. Sie dürfen mich nicht mißverstehen, wir sind nämlich alle sehr lustig, wir lachen gern. Dann werde ich mir, solange ich hier bin, Mühe geben, lustig zu sein und gerne zu lachen.

insonderheit danken wir ihnen, *herr präsident,* für die uns durch ihren besuch erwiesene ehre. wir freuen freuen uns, daß sie heute zu uns gekommen sind, um *äh* ...

War das seine Sekretärin, die Bulbus durch den Saal geführt hat?
Psst.
Der Herr, der ihr gegenüber sitzt, ist der persönliche Referent, Herr Helx. In der karierten Jacke mit dem Bürstenhaarschnitt? Der sieht wie ein auf freien Fuß gesetzter Jungfrauenschänder aus. *Psst.* Die Jacke ist unmöglich. *Kariert,* und auf der Weihnachtsfeier. Sie verkörpern den progressiven Stil. Sie sind salopp. Der Präsident keinesfalls. Nein, der wirkt beruhigend. Die haben den falschen Beruf. Falscher Beruf – fällt im Laufe des Lebens weiter nicht auf. Wir wären in anderen Töpfen ausdrucksvoller gewachsen.

wie jedes jahr, soll unsere *vorweihnachtliche feier* ablenken von den sorgen *äh* und nöten des alltags, von den vielen kleinen und großen schicksalsschlägen, die uns heimgesucht haben ...

Ich frage mich, was sie denkt? Wer, Rhips? Nun sie, Fräulein Cotyl. Was irgendeiner denkt, ist mir ziemlich schnuppe. Wollen Sie meine Kekse, ich vertrage keine Mandeln. Danke, ich habe meine bereits verschenkt, sie sind zu trocken. Wie jedes Jahr. Das stimmt nicht. Darf ich Ihnen wenigstens die Herzen anbieten, ohne Mandeln? Donnerwetter, nein.

Psst.

Mögen Sie vielleicht die Plätzchen für Ihren Hund? Mein Hund frißt Hackfleisch. Der Kaffee ist zu stark, mir klopft das Herz. Seien Sie froh darüber. Nicht zu atmen vergessen, dann passiert nichts. Sie muß etwas denken, sie kann nicht dem Personalratsvorsitzenden seit zehn Minuten *zuhören.* Warum nicht? Weil das keiner tut, noch jemals tat. Lieber Rhips, es besteht natürlich die Möglichkeit, daß die Dame, in gewohnter Tradition der vorderen Tische, scheinbar wachen Auges schläft. Das glaube ich nicht, denn wer raucht, schläft nicht, aber:

Wer weiß, was ihr auf die Linse fällt, was sie behält,

wiederum eine reine Endung, wie Sie bemerkt haben werden. *Psst.* Um mich verständlicher auszudrücken, könnte ich auch sagen, sie fotografiert. Was? Wie? Ohne Fotoapparat? Ohne. *Um Himmels willen.* Meine Herren, bitte sprechen Sie leiser. Im übrigen habe ich immer schon behauptet, dieses Haus ist ein *Irrenhaus.*

Doch erzeugt die Sympathie
Harmonie.

Kann man ihn nicht zum Schweigen bringen? Es handelt sich um eine reine Endung, wir wissen es.

Psst.

infolgedessen läßt sich *äh* in der gemeinschaft alles leichter ertragen. Und wenn wir weiterhin im kollegen nicht nur den kollegen, sondern den menschen sehen, dann hat unsere *vorweihnachtliche feier* ihren sinn erfüllt und sinn der feier ist es, die zwischenmenschlichen beziehungen zu stärken und zu vertiefen. deshalb darf ich zum schluß sagen ...

Halt die Klappe. Friede auf Erden, wird er sagen, weil es jedes Jahr gesagt wird. Was ist heute mit Ihnen los, Bulbus, sind Sie von der Fäule befallen? Er will nörgeln, laßt ihn doch.

Psst.

und wünsche ihnen, liebe kolleginnen und kollegen, festliche tage in ruhe und frieden; frieden, den wir alle benötigen. ich danke ihnen.

Endlich ist er fertig. Er hat gut gesprochen. Ansichtssache. Jetzt wird es lustig. Nein, jetzt spricht der Präsident. Hoffentlich läßt er sich nicht ebenfalls zu Friedensempfehlungen hinreißen. Herr Helx, Sie überraschen mich, mögen Sie nicht in Frieden leben? Nein, Fräulein Cotyl, ständige Ruhe bekommt meinen Nerven nicht.

Ruhe, es wird um Ruhe gebeten.

meine sehr verehrten damen und herren
zum erstenmal nehme ich an der inzwischen zur tradition gewordenen vorweihnachtlichen feier teil den damen und herren des personalrats und allen freiwilligen helfern darf ich für die vorarbeiten danken ich täusche mich sicher nicht wenn ich annehme daß nachdem ich zum *präsidenten* dieses hauses gewählt worden war allerlei befürchtungen laut wurden unter anderem kursierte die frage ob man mit mir auskommen könne es ist gewiß für beide teile nicht einfach ...

Recht hat er. Unbedingt. Er sieht gut aus. Und korrekt gekleidet. Liebe Kollegin, wenn jemand ein Rednerpult betritt und behauptet, daß es für beide Teile nicht einfach sei, dann hat er stets recht, sieht gut aus und ist korrekt gekleidet. Ekel. Widerling. *Ruhe,* man kann kein Wort verstehen. Er spricht zu leise. Monoton. Einfangend. Die Stimme ist schön. Der Mann ist Klasse. Ist etwas über sein Freizeitleben bekannt, hat er eine Geliebte? Womit beschäftigt er sich dann? Er wird doch nicht arbeiten wollen. Davon müssen wir ihm abraten. Hat er ein vernünftiges Hobby? Doch, er bastelt. Was? Zeitzünder. Hahaha.

Ruhe.

eine gedeihliche zusammenarbeit ist nur dann möglich wenn ein gegenseitiges vertrauensverhältnis besteht vertrauen kann jedoch nicht gefordert es muß erworben werden so gesehen hat es am anfang ein neuer chef immer schwerer als seine mitarbeiter die nicht nur materie beherrschen sondern auch viele kniffe und schleichwege kennen die durch den aktendschungel führen das haben sie dem neuen voraus der mit gutem willen ...

Ich sehe ihn noch die Treppe heraufkommen, das Geländer zur linken ist von Schwertfarn überwuchert, er kommt an der Efeutute, der Kranzschlinge, dem Steinbrech und Kastanienwein vorbei; ein Rutenkaktus berührt seine Wange, auf der letzten Stufe verwirrt ihn ein Scheidenblatt, dann lächelt er.

die beiden wochen die ich nun in unserem kreise tätig bin haben mir allerdings nicht das gefühl gegeben als neuer behandelt zu werden das mag ...

Er sollte aufhören, er spricht viel zu weitschweifig. Lassen Sie ihn doch. Es hört kein Mensch mehr hin. Ich ja. Ich auch. Und ich möchte melden, daß ich Hunger habe. Was gibt es zu essen? Kalte Platte, mit russischen Eiern. Fürchterlich. Mayonnaise liegt am Abend zu schwer im Magen. Jedes Jahr Eier. Ich esse prinzipiell keine Butter. *Denkt an die Hungernden der Welt.* Würden Sie mir die Weinkarte herüberreichen? Die Kellner bauen schon das Büfett auf. Dann kann es nicht mehr allzulange dauern. *Denkt an die Hungernden der Welt.* Wer blökt da dauernd, daß wir an die Hungrigen der Welt denken sollen? Das ist Piper Nigrum, auch ein Mitgebrachter. Aha, und welche Abteilung muß mit ihm glücklich werden? Organisation. Spricht er ständig so markig? Vielleicht hat er zuviel Luft im Leib.

Ruhe.

Achtung, Herr Helx, Ihre Tischgarnitur hat Feuer gefangen. Wo? Wo brennt es? Was brennt? Der Tannenzweig neben der Kerze. Schlagen Sie die Flamme aus. Himmelnochmal, ja, platsch, batz. Autsch, Sie haben mir auf die Hand geschlagen. Ich bitte um Entschuldigung, aber sagen Sie mir, ist meine Jacke angesengt? Nicht ein einziges Karo.

Ruhee.

nur wenn der staat arbeitnehmern gehören fortbildungsmöglich gewährlei soz so gera ka ...

Ich verstehe nur Bruchstücke. Kein Wunder bei dem Tellergerassel. Bulbus, einer muß vernünftig sein, bitten Sie die Kellner, die Küchentüren zu schließen oder am besten mit dem Eindekken aufzuhören. Ich melde, aus meiner Erfahrung heraus, daß Bittgänge zwecklos sind. Meloc, Sie spazieren von Tisch zu Tisch und machen uns das Leben schwer. Die Sektbar wird auch geöffnet. Das geht zu weit, hier muß eingegriffen werden. Ist mein Ärmel wirklich nicht verbrannt, sehen Sie doch noch einmal nach. Ich kann nichts entdecken.

li mi u mi di vi gar be fi anz
spa staa u mu u

Bulbus, was sagten die Kellner? Ich sprach nicht mit den Kellnern, sondern mit dem Küchenchef. Und was sagte der? Daß die Kellner sich leise bewegen. Hat er gesagt? Ja. Hihi. Herrlich. Die Wolle ist doch etwas angesengt. Es fällt aber nicht auf. Hoffentlich nicht, ich möchte mir die Jacke im Spiegel ansehen. Setzen Sie sich, Herr Helx, der Ober bringt die Wurstplatten. Mich interessiert meine Jacke, ich möchte zum Spiegel.

Ruhee.

Was war das? Es hat geklirrt. Die erste Platte hat geklirrt. Es mußte so kommen, jetzt liegt die Wurst auf dem Parkett. Hat Helx den Kellner angerannt? Ich weiß es nicht. *Denkt an die Hungernden der Welt.* Herr Oberrr! Bitte, mein Herr? Wird die Wurst wieder auf die Platte gelegt? In unserem Hotel ist das unüblich, im übrigen bin ich für Witze nicht zuständig. Was sagte er? Daß er für Witze nicht zuständig sei. Meine Herren, ich betone noch einmal, dieses Haus ist ein *Irrenhaus.*

miar ste of sa per pr *und für das bevorstehende weihnachtsfest alles gute wünschen.*

Sehr schön. Wir danken und geben die Wünsche zurück. Ist er am Schluß? Offensichtlich, er steckt das Manuskript in die Brusttasche. Er hat angenehm gesprochen. Zu Herzen gehend. Er wirkt sympathisch. Im Ernst, er ist wirklich sehr sympathisch. Es wird gut mit ihm auszukommen sein. Er lächelt bezaubernd. Er hat Charme. Nun, das finde ich etwas übertrieben. Vom Standpunkt einer Frau gesehen ... Gewiß, verehrte Kollegin, aber er bastelt nur. Ich wünsche guten Appetit. Danke, ebenfalls. Prost.

Fräulein Cotyl, verstehen Sie etwas von Pflanzen? Nicht das Geringste, Pflanzen und Kakteen welken in meinen Zimmern, eines Tages kippen sie um, sie sind gestorben. *Nein.* Doch. Ich würde Ihnen gern ein paar Sätze aus einem Lexikon zitieren. Jetzt, während des Essens? Ja. Dann bitte, wenn Sie wollen. Auf Ihr Wohl, Fräulein Cotyl. Zum Wohl. Ich lese leise, weil ich niemand stören will.

sukkulenten sind pflanzen, die einem heißen, trockenen klima angehören oder an einen zeitweise sehr trockenen standort gebunden sind.

sukkulent heißt soviel wie: saftig, kräftig, zäh. Man versteht darunter auch die eigenschaften, *sukkulent* zu sein.

Hören Sie mir zu, Fräulein Cotyl?
Sogar genau.
Auf Ihr Wohl.
Zum Wohl.

also die eigenschaft sukkulent zu sein, und das bedeutet: in sich aufspeichern können, sich zu günstiger zeit mit wasser und nahrung anfüllen, damit haushalten, um in karger zeit, ohne wasser und brot, durchhalten zu können, gewissermaßen sich selbst als zisterne zu benutzen.

Auf Ihr Wohl.
Zum Wohl.

eine zweite fähigkeit der *sukkulenten* ist das *in sich selber zurückziehen können,* fast einzuschrumpfen, zu vertrocknen, um wieder aufzuleben und sich vollzusaugen, sobald regen einsetzt. auch das gehört zu dem begriff *sukkulent.*

Nun, was meinen Sie dazu, haben Sie die Ähnlichkeit bemerkt? Von welcher Ähnlichkeit sprechen Sie? Von unserer, der Ähnlichkeit zwischen Pflanze und Mensch; ich muß Ihnen sagen, ich fürchte mich davor, eines Tages nicht haarscharf unterscheiden zu können. Was zu unterscheiden? Ob ich ein Mensch oder vielleicht ein Malacarpus bin, ich komme mir so weich vor, unbewehrt, durch einen Tritt zu verletzen, die Handvoll Stacheln und eine im Laufe der Jahre erworbene gewisse Schutzverfilzung betrachte ich als unzulänglich; ich leide bei wechselnden Temperaturunterschieden, verstehen Sie? Ich verstehe Sie gut. Können Sie jetzt noch von der Mehrzahl unserer Kollegen behaupten, pflanzenunähnlich zu sein, können Sie es von sich behaupten? Bis zu diesem Augenblick war ich meiner Sache sicher, aber ich werde künftig daran zweifeln. Das ist gut, vergessen Sie es nicht, denn Sie müssen wissen, Pflanzen wachsen meistens ungeschützt, und sie haben *Leitnerven.* Sie sind ein sonderbarer und deprimierender Tischnachbar. Es ist 19.00 Uhr, Fräulein Cotyl, die Stunde des Fiebers, der verstärkten Schmerzen, der Depressionen und des Suicids. Sagten Sie nicht, daß der Charakter dieses Hauses lachend sei? Ohja, wir sind alle sehr lustig, seien Sie es bitte auch. Solange ich hier bin, werde ich mir Mühe geben, lustig zu sein und gern zu lachen. Auf Ihr

Wohl, Fräulein Cotyl. Danke, aber sagen Sie – Ihre Augen? Keine Sorge, ich weine nie.

liebe kolleginnen und kollegen,
ich darf noch einmal das pult betreten, um *herrn präsident* Basilaris für seine aufmunternden worte und für die *äh* finanzielle unterstützung unseres festlichen zusammenseins zu danken. vielen dank, herr präsident. ich nehme an, wir haben nun alle das abendessen eingenommen, so daß wir zum beschwingteren teil unserer *vorweihnachtlichen* feier übergehen können, *äh* zu tanz, wein und sektbar. für den turbulenten rhythmus garantiert auch dieses jahr die kapelle reischmann. Sie spielt uns als überleitung und zur einstimmung den

›Abendsegen‹ von Humperdinck.

Der Schnee fällt, wie üblich, auf die Erde. Wie üblich, fällt der Schnee auf die Erde. Mir ist trostlos zumute. Ich habe Fieber. Die Grippe. Mir ist elend. Aber Autos parken bei Schnee nur wenige. Es ist auch stiller. Viel stiller. Erwürgt. Mir ist elend. Diana hat beschneite Brüste und Schenkel. Gegenwärtig nimmt das Bruttoinlandsprodukt bei einem Preisanstieg von etwa 9% um wenig mehr als 1% zu. Trotz des Schnees riecht der Guano-Dung von den Wiesen herüber. Schließen Sie doch das Fenster. Warum? Ja warum. Der Springbrunnen ist vereist; dennoch versuchte sie, die Füße zu säubern, aber sie blieben wie sie waren, bleigrau. Steuerprogression und höhere Sparneigung lassen von dem Anstieg der Masseneinkommen wenig Steigerung der privaten Verbrauchernachfrage übrig. Ich friere. Ich auch. Ist die Heizung eigentlich in Ordnung? In meinem Zimmer sind die Rohre kalt. In meinem ebenfalls. Es müßte etwas unternommen werden. Ja, natürlich. Wir holen uns alle die Grippe. Aber Autos parken bei Schnee nur wenige. Es ist auch stiller. Die Handelsbilanz wird vermutlich in diesem Jahr ausgeglichen sein. Einer sollte Meloc anrufen, damit er den Hausmeister auf die Heizung hetzt. Ja, doch. Rufen Sie an? Lieber Sie. Ich beschwere mich nicht gern. Wir holen uns alle die Grippe. Der Springbrunnen ist vereist. Nicht einmal die straßeneigenen Dirnen lassen sich sehen. Frost ist für Liebe ungünstig. Bei leichtem Schneefall und Tauwetter, bei Matsch, der spritzt und unter den Sohlen wegrutscht, floriert das Geschäft. Man will die feuchten Socken von den Füßen und Wärme. Keinen Kognak. In der Prioritätenliste steht an erster Stelle eine breit angelegte Steuerreform. Haben Sie Meloc angerufen? Er wußte es schon; es liegt an der Hauptverteilerleitung, sagt er. Und? Der Schaden muß doch behoben werden können. Er weiß nicht, wohin die Rohre abzweigen und sucht die Grundrißzeichnung. *Die Grundrißzeichnung?* Herr Helx meint, sie könnte ins Fundament eingemauert worden sein. Das glaube ich nicht. Die bisher bei der Kapitalgewinnsteuer übliche Unterscheidung von langfristigen und kurzfristigen Gewinnen und ihre unterschiedliche Besteuerung wurde abgeschafft. Funktioniert die Heizung? Lau. Ich friere. Meinen Sie vielleicht, ich zittere vor Hitze. *Alle Frierenden schlafen schlecht.* Außerdem soll eine Zigarette hinter das

Ohr der Büste gesteckt worden sein. Welcher Büste? Dem Steuerzahler im Chefzimmer. Pietätlos. Dümmlich. Es ist nicht zu glauben. Die Putzfrau nahm sie am ersten Morgen fort, am zweiten, am dritten, dann ließ sie die Zigarette stecken. Kinderei. Wer kommt dafür in Frage? Der Personenkreis dürfte wohl eingeschränkt sein. Vielleicht war es Fräulein Cotyl? Unwahrscheinlich. Herr Helx? Auch nicht. Dann muß es der Pressesprecher gewesen sein, der hat einen Dackel und Mirabellenbäume. Was für eine Zigarettensorte war es? Hat jemand einen Kugelschreiber gesehen, schwarz mit roter Kappe? Was für eine Zigarettensorte war es? Zunächst sind die unmittelbaren Auswirkungen des Budgets psychologischer Art. Eine Winston. Ich halte das für ein bißchen nervös. Hat jemand aus Versehen meinen Kugelschreiber eingesteckt, schwarz mit roter Kappe? Lassen Sie mich mit Ihrem Stift in Ruhe, ich habe mehr als genug. Und ich habe mehr Arbeit als Stifte. Meiner war schwarz mit roter Kappe. Man kann hier eben nichts herumliegen lassen. Wer sagte das, soll das eine Anspielung sein? Ich meine nur so. Zumindest einmal ist Geld verschwunden. Legen Sie Ihre Worte von jetzt ab auf die Apothekerwaage. *Make love not war.* Was ist mit der Währung? Ich habe zu melden, daß achtundzwanzig Krankmeldungen vorliegen. Wir holen uns alle die Grippe. Mir ist hundeelend. Mit Verdächtigungen muß man sehr vorsichtig umgehen. Ich möchte meinen Kugelschreiber wiederhaben. Und ich mein Stück Klopapier. Sie, machen Sie sich über mich lustig? *Rache.* Infolge der Halbierung der selektiven Beschäftigungssteuer dürfte sich der Preisauftrieb im Einzelhandel abschwächen. Meare – das ist nicht etwa der Name eines Tales, eines Baches oder eines Ferienhotels; *Meare* ist Unruhe, Atemnot, Treibjagd, Lust und ein Lied, gesungen bis zur letzten Zeile; *Meare* heißt: *Es geschieht uns.* Ist der Präsident besetzt? Seit drei Stunden. Telefoniert er oder hat er Besuch? Besucher. Wie viele? Fünf. Worüber quatschen die so lange? Über dasselbe. Aber selbstverständlich, *Herr Präsident.* Wie Sie meinen. Nach Ihnen, bitte. Stets zu Ihren Diensten. Ich richte mich nach Ihrer Zeit. Ganz wie Sie wünschen. Das Haus ist sehr froh, daß Sie gewählt wurden, mit Verlaub zu sagen. Ich möchte Ihnen nicht vorgreifen. Aber gerne. Ich stehe Ihnen jederzeit zur Verfügung. Acht Unterschriften bitte, jeweils rechts, sieben mit Tinte, eine mit Grünstift. Ich komme sofort. Das Betriebsklima ist seit Ihrer Wahl ausgezeichnet. Ich empfehle mich Ihnen.

Der Schnee fällt, wie üblich, auf die Erde. Wie üblich, fällt der Schnee auf die Erde. Der Schnee verschneit den Innenhof. Auch wir verschneien bald. Er verweht die Vogelkirsche, die Mispel, den Maulbeerbaum, Rhododendron, Roseneibisch. Er verweht die Zierplatten, von denen behauptet wird ... Was wird behauptet? Daß später unsere Kollegen darunter ruhen werden.

Death before birth.

Hören Sie es? Hören Sie? Hören Sie doch. Versuchen Sie, sich zu beruhigen. Nehmen Sie sich etwas zusammen. Wollen Sie eine Tablette? Ein paar Tropfen? Irgendeinen Ruhigsteller? Hören Sie sie? Ich höre sie. Die Autos. Es sind viele. Es sind Schwärme. Jedes Rad fährt über Nerven. Denken Sie nicht daran. Fährt über meine Nerven. Sie benutzen auch das Auto. Aber dann merke ich es nicht. Es sind Schwärme, Kriechtiere, gehorsam folgen sie der Straße, gehorsam scheren sie aus, gehorsam sterben sie. Jede Gesellschaft hat ihren Wahn, diese hat den Blechwahn. Ich kann nicht leben bei dem Lärm. Ich kann nicht arbeiten, mich nicht konzentrieren. Ich fürchte die Bleivergiftung. Aber ein leichter Benzinrausch belebt. *Smog.* Denken Sie nicht daran. Wollen Sie eine Tablette? Irgendeinen Ruhigsteller? Der Tiefdruck ist heute auch beachtlich. Tauwetter. Der Matsch spritzt um die Knöchel. Aber bei Schnee sind nur wenige Autos auf den Straßen. Es ist dann stiller. Denken Sie nicht daran. Einmal werden wir den Lärm bekämpfen wie die Kinderlähmung. Der Lärm *oder wir.* Die Produktion *oder wir.* Konsum *oder wir.* Jeder Jahrmarktsbesucher ließ im vergangenen Jahr 11 DM an Messebuden und Spielanlagen zurück; es wurden 120 Millionen Besucher gezählt. Wußten Sie, daß Dauerlärm zur Erblindung führen kann? Davon habe ich nichts gehört. Doch doch. Vielleicht könnte man ihm ein Nordzimmer geben, die liegen ruhiger. In den Nordzimmern leiden unsere Kollegen an Nierenentzündungen. Denken Sie nicht daran. Mein Philodendron ist gestorben. Das Monstrum mit den gefleckten Blättern? Das. Sie müssen sich Mühe geben, den Lärm nicht zu hören. Wir müssen uns alle Mühe geben, den Lärm nicht zu hören. Schließlich fahren Sie ein Auto, fliegen mit dem Flugzeug, lassen die Flimmerkiste quasseln, Sie lachen laut. Gerne, ja. Wir müssen uns Mühe geben, unbefangener zu sein, wir wollen doch leben. Wir sind nämlich sehr lustig. Durch den sogenannten Pillenknick wurde die Kinderausstattungsindustrie geschädigt; nach dem Rückgang der Geburtenziffer im letzten Jahr um rund 20% spüren die Hersteller den Nachfrageausfall. Mein Philodendron wurde *kaputtgemacht.* Was sagen Sie da? *Ja.* Wie empfindlich ein Ohr ist, die Paukenhöhle, Gehörknöchelchen, Trompete und Hammer. Denken Sie nicht daran. Ich bin fertig, ich will nicht mehr. Der 1. Stock liegt nicht hoch genug; bei einem Sturz aus dem Fenster zögen Sie sich vielleicht nur einen Leberschaden zu. In einem Krankenhaus ist es nicht ruhig, irgendwer schreit oder stöhnt lange. Manchmal atmet einer auch aus. In dem Zimmer ist es ruhig. Sein Philodendron wurde kaputtgemacht. Der mit den gefleckten Blättern? Der. Was heißt, er ist kaputtgemacht worden. Er wird eingegangen sein. Vertrocknet. Nein, ein Behandlungsfehler ist mir nicht unterlaufen, ich besitze die Pflanze acht Jahre. Das ist kein Beweis. Der Stamm war angeschnitten worden, ich sah es heute früh; als ich ihn berührte, brach er um. Wie still es jetzt ist. Wenn Sie keinen Fehler machten, dann ist etwas kaputtgegangen. Einer von uns muß es gewesen sein. Niemals. Niemand. Die Putzfrau betritt als erste die Räume. Sind Sie wahnsinnig geworden? *Death before birth.* Gerade die Putzfrau weiß, was ihm der Stock bedeutete. Etwas ist kaputtgegangen. Nun ja, sein Philodendron. Wir sammeln und schenken ihm ein neues Ungeheuer. Das Breiteste. Das Gefleckteste. Er sagte, er nimmt das Geschenk nicht an. Etwas ging kaputt. Wie sein Philodendron. Wie sein Philodendron.

Mein Mann hat für Frühjahrseinkäufe kein Verständnis. Meiner auch nicht. Männer sind nicht verbrauchsbewußt. Dabei kann man jetzt billig Bedürfnisse stillen. Fast werden die Waren nachgeworfen. Laßt mich durch ein Kaufhaus schlendern, und ich werde von Lager zu Lager aufgeregter. Mir geht es genauso. Ich merke dann erst, was ich alles brauche. *Horten* Sie auch? Ich bin außerordentlich verbrauchsbewußt. Frauen müssen es sein. Was haben Sie gekauft? Zwei Taschen voll, ich konnte sie kaum heben. Ich habe auch viel. Ich nicht weniger. Zeigen Sie doch. Zeigen Sie auch. Und wenn jemand hereinkommt? Es ist Mittagspause. Die Strumpfhose muß ich umtauschen, sie ist viel zu eng; oder wollen Sie mir die Hose abnehmen? Ich müßte sie anprobieren. Aber bitte. Wie nennt man die Farbe? Faszination. Fantastisch, die muß gut aussehen. Warum kaufen Sie eine Hose, die zu klein ist? Es war die letzte; eine Kundin hielt schon die Finger drauf, ich sah es ihr an. Dann hätte ich mich auch beeilt. Ich muß den Rock umtauschen, die Karos gefallen mir nicht. Versuchen Sie es mit Leder, rubinrot. Kann ich Leder tragen? Sie können alles anziehen. Rubinrot wirkt erotisierend. Frauen müssen es sein. Die Strumpfhose würde der kleinen Hoyabella passen. Die liegt im Krankenhaus. Unser Hippiemädchen? Was fehlt ihr? Zwei Meter Darm sollen ihr entfernt worden sein. Das sind die Folgen des Hasch. Zwei Meter? Hat der Mensch soviel Darm? Die Hippies bestimmt. Das halte ich für möglich. Ein armes Hascherl. Sagen Sie, haben Sie ein Warenlager aufgekauft? Neun Paar Höschen, vier Taschentücher, ein Polohemd, eine Bademütze, drei Blusen, ein Paket Seifenpulver Sonderangebot, acht Dosen Ölsardinen Sonderangebot, fünf Bananenstecker Sonderangebot. Würden Sie mit einem Neger schlafen? Bevor Sie in die Stadt gingen, schworen Sie hoch und heilig, nur nach einem Lippenstift zu sehen. Meine Farbe war nicht vorhanden. Ein Polohemd, eine Bademütze, drei Blusen. Zwei Meter Darm. Was sagen die Eltern dazu? Die waren aus der Kirche ausgetreten. Wie kleidet mich der Pullover? Ich predige meinen Kindern immer wieder, daß sie sich ihre Eltern und Großeltern vorsichtig aussuchen müssen. Der Pullover kleidet Sie fantastisch. Wirklich. Süß, einfach süß. Ich habe nur Socken gekauft. Nein, mit einem Neger würde ich nicht schlafen. Sie müssen verbrauchsbewußter werden. Warum nicht? Ein Neger bleibt schwarz, auch nachts, nicht? Beinahe immer, ja. Zum Betriebsausflug werde ich in dieser Bluse auftreten. Ich habe oft Alpträume, und wenn ich dann beim Aufwachen einen Schwarzen neben mir entdecke, und er reißt die Augen auf und glitzert mich an. Goldig steht Ihnen die Bluse, sagen Sie selbst, einfach goldig. Der Stoff schmeichelt. Die Strumpfhose hat einen Webfehler, ich kann sie nicht über die Schenkel ziehen. Einen Webfehler, ich dachte es mir, dann nehme ich sie der Kleinen ins Krankenhaus mit. Hat schon jemand sie besucht? Sie will niemand sehen, sie läßt nur ihre Hippies ans Bett. Ich gehe trotzdem, ich möchte mir keine Vorwürfe machen, falls sie nicht zurückkommt. Besteht die Gefahr? Das kommt alles vom Pasta Asciutta essen. Wollen wir Kaffee trinken, ich habe Appetit. Ich muß erst etwas essen. Jeden Mittag hockte sie mit ihren Freunden in der Gammlerkneipe an der Ecke und alle verschlangen Pasta Asciutta. Essen die Hippies nur Pasta Asciutta? Nur. Haben wir noch genug Sahne zum Kaffee? Und Zucker? Das Zeug ist ihr im Darm kleben geblieben, weil sie so feinknochig ist. Rubinrotes Leder würde ihr nicht stehen, sie hat zu schmächtige Beine. Aber Sie meinen, der Pullover paßt zu mir? Goldig, einfach goldig. Sie gab sich keine Mühe, sympathisch zu wirken. Im Gegenteil. Ich sehe noch ihre Augen, als ich ihr sagte, daß sie uns gleichgültig ist und uns nicht ärgern kann. Wo habe ich meine Socken hingelegt? Die grüne Tüte ist Ihre. Wenn sie nicht essen ging, strickte sie während der Mittagspause Strümpfe, wissen Sie das? Die Kantine ist noch offen, soll ich uns Torte holen? Sie erklärte mir, sie denke sich etwas beim Stricken. Sie war viel zu krank, um zu denken. Sagten Sie, sie *war?* Nein-nein, sie ist. Haben Sie die Bluse eingepackt? Ich hoffe. Vier Taschentücher, ein Polohemd, eine Bademütze, acht Dosen Ölsardinen Sonderangebot, fünf Bananenstecker Sonderangebot. Wir sind schließlich die Vernünftigeren; sobald sie kommt, wollen wir ihr zeigen, daß wir uns über ihre Rückkehr freuen. Kocht das Wasser? Gleich. Unsere Hoyabella. Die Kleine. Ein armes Mädchen. Und so dünn. Sie hatte etwas Selbstmordsüchtiges an sich. Ihr Freund auch. Der Wind pustet sie weg. Beide. Haben Sie Ihre Sachen? Alle.

es regnet immer noch immer noch unser leben dauert nur
einmal sonderbarer gedanke nicht wahr ich fühle mich nie-
dergeschlagen gedrückt das ist selten bei mir es mag am
regen liegen aber an sich habe ich bemerkenswerte nerven
man mag mich belächeln bespötteln gegen mich intrigieren mich
abzuschieben versuchen ich werde nicht mit der wimper zuk-
ken wenn es nur meiner frau leidlich geht ich selbst halte
aus bitte keine milch zum kaffee ich habe gelesen daß die tiere
schon bei der aufzucht chemisch verseucht werden mir ist als
werde ich heute meine schlechte stimmung nicht los aller-
dings bin ich kein opportunist ich lebe anständig wer mich
kennt weiß das ich bete nicht gehe nicht zur kirche schlage
keine kleinen kinder und stehe nicht nackt am fenster schamlo-
sigkeit ist mir zuwider der gestirnte himmel über mir und das
moralische gesetz in mir das sagte spengler ich bin kein
opportunist und niemand macht mich zu einem nein kant
sagte es hunger habe ich nicht aber ich sollte etwas essen
ich habe mir eine scheibe braten mitgebracht meine frau kauft
bei einem metzger der ausschließlich schottisches vieh verwertet
das garantiert nicht mit hormonspritzen gedopt wurde unser
leben dauert nur einmal dazwischen gibt es dinge die man
gern tut unter anderen ein lieblingsauto fahren ein lieblings-
buch lesen ich bevorzuge das buch der wandlungen kennen
sie es schade unverständlicherweise verzichtet das *›i ging‹*
auf rache und lehnt vergeltung ab ich lehne rache und vergel-
tung selbstverständlich auch ab nur meine ich alles hat sein maß
denn *bescheidenheit im benehmen kann übertrieben werden*
wie es sogar das 15. kapitel ausdrückt meinen sie daß man mir
eine gewisse neigung zu schwächlicher gutmütigkeit nachsagen
könnte dann bin ich beruhigt streit ist mir sehr unliebsam
und ich bin zu kompromissen bereit schon aus dem grunde weil
es heißt *ein verfolgen des streites bis zum bitteren ende ist selbst
wenn man recht behält vom übel denn dadurch wird die feind-
schaft verewigt* allerdings bin ich kein opportunist ich habe
mich nie durch ruhm und stellung blenden lassen wer hierfür
anfällig ist muß mit kritik und schwierigkeiten rechnen *wenn
man dagegen trotz seiner verdienste bescheiden bleibt so macht
man sich beliebt und gewinnt die hilfskräfte die nötig sind um
das begonnene werk zu ende zu führen* unser leben dauert

nur einmal   ich möchte lange leben   übrigens esse ich schon seit einigen jahren kein obst mehr weil die pflanzenschutzgifte letzten endes doch in das fruchtfleisch eindringen   ich muß ihnen sagen daß eine meiner schönsten stunden die stunde war in der ich zum präsidenten ernannt wurde   ich möchte dieses haus nicht so bald verlassen im gegenteil ich möchte wiedergewählt werden   andererseits weiß niemand ab wann und wo die würmer nagen   sagen sie bin ich eigentlich im hause beliebt würden meine mitarbeiter in einer krise zu mir halten   das sollte mich nicht interessieren meinen sie   vielleicht vielleicht haben sie sogar recht   nur interessiert es mich eben doch unser leben dauert nur einmal   der satz klebt an mir wie ein wundverband   hören sie zu natürlich besticht mich ruhm natürlich besticht mich macht und aus erfahrung *kenne ich nur zwei sorten menschen solche die es zugeben und solche die es nicht zugeben*   wenn ich nicht wiedergewählt werde   aber warum soll ich nicht wiedergewählt werden   und wenn doch nicht   es bedeutet das berufliche und vielleicht auch gesellschaftliche *out* denn freunde habe ich keine   ich bin noch nicht fünfzig   als pensionär werden mir meine spaziergänge bezahlt   des staates teuerste spaziergänger sind abgeschobene beamte   ist das nicht ermunternd   ich weiß es gibt nur sieben städtische gepflegte spazierwege in der umgebung und die kennt man bald   andererseits bin ich kein opportunist ich vermag mich nicht anzubiedern habe es auch nicht nötig denn meine westen befinden sich in tadellosem zustand   der gestirnte himmel über mir und das moralische gesetz in mir   das ist ein guter satz auf einer grabplatte   in meiner vielen freizeit könnte ich dann zum beispiel malen   wußten sie daß ich eine vorliebe für farbmischungstechniken habe was halten sie von meinem zukunftsplan nein antworten sie lieber nicht   um noch einmal auf das *›i ging‹* zurückzukommen   unverständlicherweise schließt es rache und vergeltung aus   warum sollte ich eigentlich nicht wiedergewählt werden   aus welchem grunde komme ich von diesen kanalröhrengedanken nicht frei   ich habe gegner gewiß   wer hat sie nicht   es ist jedoch bekannt daß ich zweifelsohne über bemerkenswerte nerven verfüge   ich werde abwarten   warten und kraft sammeln ist meine stärke   warten hat mir stets glück gebracht darüberhinaus bin ich treu bis zur selbstgefahr solange man mich treu sein läßt   ich habe den eindruck daß dieser regen den menschen menschlich stimmt sehen sie doch es regnet noch immer   noch immer

LIEBEN SIE PFLANZEN?
DANN KOMMEN SIE ZU UNS
ES ERWARTET SIE EIN IMMERGRÜNER ARBEITSPLATZ
MIT FREUNDLICHEN MENSCHEN

Die Anzeige habe ich gelesen; wahr und wahrhaftig, sie stand in mehreren Zeitungen; im Haus haben die meisten über den Text gelacht; mich hat niemand gefragt, was ich von der Anzeige halte, wer sollte mich auch fragen, ich bin nur der Bote, aber wenn man mich fragen würde, dann müßte ich antworten, daß die Anzeige anheimelnd klingt; es ist nämlich so, *wo Pflanzen blühen arbeiten zuvorkommende Menschen*, ich weiß es seit fünfundzwanzig Jahren, denn seit fünfundzwanzig Jahren laufe ich treppauf und treppab und noch niemand war unzufrieden mit mir; natürlich habe ich mich bemüht, keinen Anlaß zur Unzufriedenheit zu geben, ich werde mich auch hüten, ich bin heilfroh, daß ich bleiben durfte, so viele Jahre, und unkündbar geworden bin, darüber bin ich sehr glücklich, nicht nur glücklich, ich bin dankbar; beim Akten schleppen, beim Kaffee holen, beim Zeitungen suchen, habe ich Zeit zu denken und ich denke über vieles nach, über vieles;

Lieben Sie Pflanzen?
dann kommen Sie

haben Sie gerufen? ich komme sofort, gleich, augenblicklich, ich bitte um eine Minute Geduld, ich kann heute nicht so schnell wie sonst laufen, meine Füße schmerzen seit Tagen einigermaßen, entschuldigen Sie bitte; wenn nur das Treppenlaufen nicht wäre; vielleicht sagen sich manche Damen und Herren, daß ich zu langsam werde, vielleicht sollte ich ihnen erklären, daß mir nur ausnahmsweise die Füße schmerzen, erst seit ein paar Tagen; nein, ich erkläre besser nichts, sie sind zu gefällig, um es zu verstehen, sie könnten auf mich Rücksicht nehmen wollen und sie sind ruhelos beschäftigt;

Menschen mit Pflanzen sind
hilfsbereite Menschen

das ist so wahr, wie es wahr ist, daß ich fünfundzwanzig Jahre Akten trage, vom ersten Stock in den vierten Stock, vom vierten

Stock in den Keller, vom Keller ins Archiv, aber noch nie war jemand unzufrieden mit mir und ich bin sehr glücklich hier zu sein; Undankbarkeit liegt mir nicht; aber manchmal, meistens nachts; aber manchmal wünsche ich, daß ich, wie meine Kollegen befördert werden möge; dann müßte ich nicht mehr Akten tragen, Zeitungen suchen, Kaffee holen; meine Kollegen sind ungefähr so alt wie ich, sie fingen mit mir zur gleichen Zeit an, liefen mit mir und eroberten sich hellgelbe Stühle; für mein Leben gern würde ich auf einem hellgelben Stuhl sitzen; ich wäre sehr sorgfältig beim Zukleben der Briefe, die Anlagen können leicht vergessen werden; oder ich könnte ein Postbuch führen, das Porto prüfen, Aktenordner registrieren; sicher würde ich bald unentbehrlich sein; unentbehrlich bin ich auch beim Laufen und Suchen, deshalb hat man mich wohl nie zu einer Beförderung vorgeschlagen und ich drängele nicht; es kann aber sein, daß man mich vergessen hat, unbeabsichtigt vergessen, eben weil ich so viel laufe; es sei wie es sei, ich freue mich über die Beförderung meiner Kollegen und ich werde mir nicht anmerken lassen, daß fünfundzwanzig Jahre eine arge Laufzeit sind; ich bin müde geworden, nicht nur Füße werden müde; *nein,* ich bin nicht müde, ich schwätze am hellichten Tag verdrehtes Zeug, ich bin sogar sehr glücklich und unentbehrlich an meinem Platz;

lieben Sie Pflanzen?
dann kommen Sie zu uns

der Bulbus, der verschrobene Kauz, kein Mensch nimmt ihn ernst, doch von Pflanzen versteht er viel; er versteht auch viel von uns; gute Pflanzen, sagt er, passen sich ihrer Umwelt an und gute Menschen auch; benötigen Sie den Fahrstuhl? Ja? dann gehe ich zu Fuß, ich wollte nur mit den Paketen, aber nein, ich laufe wirklich gern, es macht mir nichts aus, laufen ist für mich gesund; eine Flasche Florida bringe ich Ihnen auf dem Rückweg mit; Sie belästigen mich nicht, ich käme nie auf den Gedanken;

Menschen mit Pflanzen sind
anpassungsfähige Menschen

der Bulbus, dieser Bulbus, gewiß hat er recht; hat er recht? doch, unbedingt; sich anpassen, das ist befriedigend, nicht länger als Hans Einzelmann auftreten, sondern Rädchen sein im Räderwerk, Freund in der Reihe, dann fühlt man sich wohl, dann fühlt man sich unverletzbar, keine Angst, kein Bellergal;

Menschen mit Pflanzen sind
gesunde Menschen
auch das stimmt, bestimmt; wenn ich mir die Leute im Haus betrachte, kann ich es unumwunden bestätigen; Pflanzen stimmen den Menschen gesund; und heute früh, beim Aufwachen, da habe ich sie gesehen; zuerst traute ich meinen Augen nicht, ich bekam einen Schreck, der Schreck sitzt mir jetzt noch in den Gelenken; sie muß mir gestern oder vorgestern auf das Fensterbrett gestellt worden sein, vielleicht von meiner Wirtin; ich gehe so selten ans Fenster; es war eine Efeuaralie und Efeu ist erschreckend;

Sie brauchen Zigaretten? ich hole sie Ihnen sofort; es soll ein Päckchen beim Pförtner für Sie liegen? jawohl, kommt auch sofort; die Büroklammern darf ich nicht vergessen und den Brieföffner; im Keller ist Öl ausgelaufen;

das weiß ich genau, daß ich sie heute früh beim Aufwachen sah; ich wehrte mich augenblicklich, ich wollte nicht wahrhaben, daß sie auf dem Fensterbrett stand; Pflanzen in der Stube mag ich nicht; ich habe acht Stunden Grünes um mich; ich kniff die Lider zusammen, blinzelte vorsichtig, aber sie stand auf dem Fensterbrett, ich hatte mich nicht getäuscht; draußen goß es in Strömen, und weil das Wasser an den Scheiben herunterlief, sah es aus, als würden sich die Blätter bewegen, das heißt, ich nahm an, es käme vom Wasser; nach ein paar Sekunden stellte ich fest, daß ich mich irrte, die Blätter bewegten sich tatsächlich, das heißt, sie zitterten; mir flatterte das Herz; es wurde schlimmer, als ich spürte, daß meine Arme und Beine zu zittern begannen; das hatte ich noch nicht erlebt; nur wenn ich an einem Tag mehr als üblich zu tragen hatte, haben mir die Arme gezittert, aber ich lag noch im Bett; die Aralie erschien mir auch sehr ausladend, ziemlich ausladend, oder war sie monströs? Ich nahm mich zusammen und streckte versuchsweise die Füße aus dem Bett; ich konnte nicht gut meine Wirtin zuhilfe rufen wegen einer Pflanze, man stelle sich das vor; ich fühlte mich keineswegs gut, stand unsicher auf den Beinen, genau wie jetzt, hoffentlich merkt es niemand; doch es war richtig, daß ich zum Fenster ging und mir die Aralie aus der Nähe besah, völlig richtig war das; zu meiner Beruhigung stellte sich heraus, daß sie weder ausladend noch monströs war, sie zitterte auch nicht, nicht einmal die Blätter an der Spitze zitterten, die Aralie wirkte normal und selbstsicher; ich wurde sehr froh, weil sie bei mir im Zimmer stand, ja, plötzlich mochte ich sie leiden;

lieben Sie Pflanzen?
Dann kommen Sie zu uns
ich weiß nur nicht, ich weiß nur nicht, warum ich sie aus dem Topf riß und die Wurzeln zerquetschte; sie hatte fadendünne Wurzeln, fadendünne, ein Wurzelnetz mit *Leitnerven;* dieser Bulbus, muß er ein solches Wort auf einen loslassen? ich weiß nicht, warum ich es tat; ich nahm sie heimlich mit, unter der Jacke versteckt, und stopfte sie in die Mülltonne; sobald ich heute abend gegessen habe, noch bevor ich das Fernsehen einschalte, werde ich nach ihr sehen und morgen sicherlich auch, das heißt, wenn niemand Abfall nachgeschüttet hat, ich fühle mich dann sympathischer; und überhaupt meine ich, daß meine Fußschmerzen mit der Aralie zusammenhängen, so stark wie heute schmerzten meine Zehen noch nie, ich kann mich jedenfalls nicht daran erinnern; als ich vorhin im Archiv die Schuhe auszog und die Zehen rieb, da fühlten sie sich gequollen an und weich wie die Wurzeln, mit *Leitnerven;* dieser Bulbus; warum zerdrückte ich die Zehen nicht? nein, nein, das ist kein wohlwollender Gedanke, wie komme ich dazu? es tut mir sehr leid, ich habe die Flasche Florida und den Stenoblock vergessen, aber in einer Minute haben Sie Ihre Sachen, gewiß doch, es dauert nicht länger; soll ich noch etwas besorgen?
warum zerdrückte ich die Zehen nicht? dieser Bulbus; warum tat ich es nicht? niemand zwänge mich mehr, Treppen zu laufen, Akten zu schleppen, Zeitungen zu suchen; ich muß aufhören, ich muß etwas anderes denken, an etwas anderes denken, ich bitte mich darum; was sollen die Kollegen von mir halten und alle anderen? sie kennen mich gesprächig, für jeden Scherz zu haben; fünfundzwanzig Jahre war ich sehr zufrieden, sehr zufrieden; ich werde es auch weiter sein, aber ja; und ich werde mir Mühe geben, an etwas anderes zu denken, an etwas Aufheiterndes;
Menschen mit Pflanzen sind
fröhliche Menschen

Natürlich ist die Betriebsgröße kein Indiz für die Qualität der Unternehmensführung. fräulein cotyl ich müßte herrn meloc sprechen können sie mich verbinden? Leider nicht, Herr Meloc befindet sich am Gardasee. Und piper nigrum? Ist ebenfalls nicht im Haus, er hängt in einer nordwand, gestern befand sich eine Karte bei der Post. dann erübrigt es sich wohl nach herrn rhips zu fragen? Ja, weil es Juni ist. und weil es juni ist bin ich wahrscheinlich der einzige der kommentare liest. Sie neigten von jeher zum Exzess.

ich könnte in urlaub fahren irgendwo hinfahren die zeit verfliegt dann vier wochen schneller aber ich bleibe ja doch hier. Früher, als Sie noch nicht Präsident waren, wären Sie gefahren. ja früher. bitten sie doch herrn helx zu mir oder ist er auch? Auch. Und wo? In Zet. Ein wesentlicher Behinderungsgrund ist ferner die Betriebsgröße selbst, und zwar in doppelter Weise. Einmal sind die Amtsinhaber durch das Zusammenkommen vieler, besonders auch ausführender Funktionen in ihrer Person, in der Wahrnehmung der eigentlichen Führungsaufgaben mehr oder weniger stark behindert. fräulein cotyl blicken sie doch einmal aus dem fenster die straße ist eine dirnenstraße und wird täglich unappetitlicher. Weil es Juni ist, im Winter sind die Mädchen wärmer angezogen und die Sitzflächen waren von den Bänken entfernt. die straße ist unappetitlich es müßte sich ändern lassen. Das wird schwerfallen, Ihr Vorgänger soll es versucht haben, weil er vormittags, mit der Aktentasche unter dem Arm, angesprochen wurde; einige Angestellte schauten aus den Fenstern und wandten sich nicht ab; Ihr Vorgänger beschwerte sich bei der Polizei. und hatte er erfolg? was kam dabei heraus? Mehr Damen und mehr Kunden. sie sagen, er wurde vormittags mit der aktentasche unter dem Arm angesprochen? stellen sie sich vor, das würde mir passieren. Vielleicht gingen Sie aus blankem Entsetzen mit. fräulein cotyl ich würde keinen blick zu den fenstern hinaufwerfen keinen ich würde noch freundlicher werden herzlicher.

Zum anderen ist unterhalb der bestimmten Umsatz- und Gewinnschwelle keine Eigenkapitalbildung möglich. Wo zum Beispiel keine Konsequenzen daraus gezogen werden, daß bei laufend steigendem Mengenbedarf und Mengenumsatz und bei ausgelasteter Raumkapazität der Marktanteil nur durch Vergrößerung der Verkaufsflächen gehalten oder vergrößert werden kann, ist die Teilnahme am wirtschaftlichen Wachstum unmöglich. Diesem circulus vitiosus zu entrinnen erfordert besondere Fähigkeiten und Anstrengungen. fräulein cotyl   wann ist die neuwahl   wann muß ich mich stellen? Im Oktober, spät im Oktober. wenn ich wiedergewählt werde bin ich für vier jahre gewählt   nicht nur für ein jahr. Ich weiß, ja. nur ja? mehr nicht? begeisterung ist nicht ihre stärke. Als ich am ersten Tag die Treppe hinaufstieg, hatte ich das Gefühl, an den Pflanzen kleben zu bleiben. tatsächlich? ich nicht   keineswegs aber sehen sie   dort drüben im park   die diana beim springbrunnen ist ein erfreulicher anblick   ich blicke oft zu ihr hinüber wenn ich hier sitze im späten oktober könnte sie verschneit sein   damals war sie es. Dann sprang sie vom Sockel und lief an den Springbrunnen, um die Füße einzutauchen. wer? Die Diana. *Sie sprang vom Sockel?* Bulbus erzählte es, unser Kakteenspezialist; er sagte auch, er habe sie in einem feuerroten Kittel mit einem Glasstachelkaktus reden hören; es soll bemerkenswert gewesen sein, denn sie fand die Korridore und Zimmer scheußlich, berichtete er. *ich würde mich nicht wundern wenn die tür aufspränge und ein arzt einträte   aber die wahl ist erst im oktober ich sollte doch ein paar tage urlaub nehmen   ausspannen   entspannen   wo ist herr helx hin gefahren?* Nach Zet. *Er hat den urlaub nötig   ich mag ihn   er ist mein bester mann   wo ist er hin?* Nach Zet.

Juli

Glauben Sie mir, ich hätte nicht in Urlaub fahren sollen, und wenn es nicht gerade Zet gewesen wäre, dann hätte ich sofort kehrtgemacht, das versichere ich Ihnen; ja, doch, Zet ist mir empfohlen worden; vor Jahren noch ein Nest, abgelegen, ein Außenseiter am See, aber heute, alle Achtung, ausgesprochen erholsam; ja, Zet kann ich empfehlen, es ist luftfrisch, waldhöhig, zellenerneuernd; ob ich ein gutes Quartier hatte? jaja, das Zimmer war in Ordnung, alles drin, wie üblich, war auch nicht billig, billig ist nichts, der Teppich sah ein bißchen abgetreten aus und Spinnen gab es, die kamen aus dem Wasser, sagte man mir, gebissen haben sie mich nicht und sie wurden jeden Morgen vom Zimmermädchen gleich auf der Tapete zerdrückt; aber Garagen hatte das Haus. *Garagen,* eine Pracht, jede einzelne mit Klapptür und Chromgriffen und jeden Tag gefegt und die Griffe poliert, ich fühlte mich wie im Paradies, Sie hätten in den Dingern schlafen können; warum ich mich trotzdem nicht erholt habe? ja, was meinen Sie, ich bekam gleich am zweiten Tag wieder mal eine Zahnfleischvereiterung, diesmal befiel sie den Unterkiefer, nicht nur an einem Zahn, sondern an vieren; wissen Sie, was das bedeutet? so, Sie leiden auch daran, das ist eine Kulturkrankheit, gegen Kulturkrankheiten kann man nichts machen; also zunächst begann es mit der üblichen Schwellung; ich dachte mir, nimm keine Notiz davon, sonst wird es nur schlimmer, doch beim Frühstück, beim ersten Bissen, drückten sich die Zähne etwas tiefer, wachsweich, sage ich Ihnen, ins Zahnbett, und dann kam der Schmerz von den Wurzelhäuten; die Lust am Frühstück war mir vergangen, ich trank nur meinen Kaffee, rauchte ein paar Zigaretten und fuhr zum Strand; nein, zum Zahnarzt wollte ich nicht, noch nicht, denn *die* Behandlung kenne ich und ohne Betäubung und ohne daß der Mann mich kennt, mir bricht doch gleich der Schweiß aus; am See ließen die Schmerzen nach, wahrscheinlich von der Luft, vom Sauerstoff, wir ersticken ja alle im Öl und Blei, aber die Luft dort und Bäume bis zum Strand hinunter; nein, Sand war nicht vorhanden, alles Wiesen, gottseidank, sonst hätte ich das Auto stehen lassen müssen und so konnte ich fast bis ans Wasser fahren; ja, das hat Zet gut gemacht, Zet kann sich sehen lassen, zwischen den Bäumen lauter Parkflächen, hervorragend asphaltiert und anschließend Wiesenstreifen, ich konnte mich direkt vors Auto legen, tolle Klasse, *Admiral* wirkt immer; nein, ins Wasser ging ich nicht, es roch sehr stark, da war eine Schilfecke mit Sand und bei den vielen Menschen, Hunde wurden ebenfalls hingeführt; mit dem Baden war es deshalb nichts, habe ich auch nicht vermißt, ich stellte das Radio an und ließ es mir wohl sein, ohne Radio wäre es zu laut gewesen, alles kann Zet schließlich nicht liefern; aber prächtig ging es zu, ein Mordsspaß, einer hatte dem Jungen des Nachbarn eine Ohrfeige verpaßt, der andere eine Dose Gulasch umgestoßen, zwei Frauen beschimpften sich, ein kleines Ding würgte die einzige Ente am See, ich schüttelte mich vor Lachen, ein Mordsspaß, ach war das ein Spaß; Sie können sagen was Sie wollen, in der unverbauten Natur lebt der Mensch kameradschaftlicher, keiner spielt den Beleidigten, ja, es ist etwas dran, Frischluft macht fantasiereich; weshalb ich dennoch zurückkommen wollte? nun, eben wegen der Zähne; die Schwellung verzog sich nicht, sie wurde schlimmer, es pochte an den Wurzeln, an Essen war nicht zu denken; alle paar Minuten beguckte ich mir den Gaumen, und es tat schon weh, wenn ich die Lippe wegzog, den Gaumen selbst durfte ich gar nicht berühren, denn dann trat Eiter heraus und brannte auf dem kaputten Fleisch; ich gurgelte mit Alkohol, das soll man ja tun, es nützte herzlich wenig; nein, zum Zahnarzt ging ich nicht, das hatte ich mir ausgeredet; ich sagte Ihnen doch, erstens kennt er mich nicht und weiß nicht, daß ich klatschnaß im Stuhl sitze, und zweitens hat er nur drei Möglichkeiten: Abwarten, Ziehen oder Penicillin; Penicillin vertrage ich nicht, ich bekomme einen Schwellkopf, Hautausschlag und mit Sicherheit Darmgrimmen; und Ziehen? bloß das nicht, bei der Entzündung wirkt keine Spritze; blieb folglich nur Abwarten übrig und so wusch ich mein Auto, bewegen sollen wir uns doch, und Autowaschen ist in Wirklichkeit viel mehr als Autowaschen; Sie kennen das, wenn so ein Wagen in der Sonne steht, warm und blank, Sie haben ihn gewaschen vom Dach bis zum Radbolzen, und nun polieren Sie die Türen, die Kotflügel, die fest und auch weich unter der Hand liegen, Sie streichen über die Scheinwerfer, spüren die Rundung und die Rillen; also ich sage Ihnen, aber Sie kennen es ja, vitalträchtig fühlt man sich, *vitalträchtig*, man gerät beinahe ins Dichten, und dann hält einen nichts zurück, nichts mehr, jedenfalls mir geht es so, ich muß in den Wagen hinein und fahren, fahren, schneller, härter, ich komme mir vor, als hielte ich das Leben zwischen den Fingern, als dürfe ich, als sollte ich, als sollte ich: hinein in zwei Kinder am Straßenrand oder in die alte Oma, es knirscht, quietscht – das wäre herrlich; nicht doch, nicht doch, nur keine Aufregung; ich tue es ja nicht, kein vernünftiger Mensch fährt andere mir nichts dir nichts über den Haufen, dabei verliert man den Führerschein; aber was ich sagen wollte, was ich sagen wollte, und damit wollte ich eigentlich beginnen – das Schlimmste kam erst noch; die Zahnschmerzen waren schon fürchterlich, obwohl Zet viel Unterhaltung bietet, ich wurde nämlich ein paar Mal *vertraulich* angerufen, *vertraulich,* mein Gewährsmann sagte mir, ich sei auf meinem Posten in keiner Weise sicher, sollte abgelöst werden oder versetzt; haben Sie etwas darüber gehört? nein? bestimmt nicht? das erleichtert mich, erleichtert mich sehr, jetzt fühle ich mich wohl, endlich doch alles in allem, glauben Sie mir, ich hätte nicht in Urlaub fahren sollen, und wenn es nicht gerade Zet gewesen wäre, dann hätte ich sofort kehrtgemacht.

Und sah zur Rechten wie zur Linken
die Ängste winken

Ich habe Sie nicht verstanden, was flüsterten Sie? *Und sah zur Rechten wie zur Linken.* Ich verstehe noch immer nicht. Rhips ist unverständlich geworden. Sicher handelt es sich um eine reine Endung. Oder weiß er etwas? Sehr unwahrscheinlich. Wissen Sie denn etwas? Ich? Bewahre, nein. Doch wir haben gehört. Gerüchteweise hörten wir. Wir hörten. Was? Nichts. Ich sage nichts. Reden führt zu weiteren Unverständlichkeiten. Ich werde mich hüten. Doch wir haben gehört. Gerüchteweise haben wir gehört. Daß er nicht wiedergewählt wird. *Pssst.* Man sagt, er war nicht der Richtige. Man sagt, er war es von Anfang an nicht. Eine Schalteinrichtung. Eine Übergangslösung. Man mußte ihn nehmen. Und wird sich Mühe geben, ihn loszuwerden. Im Guten natürlich. Oder auch ungut. Zunächst sehr vorsichtig. Mit viel Vorsicht. Mit Freundlichkeit. Mit Zuspruch. Mit Überzeugungskraft. Mit Einrede. Und Milde. *Pssst.* Man kann ihm schließlich nicht ein Messer in den Rücken rennen. Nein? Warum nicht? *Hingegen Rufmord? Pssst.* Er war nicht der Richtige. Er war von Anfang an nicht der Richtige. Soweit ich mich erinnere, waren wir doch mit ihm einverstanden und fanden ihn sympathisch. Wer fand ihn sympathisch? Sie. Und Sie auch. Sie ebenfalls. Durchschnittlich fünf Monate bleiben neue Chefs beliebt, dann senkt sich die Kurve. Weil der Zahn der Zeit nagt. Oder weil die Nager nagen. Ich höre sie noch, Sie sagten, der Mann ist Klasse. Wenn man bedenkt, daß Sie behaupteten, er würde sich für *jeden* einsetzen. Hat er doch. Nein, für mich hat er nichts getan. Für mich auch nicht. Und ich, ich laufe noch immer treppauf und treppab. Er verspricht zu viel. Ja, verspricht. Eben, verspricht. Das ist nicht wahr. Nun gut, vielleicht ist es nicht wahr. *Aber wir sehen ihn so.* Von mir aus kann er abgelöst werden. Jawohl, *Reserve steht Gewehr im Anschlag.* Piper Nigrum wirkt zerfahren. Er hat keine Haut mehr. Folglich muß er frieren. Er war auch ein Protegé, das vergessen wir nicht. Wir sind nämlich alle sehr lustig. Und wir haben gehört. Nur gerüchteweise haben wir gehört, daß ein Neuer kommt. Der Jetzige soll abgeschoben werden. Fort. Einfach ist das nicht, er hat Freunde gewonnen. *Hingegen Ruf-*

mord. Pssst, Herr Helx kommt. Er ist dünn geworden. Grau. Ein wenig zerknittert. Seine Zeit ist dann auch vorbei. Wir werden ihn nicht halten. Er forderte die Krankenliste an, um festzustellen, wie viele Kollegen wegen Grippe im Bett bleiben. Er ließ verlauten, er wolle Furcht verbreiten. Das vergessen wir nicht. Auch der kann getrost abgelöst werden. Und die Cotyl? Jederzeit. Jedoch wir haben es nur gehört. Nur gehört.

Kakteenfieber.

Achten Sie nicht darauf, Bulbus redet Fachdeutsch, oder rezitiert, oder denkt laut. Laut denken? Mit so einem bitterbösen Gesicht. Herr Kollege, Denken *ist* eine bitterböse Betätigung. Seid doch friedlich. *Liebt euch, unterm Sternenzelt.* Du lieber Himmel. Was versteht er unter Kakteenfieber? Fragen Sie ihn selbst. Hallo, Bulbus, was ist das?

DAS IST IHRE KRANKHEIT
UND ES IST MEINE KRANKHEIT
ES IST UNSERE KRANKHEIT
LEBENSLÄNGLICH.

Da haben Sie es. Noch einmal lasse ich mich nicht mit ihm ein. Er hält jeden zum Narren. Machen Sie sich einen Spaß, fragen Sie ihn, wer die Caramäer waren, dabei blamiert er sich. Und wer waren sie? Zweigeschlechtliche, die in die Erde zeugten; bei feierlichen Anlässen tranken sie Smash, es war ihr Lieblingsgetränk; einen Teil ihrer Kinder, die ihnen aus den Wiesen wuchsen, alle Stabilen und Freundlichen, seilten sie in Gruben hinab, behüteten sie wie Augäpfel, fütterten sie einmal täglich und führten sie geschlossen zur Arbeit; sie lebten froh, ist zu vermuten, wenn es sie gegeben hätte. Und das soll ich fragen? Weshalb nicht, tuen Sie es doch, er fällt uns sowieso auf die Nerven. Eine Blamage bekommt ihm gut. Der Betrieb ist für seinen Kameradschaftsgeist bekannt. Hallo, Bulbus, kennen Sie die Caramäer? Wie bitte? Ob Ihnen die Caramäer ein Begriff sind? Aber ja, das will ich meinen, natürlich kenne ich die Caramäer

Sie waren hautlos
und das ist Ihre Krankheit
es ist auch meine Krankheit
es ist unsere Krankheit
Lebenslänglich.

Wie in einem Totenhaus; ich sage, ich fühle mich wie in einem Totenhaus. Was sind das für Gedanken. Warum nur? Ausgerechnet Totenhaus. Sehen Sie Ihren Arbeitsplatz doch gemütlicher. Unsere Stimmung hängt sicherlich mit den Blättern zusammen; sie fallen, wie auch Schnee, wie üblich auf die Erde, verfangen sich eine Weile im Rinnstein, haften an den Schuhen, dann verliert man sie. Ich sage, ich fühle mich wie in einem Totenhaus. Wir haben zuviel italienische Straßenkehrer, meine ich. Das ist richtig, sonst blieben die Blätter nicht kleben. Ja, so etwas. Wie in einem ... schon gut. *Noch ist Basilaris nicht verloren.* Ist das Piper Nigrum? Natürlich, er murmelt eine Beschwörungsformel, es mag sein, daß er an sie glaubt. Er und Helx versuchen den Präsidenten zu retten. Jetzt noch? Wenn er doch ruhig sein könnte. Piper Nigrum kann nicht ruhig sein. Ja, so etwas. Übrigens munkeln es viele. Hören Sie es? Noch ist Basilaris nicht verloren. Bitte die Fenster schließen, bitte die Fenster schließen. Was ist nun wieder passiert? Ist Meloc auch verrückt geworden? Was heißt hier auch? In diesem Betrieb ist alles möglich. Bitte die Fenster schließen, bitte die Fenster schließen, der alte Bahnhof brennt, der Bahnhof brennt. Wie? Das kann nicht wahr sein. Aber nein. Aber ja. Der alte Bahnhof brennt. Bitte die Fenster schließen. Das muß ich sehen, machen Sie das Fenster auf. Sind Sie toll, der Rauch zieht herüber. Wir holen uns alle die Grippe. Tatsächlich, hinter der Diana, Donnerwetter, schwarze Schwaden. Bulbus, wenn Sie jetzt sagen, daß sie vom Sockel springt, um über die Straße zu uns ins Haus zu tanzen, dann bringe ich Sie um. Ich sage es nicht, denn sie schlüpfte zuvor in einen feuerroten Kittel. *Feuer. Die Feuerwehr.* Der Dachstuhl steht in Flammen. Das ist Rebellion – Lassen Sie doch mit sich reden, schließen Sie das Fenster, wir holen uns alle eine Rauchvergiftung. Nein, die Grippe. Noch ist Basilaris nicht verloren. Vollidiot. Haben Sie die Telefonnummern? Welche Nummern, Herr Helx? Von den Aufsichtsratsmitgliedern. Wollen Sie die bestechen? Man nennt es *kunkeln.* Ich werde versuchen, die Mehrheit zu überzeugen, Basilaris die Treue zu halten. Die was? Die Treue. Ich kann mir nicht helfen, das Wort klingt appetitzüngelnd. Wieviel Stimmen braucht er? Sieben von zwölf, als miserabelstes Ergebnis. Ich mache mit.

Bedenken Sie doch, seine Wahl dient uns allen. Jedenfalls Ihnen. Und wie ist es mit Ihnen? Ja, so etwas. Ich mache mit. Noch kann er gewinnen. Noch haben wir Zeit. *Wir siegen oder sterben süß und frei.* Bravo. Das nennt man *kunkeln. Und kunkeln macht Spaß.* Basilaris war in Ordnung. Basilaris war von Anfang an in Ordnung. Er ist der Beste. Er war von Anfang an der Beste. Ich habe es stets gesagt. Der Mann ist Klasse. Er tritt für seine Leute ein. Er tritt für jeden ein. Wir können keinen Redlicheren bekommen. Der Dachstuhl stürzt ein. Das ist Rebellion. Schließen Sie das Fenster, wir ersticken alle. Ich habe die Grippe. Sie husten ja nicht einmal. Ob sich in dem brüchigen Kasten noch Leute befinden? Möchte ich bezweifeln, er stand schon lange leer. Keine Menschenseele haust in dem Bau. Allenfalls Mäuse und ein paar Gammler. Aufregend ist der Brand nicht. Er ist zu schnell eingedämmt worden. Stellen Sie sich vor, bei uns wäre Feuer ausgebrochen. Meloc würde die Akten aus den Flammen tragen. Ans Herz gedrückt, wie Wikkelkinder. Auf die Idee könnte er verfallen. Kinder werden nur selten im Feuer zurückgelassen. Wie war die erste Telefonnummer? Wollen Sie es wirklich versuchen? Ich gebe nicht leicht auf, ich kann es mir nicht leisten. 487721. Danke. Warum kommen Sie heute in Schwarz, man erschreckt ja. Sie war zur Beerdigung. Ist schon wieder jemand gestorben? Wissen Sie es nicht? Nein. Keine Ahnung. Mir ist auch nichts bekannt. Man erfährt wenig, wenn man nicht dem Personalrat angehört. Die Kleine ist gestorben. Ist das wahr? Was Sie nicht sagen. Ach. Unsere Hoyabella? Die Hoyabella. Hallo, hallo; wie gut, daß Sie selbst am Apparat sind; hören Sie zu, Sie wissen doch, ich bin Ihr Freund, selbstverständlich, immer; aber jetzt geht es mir um Folgendes. Sie waren also auf der Beerdigung, erzählen Sie doch, war es schön? Wunderschön; wissen Sie, man kann sagen, es war bewegend; die Kleine wurde in einem weißen Sarg beerdigt, wie Kinder, mit weißen und rosa Nelken. Nelken wirken immer zustimmend. Ja, so etwas. In einem weißen Sarg. Mit weißen und rosa Nelken. Waren es viele Nelken? Wieviel schätzen Sie? Sehr viele; ich stand ungünstig, doch fünfunddreißig konnte ich zählen. Der Personalrat wird hoffentlich an einen Kranz gedacht haben. Aber ja, es wurde gesammelt; jeder, der mit der Kleinen zu tun hatte, spendierte eine Mark. Das geht in Ordnung, wir lassen uns nicht lumpen. Ich habe den Kranz im Namen der gesamten Belegschaft niedergelegt. Konnte unser Kranz mit anderen Kränzen konkurrieren? Unbedingt, er sah sehr gut aus, hervorragend gut. In einem weißen Sarg, wie Kinder. Sie war ja auch ein Kind. Die Hoyabella. Unsere Hoyabella.

Die nächste Nummer bitte, welche ist jetzt an der Reihe? 498822. Hallo, hören Sie, hallo; wie gut, daß Sie selbst am Apparat sind, Sie wissen doch, ich bin Ihr Freund, selbstverständlich, immer; aber jetzt geht es um Folgendes. Woran starb sie eigentlich? Ja, weshalb starb sie? Nun ja, sie war doch operiert worden, am Darm. Das wissen wir; weil sie so viel Pasta Asciutta aß. Hören Sie auf. Aber sie durfte schon aufstehen und umherlaufen, meist stand sie am Fenster und besah die mitgebrachten Blumen, erzählten ihre Freunde. Die Hippies erzählten es. Essen die Hippies viel Pasta Asciutta? Die? Nur. Sie ließ keinen anderen ans Bett, von uns durfte sie niemand besuchen, das haben wir nicht vergessen. Ihre Freunde waren eben ihr Geschmack. Ja, so etwas. Und dann? Was passierte dann? Sie mußte noch einmal operiert werden. Das hat sie ebenfalls keinem von uns gesagt. Wir dachten, sie wird gepäppelt und kugelrund. Es handelte sich lediglich um eine kleine Sache, etwas am Mageneingang, und auch diese Operation überstand sie gut; sie soll froh gewesen sein und fast gelacht haben, erfuhr ich von ihrem Arzt. Fast gelacht haben, soll sie. Da kann ich nur staunen, bei uns lachte sie nie. Ja, so etwas. Und weil sie so froh war, ließ sie sich ein paar Tage später von ihren Freunden heimlich Pasta Asciutta holen, aus dieser Bude, dem Schnellimbiß, wo sie ständig herumhockten; keiner überlegte, daß sie nur schwarzen Tee trinken und Püree schlucken durfte, und daran lag es dann. Das ist nicht zu fassen. Unglaublich. Ja, so etwas. Es war eine Unverschämtheit von ihr. Eine bodenlose Unverschämtheit. Frechheit. Unverblümtheit. Statt gesund zu werden, wie jeder Vernünftige. Ihre Freunde müßte man einsperren. Mindestens. Aber sie gehört auch bestraft. Und ob. Die Hoyabella. Darf ich um die nächste Nummer bitten, die Sache läuft zufriedenstellend. 509923. Hallo, ja, ich bin es; wie gut, daß sie selbst am Apparat sind, Sie wissen doch, ich bin Ihr Freund, selbstverständlich, immer; aber es geht gezielt um Folgendes. Pasta Asciutta essen, auf Wiesen lümmeln und bei uns nicht einmal lachen, das hat ihr das Leben gekostet. Obwohl es im Krankenhaus sauber ist. Hat sie nicht gesagt, zum Schluß wenigstens, daß sie ihren Lebenswandel bereut? Nein, davon hat sie kein Sterbenswort erwähnt, sie soll sich nur bei dem Operateur entschuldigt haben; sie vertraute ihm, und vertraute darauf, daß sie noch ein drittes Mal durchkäme; sie wollte im nächsten Sommer Schmetterlinge fangen. Es erübrigt sich jedes Wort. Der Meinung bin ich auch. Sie hatte von vornherein etwas Selbstmordsüchtiges an sich. Durchaus. Richtig. Nicht nur sie, ihr Freund wirkte noch blasser. Wie geht es dem? Das weiß ich nicht. Der Wind pustete sie weg. Die Hoyabella. Der Wind pustet beide weg. Ich bitte um die nächste Nummer. Wählen Sie 511024. Dann bleibt wohl nichts anderes übrig, als die Personalakte abzulegen? Das können Sie tun, wir benötigen sie nicht mehr. Vergessen Sie nicht, den Stempel *erledigt* auf die erste Seite zu drücken, rechts oben, in die Ecke. Ich sehe sie noch den Pullover stricken; wenn sie lachte, lachte sie verschämt, zweimal überraschte ich sie dabei. Haben Sie das gehört, Bulbus macht in Poesie. Mir fällt auf, daß wir ihn kaum kennen. Ist doch völlig gleichgültig. Absolut. Bulbus wird Hoyabella nicht sterben lassen, er pflanzt ein Immergrün, zieht es, betreut es, und glaubt an Seelenwanderung. Ja, so etwas. Das hat er davon, den Leuten Namen anzuhängen und es nicht einmal als Scherz aufzufassen. Der alte Knabe. Schwärmer. Im Vertrauen, wir werden es erleben, ein Irrer. Still. Ja, ich nannte sie Hoyabella, eine Wachsblume; sie muß freundlich stehen, keinesfalls sonnig, jedoch warm, besonders gedeiht sie als Ampelpflanze am Fenster, vor Wind geschützt. Wir können nicht mitreden, Sie müssen es wissen. Aber gerade der Wind pustete die Hoyabella um. Wie meinen Sie das, was wollen Sie damit sagen; sehen Sie, dann muß ich antworten: *Der Wind pustet uns alle um.*

Hallo, hallo, ist dort 522025; wie gut, daß Sie selbst am Apparat sind; hören Sie zu, Sie wissen doch, ich bin ihr Freund, selbstverständlich, immer; aber jetzt ...

Oktober

Das war es also. Ja, das war es. Vorbei. Gelaufen. Es will mir nicht in den Kopf. Es ist nicht zu fassen. Ich kann es noch nicht glauben. Wohl oder übel müssen wir es glauben. Vorbei. Endgültig. Scherben, mehr als die Müllabfuhr an einem Tag beseitigen kann. Vorbei. *Die Verletzten sind gesichtet, die auf der Strecke gebliebenen gezählt, Reserve steht bereit.* Ich begreife nicht, daß man noch Scherze reißt. Lassen Sie ihn, es ist Galgenhumor. Er ist so gut wie am Ende seiner Karriere. Und ein paar andere sind so gut wie aus dem Haus. Helx zum Beispiel. Er sagte, er würde sich einen Jägerhut kaufen und in einsamen Straßen alleinstehende Frauen um die Handtasche bringen. Vielleicht macht er *das* wirklich zufriedenstellend. Ich kann nicht umhin, ich freue mich, daß es ihn erwischt hat. Ihrer Freude schließe ich mich an. Nicht doch. Aber ja. Er war nicht beliebt. Er forderte die Krankenliste an, um festzustellen, wie viele Kollegen wegen Grippe im Bett bleiben. Er ließ verlauten, er wolle Furcht verbreiten. Das vergaßen wir nicht. Und die Cotyl? Verschwindet bald. Die Ziege. Dumme Gans. Packt sie bereits ihre Sachen? Sie verabschiedet sich vom Präsidenten.

Wissen Sie noch, Sie sagten, Sie würden sich darum kümmern, daß es mir gefällt.

und hat es ihnen gefallen?

Ja.

es war leider sehr kurz.

Zugegeben; aber ein Jahr ohne Ärger ist viel.

also dann.

Alles Gute.

grundsätzlich schließt das *›i ging‹* rache und vergeltung aus.

Alles Gute.

Packt Helx auch schon seine Siebensachen? Er ist damit fertig. Der Präsident, Verzeihung, der Expräsident, läßt gerade seinen Sessel abtransportieren. Den Schwarzen auf Rollen? Den. Der Sessel gehört zu seinem Privatbesitz. Trotzdem hätte er ihn bei uns lassen können. *Pssst,* er kommt aus dem Zimmer. Verläßt er jetzt das Haus? Wahrscheinlich, was soll er noch hier. Zimmer-

und Hausflucht nützen ihm wenig, er muß noch einmal wiederkommen, zur Amtsübergabe. Mit einem Funken Takt könnte man ihm das ersparen. Weshalb? Nur nicht sentimental werden. Zusehen verschafft Stimmung. Ich kann es noch nicht glauben. Wohl oder übel müssen Sie es glauben. Ich will es nicht wahrhaben. Vorbei. Das war es also. Ja, das war es. Ein schönes Jahr. Mein schönstes. Wandert der Präsident schon die Treppe hinab? In dieser Minute. Das möchte ich mir ansehen. Er muß an dem Scheidenblatt, dem Rutenkaktus, dem Steinbrech und Kastanienwein vorbei; bei der Buntnessel sollte er stehenbleiben und lachen, lachen, daß es ihn schüttelt. Dieser Bulbus. Aber er geht weiter. Er war nicht der Richtige. Er war es von Anfang an nicht. Ich finde, er sieht nach wie vor gut aus. Verteidigen Sie ihn nicht, es springt nichts mehr dabei heraus. Schulen Sie sich um. Und jener Abend, an dem er gewählt werden sollte, wie verlief er? Es handelte sich um eine ganze Nacht; um drei Uhr morgens hatte er verloren. Kunkeln macht Spaß. Leider hat es ihm nicht geholfen. Er war nur auf Zeit auf seinen Stuhl gesetzt. Wir ebenfalls. Ja, wir ebenfalls. Jeder wird nur auf Zeit gebraucht. Jeder nur auf Zeit verwendet. Eine Berechnungsfrage. Schach. Nicht nur. Auch Zufall. Glück. Ein alberner Begriff. Oder sind wir vielleicht alle schon tot? Was sagte Helx zu der Niederlage? Gar nichts; später gab er dem Taxifahrer einen Hundertmarkschein und bekam auf zehn Mark gewechselt; er merkte es nicht. Und Piper Nigrum? Ja, was soll ich sagen, Sie kennen ihn doch; er ist nun einmal nicht zu überhören; er nahm Haltung an und verkündete, daß *der Toten Taten Ruhm ewig lebt.* Genauso drückte er sich aus, das kann ich bestätigen. Ich weiß nicht, vielleicht wird er uns fehlen. Es könnte möglich sein. Wir sind nämlich alle gern lustig. Vielleicht wird uns auch Helx fehlen? Im Grunde waren sie sympathisch. Wir werden sie vermissen. Bestimmt werden wir sie vermissen. Schade. Erinnert ihr euch? Denkt ihr noch daran? Aber ja, wir erinnern uns an alles. Helx trug eine karierte Jacke auf der Weihnachtsfeier und die Ärmel fingen Feuer. Er wollte zum Spiegel, da fiel dem Kellner die Wurstplatte auf das Parkett; Helx konnte nicht an ihm vorbei. Wir löschten den Tannenzweig. Natürlich halfen wir ihm. Das Haus ist für seinen Kameradschaftsgeist bekannt. Währenddessen sprach der Präsident. Er sprach gut. Ich habe seine Stimme noch im Ohr. Er war der Beste. Einen Redlicheren hätten wir uns nicht wünschen können. Er wird uns fehlen. Schade. Wie ist es mit den Namensschildern an den Türen, sind sie ausgewechselt worden? Heute früh, schon vor acht Uhr. Das ist nun einmal so. So ist es. Helx guckte betroffen. Er errötete. Einen Augenblick lang tat er mir leid. Im Grunde waren sie sympathisch. Das war es also. Ja, das war es. Vorbei.

Sukkulenten sind Pflanzen, die einem heißen, trockenen Klima angehören oder an einen zeitweise sehr trockenen Standort – störe ich, Herr Kollege? Keineswegs, lieber Weinrech. Nennen Sie mich doch Bulbus. Jaja, richtig, treten Sie ein, setzen Sie sich, oder wollen wir gleich zu den Kollegen hinüber und mit ihnen auf den Neuen warten, auf den neuen Chef. Der wievielte ist das eigentlich? Weiß der Himmel, ich habe keine Ahnung, sie tauchen auf und gehen, werden gewählt und abgewählt, aufgebaut und fallengelassen. Vielleicht liegt das an der Gattung, vielleicht ist die Gattung *Chef* nicht haltbar? Ich bitte Sie, lassen Sie doch die Albernheit. *Sukkulent* heißt soviel wie: saftig, kräftig, zäh; man versteht aber darunter auch die Eigenschaft, *sukkulent* zu sein, und das bedeutet: in sich aufspeichern können, sich zu günstiger Zeit mit Wasser und Nahrung anfüllen, um in karger Zeit, ohne Wasser und Kost. Kommen Sie, gehen wir, stellen wir uns zu den anderen hinter die Gardinen und warten wir. Auf den neuen Chef? Jawohl, auf den Neuen. Mir ist das Lachen näher als das Weinen. Warum auch nicht, wir sind alle überaus schalkhaft.

Der Neue.

Der Neue kommt.

Der neue Chef kommt.

Wann?

Gleich.

Nein, um 10.30 Uhr ist die Amtsübergabe. Um diese Zeit muß er das Haus betreten haben. Um diese Zeit wird er das Haus betreten haben. Er steigt die Treppe hinauf, das Geländer zu linken Hand ist von Schwertfarn überwuchert, er kommt an der Efeutute, der Kranzschlinge, dem Steinbrech und Kastanienwein vorbei; ein Rutenkaktus berührt seine Wange; auf der letzten Stufe verwirrt ihn ein Scheidenblatt, dann lächelt er; ich muß neben der Buntnessel stehenbleiben, denkt er, und blickt in die Fernsehkamera. Ist das Fernsehen diesmal auch dabei? Selbstverständlich, jedesmal. Basilaris wird beim Treppenhinuntersteigen gefilmt und der Neue beim Hinaufsteigen. In Höhe des Pfeilwurzes schütteln sich beide die Hände. So etwas. Meine Herren, ich bitte um Gehör: Wir wollen den neuen Amtsleiter unvoreingenommen und dankbar begrüßen, dank bar deshalb, *weil das Gemetzel zu Ende und der Friede ausgebrochen ist.* Wieso, bei uns fängt das Gemetzel erst an. Witzbold. *Sukkulenten* sind Fettpflanzen; ihr weiches dehnbares Fleisch ist mit einer Art Schleim durchzogen, der dazu dient, die Feuchtigkeit festzuhalten und eine schnelle Überhitzung des Körpers zu verhindern. Der Bulbus. Sie werden schon aufhören zu lachen. Nein, ich höre nicht auf; als unser Vierter kam, habe ich mir das Lachen angewöhnt und dabei bleibe ich. Sie werden aufhören zu lachen. Kaum, denn meine Karriere stützt sich auf mein Können. Auch Fachleute mußten schon ihre Plätze räumen. Niemand sitzt fest auf seinem Stuhl. Fürchten Sie sich? Ich fürchte das Abstellgleis. Reden wir nicht länger davon. Man weiß einiges über ihn. Ihm sind *Aktionen* zuzutrauen. *Um Himmels willen.* Außerdem will er zweiundzwanzig Mann mitbringen. Solche Späße sind auch Basilaris nachgesagt worden, hetzen wir uns doch nicht in einem Trakt ohne Türklinken. Wir können nicht einmal zwei Mann mehr unterbringen. Von dem Hauptnerv, der längs durch den Stamm läuft, zweigen die Seitennerven ab, die netzartig die Fleischmasse durchziehen; als die empfindlichsten Organe der Kakteen sind die meisten mit einem Filzpolster oder Stacheln versehen. So? Na ja. Jaja. Sehr witzig. Entwickeln unsere Nerven Stacheln? Haben sie Filzpolster? Geschwätz. Ich weiß es nicht. Ich auch nicht. Bulbus will uns verulken. Nein, das wollte ich nicht, aber vielleicht – ich habe vergessen, was ich wollte.

Ruhe jetzt, der Wagen fährt in den Hof.

Jedoch sind die Stacheln

Kommt er?

an den unteren

Der Neue.

für Feinde zugänglichen Stellen

Der neue Chef kommt.

meistens abgefallen.

Ist er in seinem Zimmer angelangt? Soeben. Dann wollen wir ihn begrüßen; Herr Personalratsvorsitzender, meine Herren Abteilungsleiter, darf ich bitten, mir zu folgen? Aber gerne.

Sukkulenten sind Fettpflanzen.

Lieber Bulbus, da gehen sie, Personalrat, Abteilungsleiter, sie werden zurückkommen, noch skeptisch, doch bald werden sie von ihm schwärmen, sie haben den Neuen angenommen, an den sie weitergereicht wurden; aber vor einer Stunde sorgten sie sich noch, wollten sich versetzen lassen, meinten, nicht mehr atmen zu können. Das ist Kakteenfieber. Fangen Sie nicht schon wieder an; es handelt sich doch wohl um Menschen und nicht um Pflanzen. Nun ja, hingegen wie lange noch, bedenken Sie die Wesensähnlichkeit. Lassen Sie mich in Ruhe. Ich bin eben ein fröhlicher Mensch. Das sind wir alle, merken Sie sich das.

Nun, wie war er? Wie wirkte er? Was sagte er? Sämtliche Fragen auf einmal können wir nicht beantworten. Dann der Reihe nach. Einverstanden. Wie war er – ja wie war er? Was gewannen Sie für einen Eindruck, Herr Kollege? Ich sage nur ein Wort, das ich schon sechsmal sagte: *Abwarten.* Vorsichtig ausgedrückt, also ich meine. Was meinen Sie, was denn? Vorsichtig ausgedrückt, er *irritierte* uns. Er irritierte Sie? Wieso das? Warum? Es ist nicht leicht zu beschreiben. Es ist überhaupt nicht zu beschreiben. Versuchen Sie es doch. Heraus mit der Sprache. Also ich meine, man kann sagen, daß er zweifellos über angenehme Manieren verfügt. Er nickte jedem zu. Sicher hätte er uns die Hand gedrückt. Aber das konnte er nicht. Er war beschäftigt. Womit war er beschäftigt? Er kann auf gar keinen Fall beschäftigt sein, wenn der Personalrat kommt. Doch, doch, das war er. Man kann ferner sagen, er wirkt dynamisch. Völlig falsch, eher zurückhaltend. Vor allem solide. *Träumerisch,* ja, auch träumerisch. Zum Donnerwetter, was ist nun los? Sie sagen, er irritierte Sie, er war beschäftigt, er wirkte *träumerisch.* Was, zum Teufel, tat er denn?

Er fütterte eine Pflanze.

Bitte? Wie bitte? Nein. Das gibt es nicht. Still. Ganz still. Ruhe. Sie sagen, er fütterte eine Pflanze? Das sah ich, ja. Das sahen wir, ja. Und wie, wie machte er das? Mit einer Pinzette ließ er Hackfleischbröckchen auf die Blätter fallen; die Blätter klappten dann zu. Es sah aus, als hätten sie Zähne. Die Blätter. Dabei wollte er nicht gestört werden. Und blickte träumerisch. Mir wird übel. *Bulbus,* wo steckt Bulbus? Ich höre, ich hörte ununterbrochen zu. Bulbus, helfen Sie uns, *gibt es so etwas?* Doch, das gibt es; es handelt sich um eine Dionaea muscipula, eine Venusfliegenfalle, sie ist eine reizvolle insektenvertilgende Pflanze, und da es im Zimmer des Präsidenten kaum Fliegen und keine Schmetterlinge gibt, muß er sie füttern, das macht er richtig; die Blätter sind Fangapparate; nach der Speisung klappen sie zu und zersetzen das Fleisch; danach öffnen sie sich wieder; es sieht anmutig aus. Mir wird übel. Nein, denken Sie nicht daran, ich sagte doch, es ist eine reizvolle Pflanze. Venusfliegenfalle. Dionaea muscipula. Aber was halten Sie davon? Bulbus, bitte, was halten Sie von einem Mann, der Pflanzen füttert? Was halten Sie von einem Präsidenten, der Pflanzen füttert, Sie sind doch Spezialist. Ach, wissen Sie, ich freue mich gerne, freuen Sie sich auch. Ja, wir freuen uns gerne. Wir freuen uns alle gerne. Darf ich nun meinerseits im Namen des Personalrats, Ihnen mitteilen, daß unser neuer Präsident an unserer *Vorweihnachtlichen Feier* teilnehmen und sie mit einer Spende unterstützen wird. So etwas klingt angenehm in den Ohren. Er verfügt über sehr herzliche Manieren. Im Ernst, er ist sympathisch. *Ich weiß es,* Menschen mit Pflanzen sind gesunde Menschen. Unterstützt er die Feier aus privaten Mitteln oder aus welchem Fonds? Meloc, es reicht. Ich frage nur, weil ich es buchen muß. *Das weiß ich,* Menschen mit Pflanzen sind großkarierte Menschen. Jedenfalls ist es entgegenkommend, an der vorweihnachtlichen Feier teilzunehmen, sich uns vorzustellen, uns insgesamt zu begrüßen. Hält er eine Rede? Er hat es versprochen. *Ich weiß es,* Menschen mit Pflanzen sind gesprächige Menschen. Er war vom ersten Augenblick an sympathisch. Unbedingt. Der Mann ist Klasse. Und seine Stimme. Die fiel mir gleich auf. Ja, das können wir sagen, er ist wirklich sehr sympathisch.

Sukkulenten sind

sind.

Esther Knorr-Anders bei Braun

Esther Knorr-Anders. „Kossmann". Roman. Broschur. 256 Seiten. DM 15,—. ISBN 3-88097-098-X

Esther Knorr-Anders. „Die Packesel". Roman. Broschur. 192 Seiten. DM 15,—. ISBN 3-88097-108-0

Esther Knorr-Anders. „Das Kakteenhaus". Erzählung in 13 Monatskapiteln. Linson. 88 Seiten. DM 6,—. ISBN 3-88097-004-1

Esther Knorr-Anders/Güdny Schneider-Mombaur. „Frau Models Haus am Wasser". Novelle mit 6 Lithografien. 40 Seiten. Bibliophile Aufmachung. DM 14,—. ISBN 3-88097-037-8

Esther Knorr-Anders. „Jakob und Darja". Roman. Linson mit Schutzumschlag. 176 Seiten. DM 24,—. ISBN 3-88097-044-0

Esther Knorr-Anders. „Die Falle". Erzählung. 2. Auflage. 166 Seiten. Broschur. DM 13,—. ISBN 3-88097-048-3

Literarischer Verlag Helmut Braun KG
Dünnwalder Mauspfad 390
5000 Köln 80
Telefon 0221-601457